btb

Aus Freude am Lesen

btb

Buch

Er hat versehentlich seine fernsehsüchtige Mutter erschossen. Im Kinderheim erfährt der kleine Icare dann zum ersten Mal Zuneigung und Freundschaft. Nicht so sehr von Erwachsenen. Die müsste man mal richtig schütteln, damit sie verstehen und liebevoll und ehrlich sein können, findet Icare, den alle nur Pflaume nennen. Der wilde kleine Junge erlebt jede Menge lustiger und auch gefährlicher Abenteuer, und ganz besonders freut er sich immer auf die Sonntage – denn dann holt ihn der nette Gendarm Raymond zu sich nach Hause, dort gibt es Victor und einen Garten voller Blumen und schöne Musik …

»Dem Zauber dieses entzückenden Märchens kann sich kein Leser entziehen.« *L'Express*

Autor

Gilles Paris ist Pressechef eines großen Pariser Verlagshauses. Bereits 1991 hat er seinen ersten Roman veröffentlicht: »Papa et maman sont mort« wird derzeit verfilmt.

Gilles Paris

Autobiografie einer Pflaume

Roman

btb

Die französische Originalausgabe erschien 2002 unter dem Titel
»Autiobiographie d'une Courgette« bei Plon, Paris.

Verlagsgruppe Random House FSC-DEU-0100
Das für dieses Buch verwendete FSC-zertifizierte Papier *Munken Print*
liefert Arctic Paper Munkedals AB, Schweden.

1. Auflage
Genehmigte Taschenbuchausgabe Februar 2007,
btb Verlag in der Verlagsgruppe Random House GmbH, München

Umschlaggestaltung: Design Team München
Umschlagfoto: Getty Images/Mc Clinton
Satz: Filmsatz Schröter, München
Druck und Einband: Clausen & Bosse, Leck
SR · Herstellung: AW
Printed in Germany
ISBN 978-3-442-73480-1

www.btb-verlag.de

Für Laurent C.

Seit ich denken kann, will ich den Himmel umbringen wegen Mama, weil sie immer sagt: «Der Himmel, mein Kleiner, der ist so groß, damit wir nie vergessen, wie klein unsereins daneben ist.»

«Das Leben, das ist in seinen schlimmsten Momenten wie der graue Himmel, mit diesen bescheuerten Wolken, die nur Pech auf unsereins pinkeln.»

«Die Männer stecken alle mit dem Kopf in den Wolken. Sollen sie doch dort bleiben, so wie dein Vater, dieser Idiot, der mit einer Pute auf Weltreise gegangen ist.»

Manchmal redet Mama richtigen Blödsinn.

Als mein Papa weggegangen ist, war ich noch klein, aber ich kann mir nicht vorstellen, warum er beim Nachbarn eine Pute geklaut haben soll, um damit auf Weltreise zu gehen. Puten sind dumm: Wenn ich ihnen Bier ins Futter gieße, trinken sie es, und hinterher torkeln sie bis zur Mauer, wo sie umkippen.

Mama kann nichts dafür, wenn sie solchen Unsinn redet. Das kommt von den vielen Bierchen, die sie beim Fernsehen trinkt.

Und dann schimpft sie auf den Himmel, und ich kriege eine Abreibung, die sich gewaschen hat, obwohl ich gar nichts angestellt habe.

Und ich denke mir, dass der Himmel und die Abreibung irgendwie zusammengehören.

Wenn ich den Himmel umbringe, dann muss Mama sich nicht mehr aufregen, und ich kann in Ruhe fernsehen und kriege keine Abreibung, die sich gewaschen hat.

Heute ist Mittwoch und schulfrei.
Die Lehrerin nennt das den «Sonntag der Kinder».
Ich gehe lieber in die Schule. Mama sieht fern, und ich würde gern mit Grégory schussern, aber Grégory wohnt weit weg und darf nicht mehr bei uns schlafen, seit unsere Mamas wegen dem Ball und dem kaputten Fenster Streit hatten. Mama hat am Telefon gesagt, Grégory wäre ein «Tunichtgut», und dann hat sie «dreckige Schlampe» gesagt und aufgelegt, weil die andere Dame gebrüllt hat: «Immer noch besser als eine Säuferin!»

Ich sage zu Mama: «Komm mit mir schussern», und Mama sagt zum Fernseher: «Pass auf, er ist hinter dir, gleich schießt er», und deshalb sage ich es noch mal, und Mama sagt zum Fernseher: «So ein Idiot, nicht zu fassen», und ich weiß nicht, ob ich der Idiot bin oder ob es der Monsieur ist, der umgelegt wurde, obwohl Mama ihn gewarnt hatte.

Ich gehe nach oben in mein Zimmer und schaue aus dem Fenster dem Sohn vom Nachbarn zu, der nie jemanden zum Spielen braucht. Er klettert auf ein Schwein, als wäre es ein Esel, und lacht ganz für sich allein. Und weil ich traurig bin, gehe ich in Mamas Zimmer, wo das Bett nicht gemacht ist und die Kleider auf dem Boden liegen. Ich mache das Bett und muss auf einen Stuhl klettern, damit ich ihre Sachen auf den Berg schmutzige Wäsche legen kann, und dann weiß ich nicht, was ich tun soll, und deshalb krame ich ein bisschen herum, und in einer Kommodenschublade finde ich unter den ungebügelten Hemden einen Revolver.

Das finde ich superklasse, und ich denke mir: Damit gehe ich im Garten spielen. Ich gehe nach draußen, als wäre nichts weiter, den Revolver in meiner Hose versteckt.

Mama schaut sowieso nicht her, sondern sagt zum Fernseher: «Von dem Mädchen lässt du besser die Finger, mein Freund!»

Als ich draußen bin, muss ich mir mit dem Zielen keine Mühe geben. Der Himmel ist groß.

Ich schieße und falle um.

Ich stehe auf und schieße noch mal und falle wieder um.

Mama kommt aus dem Haus. Wegen ihrem kaputten Bein hinkt sie, und sie schreit: «Was soll der Blödsinn?», und sie sieht mich mit dem Revolver in der Hand und schreit mich an: «Was habe ich bloß angestellt, dass der liebe Gott mich mit so einer Pflaume von Kind gestraft hat? Du bist so blöd wie dein Vater! Gib das sofort her, du kleines Arschloch!»

Und sie versucht, mir den Revolver aus den Händen zu reißen.

Ich sage: «Das ist doch alles deinetwegen, damit du mich nicht mehr anschreist», und ich lasse den Revolver nicht los, und Mama fällt auf den Rücken.

Sie schreit: «Sauerei!» und hält sich das kaputte Bein, und ich sage: «Tut dir was weh?», und sie tritt mit dem anderen Bein nach mir, mit dem, das schlenkert, und sie schreit: «Gib das sofort her, ich sage es nicht zweimal!», und ich sage: «Du hast es aber schon zweimal gesagt», und ich gebe den Revolver nicht her, und sie beißt mir in die Hand, und ich lasse ihn trotzdem nicht los, und der Schuss geht los, und Mama taumelt und fällt hin.

Ich bleibe lange im Gras liegen und schaue den Wolken nach. Ich suche den Kopf von meinem Vater, damit er mir sagt, was ich tun soll.

Ich habe den Himmel nicht umgebracht.

Nur die Wolken kaputtgemacht, die nichts als Pech pissen, aber vielleicht ist es auch Papa, der mir Tränen schickt, um das Blut von Mamas Morgenmantel abzuwaschen.

Zuerst denke ich, dass sie schläft oder sich schlafend stellt, um mich zu veralbern, obwohl sie so was nie tut und seit ihrem Unfall erst recht nicht.

Ich schüttle sie ein bisschen.

Sie sieht aus wie eine ganz weiche Stoffpuppe, und ihre Augen sind weit aufgerissen. Ich muss an die Fernsehkrimis denken, in denen dauernd Frauen umgebracht werden und hinterher aussehen wie ganz weiche Stoffpuppen, und ich denke mir: Das ist es, ich habe Mama umgebracht.

In diesen Filmen weiß man nie, was mit den Stoffpuppen passiert, und deshalb warte ich ab, und es wird Nacht, und ich habe irre Hunger und gehe ins Haus, um ein Brot mit Mayonnaise zu essen, und danach traue ich mich nicht wieder nach draußen.

Ich muss an die lebenden Toten denken, die aus dem Grab aufstehen und einen mit Äxten und mit raushängenden Augen erschrecken.

Und ich steige auf den Speicher, wo Mama mich ganz sicher nicht suchen kann wegen ihrem steifen Bein.

Ich esse die Äpfel: Ich traue mich nicht, damit Fußball zu spielen.

Und ich schlafe ein.

Als ich die Augen aufmache, ist Krach im ganzen Haus, und ich fürchte mich vor den lebenden Toten und vor den ganz weichen Stoffpuppen, die mich beim Vornamen rufen.

Außer der Lehrerin sagt kein Mensch Icare zu mir.

Ich heiße bei allen Pflaume.

Und dann geht die Speichertür auf, und ich sehe einen Monsieur, den ich nicht kenne und der nicht wie ein lebender Toter aussieht, aber manchmal sind diese Leute ganz schön raffiniert und verkleiden sich als normale Lebende, so wie in dem Film *Die Körperfresser*, und ich schmeiße mit allen Äpfeln, die ich zu fassen bekomme, und der Monsieur fällt hin.

Danach erkenne ich den Sohn vom Nachbarn, der mit lauter Gendarmen reinkommt.

Einer von ihnen sagt: «Vorsicht, Äpfel!», und rutscht aus, während der Sohn vom Nachbarn sich über den Monsieur beugt und schreit: «Du hast meinen Papa umgebracht!», und ein anderer Gendarm sagt: «Nein, dein Papa ist nur ohnmächtig», und der Papa steht auf, und das ganze Trüppchen kommt auf mich zu, und ich denke mir: Das ist das Ende vom Film.

Ich halte mir die Hände vor das Gesicht und warte auf eine Abreibung, die sich gewaschen hat, und ich spüre, dass man mir den Kopf streichelt, und ich schiele durch die Finger, und der Papa hockt neben mir auf den Fersen und sagt zu mir: «Hast du den Mann gesehen, der das getan hat, mein Junge?»

Alle Gendarmen schauen mich an, und der Sohn vom Nachbarn schaut mich auch an.

Die ganzen Blicke machen mir ein bisschen Angst, und ich zittere und höre eine laute Stimme, die sagt: «Lassen Sie mich mit dem Jungen allein, Sie sehen doch, dass er unter Schock steht.»

Alle gehen raus außer dem Gendarm mit der lauten Stimme, der sich auf den Boden setzt und die Äpfel mit der Hand wegschiebt.

Unter seinem Hemd lugt ein dicker weißer Bauch hervor.

«Wie alt bist du, Icare?»

Ich zähle an den Fingern ab, wie die Lehrerin es mir beigebracht hat, und sage: «Neun Jahre.»

Er holt ein kleines Heft aus der Tasche und schreibt etwas rein. Dann wird seine laute Stimme ganz leise, und er fragt mich, was passiert ist, und ich erzähle ihm von den lebenden Toten und den Puppen aus Stoff, die ganz weich sind, und von den *Körperfressern*, die sich als Menschen verkleiden.

Der Gendarm kratzt sich am Kopf, nachdem er seine Kappe verschoben hat, und sagt mir, dass er Raymond heißt und dass ich ihn so nennen kann.

«In Ordnung», antworte ich, «aber du musst Pflaume zu mir sagen.»

Er sagt gar nichts und dann ganz leise (so leise, dass ich ihn bitten muss, die Frage zu wiederholen): «Und wie ist das mit deiner Mama passiert?»

«Ach, das war wegen dem Himmel.»

Der Gendarm schaut seine dreckverschmierten Schuhe an und sagt mit ganz komischer Stimme: «Wegen dem Himmel?»

Und ich erzähle ihm von meinem Papa, der mit dem Kopf in den Wolken steckt, und von seinem Renault 404, der sich um die alte Eiche gewickelt und dabei Mamas Bein kaputtgemacht hat, und von dem Monsieur, der jeden Monat für Lebensmittel und Kleider in meiner Größe Geld geschickt hat.

«Und wo ist dein Papa?», fragt Raymond.

«Mein Papa ist mit einer Pute auf Weltreise gegangen.»

«Armer Junge», sagt der Gendarm und streichelt mir den Kopf, und mir ist ganz komisch zumute, weil alle Leute mir den Kopf streicheln, und ich trete einen Schritt zurück.

«Und deine Mama, war die nett zu dir?», fragt der Monsieur, der seine Kappe absetzt, und die Haare darunter sind ganz verklebt, und vorne sieht man die Kerbe vom Hutrand an der Stirn.

«Na ja, sie macht cooles Kartoffelpüree, und manchmal haben wir was zu lachen.»

«Und wenn ihr nichts zu lachen habt?»

Ich überlege und sage: «Wenn ich auf den Speicher gehe?»

«Ja, wenn du auf den Speicher gehst.»

«Das ist, wenn ich eine Dummheit gemacht habe und keine Abreibung will, die sich gewaschen hat, wo ich mir hinterher die Backen reiben muss, weil man jeden einzelnen Finger sieht, aber mit dem steifen Bein hat sie keine Chance.»

«Und was war deine letzte Dummheit?»

«Ööh, meine letzte Dummheit, ich glaube, das war gestern, als ich mit dem Revolver gespielt habe.»

«So ein Revolver ist kein Spielzeug, mein Junge.»

«Aber ich wollte nicht allein schussern, und Mama hat vor dem Fernseher gesessen, und Grégory darf nicht mehr zu Besuch kommen, und ich hatte sonst nichts zu spielen, weil ich nicht wie der Sohn vom Nachbarn mit den Schweinen sprechen kann.»

«Schon gut, und wo hast du diesen Revolver gefunden?», fragt mich Raymond, der sich am Kopf kratzt, und ich denke mir, dass er vielleicht Läuse hat oder so was Ähnliches.

«In Mamas Zimmer.»

«Und hat deine Mama dir oft erlaubt, mit dem Revolver zu spielen?»

«Nein. Ich wusste gar nicht, dass sie einen hat.»

Ich traue mich nicht zu sagen, dass ich geschnüffelt habe.

Raymond kaut an seinem Bleistift wie an einem Kräuterstängel.

«Und was ist dann passiert?»

«Ich bin mit dem Revolver nach draußen gegangen und habe damit gespielt.»

«So was ist kein Spielzeug.»

«Das hast du schon mal gesagt, Monsieur. Wenn du da gewesen wärst, hätten wir schussern können.»

«Ich habe doch gesagt, du sollst Raymond zu mir sagen. Na gut, hast du mit dem Revolver geschossen?»

«Ja, weil ich den Himmel umbringen wollte.»

«Du wolltest den Himmel umbringen?»

«Ja, den Himmel, weil die Wolken nichts als Pech auf uns pinkeln und Mama hinterher viele Bierchen trinkt und die ganze Zeit schreit und mir Backpfeifen und Abreibungen verpasst, dass man auf meinen Backen und Pobacken jeden einzelnen Finger sieht.»

«Deine Mama hat dich geschlagen?»

«Normalerweise wenn ich eine Dummheit mache, aber manchmal wegen nichts und wieder nichts, so wie ihr Geschrei, und dann gehe ich auf den Speicher und schlafe bei den Äpfeln.»

Raymond macht sich in seinem kleinen Heft irgendwelche Notizen und zeigt dabei die Zunge, und darüber muss ich lachen.

«Was findest du so komisch, mein Junge?», fragt mich Raymond mit seiner lauten Stimme.

«Du lässt die Zunge raushängen wie der dicke Marcel, wenn er abschreiben muss, was die Lehrerin vorgeschrieben hat.»

Der Gendarm lächelt und kratzt sich wieder am Kopf, und ich frage ihn, ob er Läuse hat, und er antwortet mir, als würde er schlecht hören: «Und hast du auch auf deine Mama geschossen?»

«Das war keine Absicht. Sie wollte mir den Revolver wegnehmen. Sie war sehr wütend und hat gesagt, ich wäre so blöd wie mein Papa, und dann ist der Schuss von allein losgegangen.»

Ich gebe mir keine Mühe, die Tränen runterzuschlucken, die mich auf einmal in der Kehle kitzeln; sie quellen mir aus den Augen, und ich kann nichts mehr sehen.

«Ist schon gut, mein Kleiner, ganz ruhig, da, nimm mein Taschentuch.»

Und ich reibe mir die Augen mit dem Taschentuch, und weil meine Nase voll ist, schnäuze ich mich auch.

«Hast du Verwandte, mein Junge?»

«Nein, niemanden außer Mama.»

Und ich gebe ihm sein Taschentuch zurück, das er einsteckt.

«Gut, dann kommst du mit mir auf die Gendarmerie, und dann wenden wir uns an den Jugendrichter.»

«Ist das der Monsieur, der mit dem Hammer klopft und die Bösewichter ins Gefängnis schickt?»

«Du bist kein Bösewicht, mein Junge, und du bist zu klein, um ins Gefängnis zu kommen. Der Richter wird dich in ein Haus schicken, wo andere Kinder sind.»

«Und Mama, kommt die auch?»

Raymond kratzt sich am Kopf und sagt: «Deine Mama wird immer in deinen Gedanken und in deinem Herzen sein, mein Kleiner, aber sie ist nicht mehr bei uns.»

«Ist sie in die Stadt gefahren?»

«Nein, mein Kleiner, sie ist im Himmel, bei den Engeln.»

«Nein», sage ich. «Sie ist nicht bei den Engeln, sie ist bei Papa.»

Als wir auf die Gendarmerie kommen, sagt ein Gendarm lachend: «Na, Raymond, hast du einen Assistenten mitgebracht?», und Raymond schaut ihn an, und der Gendarm schaut seine Schuhe an.

Ich setze mich in sein Büro, und der Gendarm, der nicht lacht, bringt mir Kakao in einem Plastikbecher und bleibt bei mir, während Raymond in dem Büro nebenan telefoniert, und fragt mich, was ich angestellt habe, und ich sage, dass ich nicht den Himmel, sondern Mama mit dem Revolver erwischt habe, und der Gendarm starrt mich mit offenem Mund an, bis Raymond wiederkommt.

«Dugommier, pass auf, dass du dir nicht den Kiefer ausrenkst! Nicht dass du Maulsperre bekommst. Hol mir lieber einen Kaffee.»

Dann wendet er sich an mich. «So, mein Kleiner, ich habe mit dem Jugendrichter gesprochen, und ich bringe dich nach Fontainebleau in ein Heim, wo ein Platz frei ist. Dem Richter wirst du später vorgeführt.»

«Was ist ein Heim?»

«Das ist ein großes Haus mit vielen Kindern und mit Heimbetreuern, die sich um dich kümmern.»

«Was sind *Heimwehstreuer*?»

«Ein Heimbetreuer ist ein Monsieur oder eine Dame, die sich um dich kümmern.»

«Und verpassen die Heimwehstreuer einem eine Abreibung?»

«Nein, und sie schreien einen auch nicht an, solange du ihnen nicht das Leben zur Hölle machst, aber wie ein Schreihals kommst du mir nicht vor, mein Kleiner.»

Ich spüre, wie es in meinem Hals kitzelt, und ich schlucke meine Tränen runter.

Ich schlenkere mit den Beinen auf dem viel zu hohen Stuhl und halte den Plastikbecher zwischen den Händen; er ist immer noch warm, und die Wärme an den Fingern tut mir gut, genau wie die Stimme von dem dicken Mann, der sich mir gegenüber rittlings auf seinen Stuhl setzt.

Der Gendarm ist schlecht rasiert; er hat lauter Haare am Halsansatz und solche, die ihm aus den Ohren stehen. Er hat Schwitzflecken unter den Armen und Schweiß auf der Stirn und über der Oberlippe, und manchmal geraten ihm die Tröpfchen in den Mund, ohne dass er es merkt.

«Bleibst du bei mir in dem großen Haus?», frage ich vorsichtig.

«Nein, Icare, das kann ich nicht.»

«Okay, wann fahren wir?»

«Wir fahren jetzt», sagt Raymond und steht auf.

Er ruft nach Dugommier, der uns die ganze Zeit vom Nebenbüro aus angeglotzt hat.

«Du kümmerst dich um die Angelegenheit Merlin; ich komme später am Nachmittag zurück.»

Und Dugommier fragt mich, ob ich noch mehr Kakao haben möchte, und ich sage ja, und Raymond sagt: «Keine Zeit», und ich fange zu heulen an, und Raymond geht den Kakao holen.

Ich trinke ihn in kleinen Schlucken mit den Tränen, die reinfallen, und dann fahren wir.

Auf der Autobahn macht Raymond das Radio an, und Céline Dion singt, und ich denke an Mama, die dieses Lied immer singt, wenn sie die Wiesenblumen in eine Vase stellt. Mein Bauch meldet sich von alleine, und ich sage: «Ich habe Hunger.»

Wir halten am Mac Do, und ich bestelle einen Cheeseburger und eine Cola, und Raymond nimmt das Gleiche.

«Mach dir keine Sorgen, mein Junge, es wird alles gut», sagt Raymond.

Und ich muss wegen der Cola rülpsen, und darüber muss Raymond lachen.

«Weißt du», sage ich zu dem netten Gendarmen, «du kannst

ruhig Pflaume zu mir sagen. Das habe ich dir vorhin gesagt, aber du hast es nicht gehört. Icare sagt nur die Lehrerin zu mir, und manchmal tue ich dann so, als wäre ich gar nicht gemeint.»

«Hat deine Mama dich Pflaume genannt?»

«Ja, genau wie meine Freunde.»

Und wir fahren wieder auf die Autobahn, und ich schaue die Bäume und Häuser an, und Raymond schaut sich in den kleinen Spiegeln an, wenn er andere Autos überholt, die noch langsamer fahren als wir, und dann fährt sein Auto von der Autobahn, um auf den kleinen Landstraßen weiterzufahren.

Wir kommen unter einer Brücke durch, und ich sehe einen Fluss, und Raymond fährt langsamer und sagt: «Es ist nicht mehr weit.»

Ich schaue auf das graue Wasser, als er sagt: «Wir sind da, mein Junge. Was für eine Hütte! Da wirst du dich fühlen wie der Mops im Bohnenstroh.»

Und er steigt mit meinem Koffer aus dem Wagen, und ich bleibe sitzen, weil ich keine Lust habe, mich wie der Mops im Bohnenstroh zu fühlen.

Die Hütte ist ein Schloss wie im Film.

Eine Dame mit weißen Haaren und im roten Kleid kommt die Treppe herunter und spricht mit dem Gendarmen, der meinen Koffer in der Hand hält, und sie sehen zu mir und kommen auf das Auto zu.

Die Dame in Rot neigt den Kopf und sagt lächelnd: «Komm, Icare, ich zeige dir dein neues Zuhause», und ich reiße mich los und steige aus und halte den Blick auf den Kies gerichtet.

«Ich bin Madame Papineau», sagt die Dame mit den weißen Haaren. «Aber du darfst Geneviève zu mir sagen.»

Ich rühre mich nicht vom Fleck.

Ich höre Raymond mit seiner lauten Stimme sagen: «Sag der

Dame guten Tag, Pflaume», und ich sage: «Guten Tag» zum Kies und denke dabei: «Ganz schön komisch, dass lauter Leute, die einen gar nicht kennen, wollen, dass man sie mit dem Vornamen anspricht.»

«Gut, dann mache ich mich auf den Weg», sagt der Gendarm. «Die Arbeit wartet.»

Und er stellt den Koffer auf der Treppe ab und fasst mich am Kinn.

«Sei brav, Pfläumchen.»

Und er streichelt mir den Kopf, und ich lasse mir den Kopf streicheln, und dann sage ich: «Geh nicht weg, Raymond!», und packe seine riesengroße Hand mit meiner Hand und halte sie an mein Gesicht.

«Ich komme dich bald besuchen, mein Kleiner», sagt der Gendarm; behutsam zieht er seine Hand zurück und steckt sie in die Tasche, als nähme er meine Berührung mit.

Dann gibt er mir einen Kuss auf die Stirn und sagt, während er sich aufrichtet: «Was für ein Elend mit diesen Geschichten», und er steigt in sein Auto.

«Sei ein braver Junge. Auf Wiedersehen, Madame.»

Die Dame mit der Brille sagt: «Auf Wiedersehen, Monsieur, und vielen Dank.»

Und das Auto mit der blauen Konservenbüchse obendrauf entfernt sich im Rückwärtsgang.

Und mich kitzelt es im Hals.

Und die Dame nimmt den Koffer und dreht sich zu mir um.

«Komm, Icare, du hast sicher Hunger.»

Und ich sage nein, und sie legt mir die Hand auf die Schulter, und wir steigen die Treppe hinauf.

Seit fast drei Monaten macht Ahmed ins Bett und will jeden Morgen von Rosy wissen, ob sein Papa ihn besuchen kommt.

Simon, der immer über alles Bescheid weiß, sagt, dass Ahmeds Papa an dem Tag kommen wird, an dem er aus dem Gefängnis ausbricht, und Rosy schaut ihn mit ihren großen Augen an, und Simon hält die Luft an und verlangt von Rosy, dass sie ihm die Schnürsenkel seiner Turnschuhe zubindet, die immer runterhängen.

Rosy sagt: «Vor mir brauchst du dich nicht aufzuplustern.»

Ahmed, Simon und ich wohnen im selben Zimmer.

In der ersten Nacht hat Simon zu mir gesagt, ich wäre für mindestens drei Jahre dran, und ich wäre gut beraten, ihm beim Frühstück die Brote zu schmieren, weil er mir sonst das Leben zur Hölle machen würde.

So ist er immer, «plustert sich auf», renommiert vor den anderen, aber wenn man ein bisschen lauter wird, dann ist er sofort ganz zahm.

Am ersten Morgen habe ich ihm das Brot geschmiert und habe es ihm dann ins Gesicht gedrückt, und er hat mich an den Haaren gepackt und ich ihn auch, und Rosy hat uns getrennt mit ihren großen Augen und ihrem: «Hier macht ihr das nicht, oder ihr werdet beide bestraft», und Ahmed hat geheult, weil er immer denkt, er hätte etwas angestellt, und ab und zu nutzen Simon und ich das aus und verpetzen ihn, auch wenn er es gar nicht war.

Seit der Sache mit dem Brot lässt Simon mich in Ruhe, und ich mache ihm einen Doppelknoten in seine Schnürsenkel, wie ich es von Mama gelernt habe, und abends muss Rosy den Knoten lösen, weil Simon, wenn er dürfte, mit seinen Turnschuhen ins Bett gehen würde in dem Haus, das er unter uns den Knast nennt.

Wir anderen nennen es das Heim, und Madame Papineau,

die Leiterin oder Direktorin, hört das gar nicht gern. Sie zieht «Gästehaus» oder «Les Fontaines» vor.

Wenn man eine Dummheit macht, wird man bestraft. So etwas nennt sich Arbeit für das Gemeinwohl.

Man muss welkes Laub unter den Bäumen aufsammeln oder Wäsche aufräumen, und die Megastrafe, die besteht darin, die Treppe zu bohnern, die voll mit Staub ist, und zwar beide Etagen.

Morgens weckt uns Rosy um sieben Uhr mit ihren Küssen und lässt uns dann noch fünf Minuten im Dunkeln weiterschlafen und macht das Licht an, und wir ziehen uns leise die Sachen an, die wir am Abend vorher rausgelegt haben, damit wir die Kleinen nicht wecken, die eine halbe Stunde länger schlafen dürfen. Rosy wechselt Ahmeds Bettwäsche, und Ahmed schnieft, und danach frühstücken wir in unserer Küche, wo schon alles vorbereitet ist. Es riecht nach Kakao und getoastetem Brot, und wir müssen nur noch Butter und Marmelade drauftun.

Julien, ein dicker Blonder, den alle Jujube nennen, isst Müsli mit Milch aus einer großen Schüssel, weil seine Mama auf einer Postkarte aus Peru geschrieben hat, dass das «gesund» ist. Seitdem hat sie nichts mehr von sich hören lassen, und Jujube hat die Karte immer in der Tasche, zusammen mit seinen Plätzchen, eine ganz verknitterte und verfleckte Postkarte, auf der nichts mehr zu entziffern ist.

Simon sagt, dass Peru für Jujubes Mama gesund sein mag, aber nicht für Jujube, der dauernd auf der Krankenstation ist, weil er Bauchweh oder Kopfschmerzen oder Herzbeschwerden hat, und manchmal macht Rosy ihm ein Pflaster um den Finger, und dann geht es Jujube sofort besser, und er zeigt uns seinen kranken Finger, an dem er gar nichts hat.

Nach dem Frühstück helfen wir Rosy beim Aufräumen, alle

bis auf Alice, der die langen braunen Haare ins Gesicht hängen und der immer eine Schüssel oder ein Glas aus den Fingern gleitet, und danach bleibt sie stocksteif stehen, und Rosy sagt: «Ist doch nicht schlimm, mein Herz», und Alice hält sich die Arme vors Gesicht, als hätte sie Angst, dass Rosy sie schlägt.

Beim Frühstück sitzt Alice oft bei Rosy auf dem Schoß und lutscht Daumen, und mehr als das und ihre langen braunen Haare, die ihr Gesicht verdecken, sieht man nicht. Reden tut sie nicht viel, und Simon sagt, dass ihre Mama viel trinkt und ihr Papa auch und dass sie von ihnen verprügelt worden ist und an der Heizung festgebunden, und ich denke mir, dass ihr Papa sicher ein Frauenmörder ist, der Blondinen umlegt, so wie im Fernsehen.

Danach waschen wir uns, und Rosy kontrolliert, ob wir uns wirklich die Zähne geputzt haben, und Simon muss sich oft von ihr ins Badezimmer zurückbegleiten lassen, weil er die Dusche angemacht hat, ohne sich drunterzustellen. Er schreit wie am Spieß, wenn Rosy ihn von Kopf bis Fuß einseift.

Danach gehen wir in unsere Zimmer zurück, um unsere Hausaufgaben durchzusehen, und manchmal steckt Rosy den Kopf zur Tür herein, um nachzusehen, ob wir auch keine Kissenschlachten veranstalten oder Ähnliches, was «Treppendienst» bedeuten würde.

Und dann ist es Zeit, den Schulbus zu nehmen, der unten auf uns wartet. Rosy kontrolliert, ob wir auch alle unseren Schulranzen mithaben, und sie nimmt uns in die Arme und drückt uns an ihren dicken Busen und überlässt uns Pauline, und wir traben die Treppe hinunter, und Gérard begrüßt uns, wenn wir in seinen Bus steigen.

Pauline zählt an den Fingern ab, ob wir alle da sind, und setzt sich neben Gérard, den sie immer wieder ansieht, aber Gérard lässt das kalt, und er singt die Lieder von Julien Clerc und Henri Salvador mit, die er auswendig kann.

Pauline und Rosy können sich nicht besonders gut leiden.

Man muss nur sehen, wie Rosy schaut, wenn Pauline eine Zigarette raucht mit ihrem rot angemalten Mund und ihren hübschen Lackschuhen, mit denen sie die Zigarette austritt, wenn wir alle in den Bus steigen.

Rosy schaut sie an, als würde sie Pauline mit ihren Blicken ausziehen, und Pauline zieht an ihrer Zigarette und kreuzt die nackten Beine und sagt: «Hallo, Rosy», und Rosy tut so, als hätte sie nichts gehört.

Einmal verspätet sich Simon wegen seinem Schulranzen, und er hört, wie Rosy (hinter Paulines Rücken) brummt: «Dreckiges kleines Flittchen», und seitdem nennen wir sie unter uns «dreckiges kleines Flittchen» und müssen furchtbar lachen.

Ich sitze gern mit Simon hinten im Bus.

Ahmed sitzt immer hinter Gérard, und niemand will neben ihm sitzen, weil er dauernd heult und schnieft.

Jujube sitzt auch ganz allein mit seinem Pflaster um den Finger, das er Pauline zeigt, und Pauline sagt: «Oh! Das sieht aber böse aus!», und vor lauter Begeisterung, dass man sich für ihn interessiert, isst der dicke Jujube ein Plätzchen, das er aus der Tasche holt.

Alice sitzt in der Mitte neben Béatrice, einem kleinen schwarzen Mädchen mit rosa Brille und den Fingern in der Nase, die sie hinterher in den Mund steckt.

Die Brüder Chafouin, Antoine und Boris, sitzen zwei Reihen hinter den Mädchen. Sie sind unzertrennlich und haben sich immer eine Menge zu erzählen.

Simon sagt, dass sie Waisen sind, seit sie ihre Eltern bei einem Verkehrsunfall verloren haben, und ich habe ihn gefragt, was Waisen sind, und Simon hat geantwortet, dass es Kinder sind, die niemanden mehr haben, der sie liebt, und ich habe gesagt, dass Rosy uns alle liebt, und Simon hat gesagt: «Das ist nicht dasselbe», und ich habe gesagt: «Ist es doch», und Simon hat zu mir gesagt, ich wäre ein Arschloch, und ich habe ihn an den Haaren gepackt, und Simon hat geschrien, und Pauline hat uns getrennt, und am Abend gab es für uns beide «Treppendienst».

Wenn Simon unterwegs einschläft, höre ich manchmal den Brüdern Chafouin bei ihrem Wörterbuchspiel zu.

Boris sagt komische Wörter wie «Anorexie», «Hämorrhoiden» oder «Epilepsie», und Antoine antwortet mit «Rachitis», «Hypochonder» oder «Paraplegie». Und ich verstehe nur Bahnhof.

Oder Boris setzt sich einen Helm auf die Ohren und singt so laut wie Gérard, nur dass es andere Lieder sind, und Pauline zieht ihm den Helm ab, den sie ihm später in der Schule zurückgibt, und Boris ist sauer und sagt: «Dreckiges kleines Flittchen», und darüber müssen wir lachen, und Boris lacht mit und ist nicht mehr sauer.

Und wenn die Brüder Chafouin sich nicht unterhalten, dann nähen sie mit dicken bunten Fäden, die sie in ein Pferd stechen, das über ein Hindernis springt, oder in einen Rosenstrauß, und ich muss an die Wiesenblumen denken, die ich für Mama pflücke, wenn ich eine Dummheit gemacht habe.

Einmal wollte Gérard einer Katze auf dem Weg ausweichen und hat das Lenkrad herumgerissen, und wir sind von den Sitzen gepurzelt, auch die Brüder Chafouin, und ihre Nadel hat ihnen in den Finger gestochen statt in das Pferd oder den Rosenstrauß, und sie haben nicht geweint.

Ich habe gesehen, wie sie die Nadel rausgezogen und am Finger gelutscht haben, bis kein Blut mehr kam, während Pauline nachgeschaut hat, ob sich niemand verletzt hat, aber es ging allen gut bis auf Jujube, der behauptet hat, er hätte sich den Fuß gebrochen, und er hat geheult, und Pauline hat ihm den Fuß massiert, der kein bisschen gebrochen war, und Simon hat gesagt: «Damit will er sich nur wichtig machen.»

Und dann fährt Gérards Bus in einen Park, und wir sind bei der Schule angekommen, direkt neben einem großen Haus mit grauen Fensterläden, in dem andere Kinder nachts schlafen.

Man sollte meinen, man wäre im Land der Kinder, die niemanden mehr haben, der sie lieb hat.

Der Lehrer heißt Monsieur Paul, und er ist sehr nett zu uns. Er bringt uns die französische Erdkunde mit großen Karten bei, die er an die Tafel hängt, und es fällt mir nicht leicht zu begreifen, wie die ganzen Häuser der Leute darauf unterkommen sollen.

Ich habe gefragt, wo der Fluss ist, weil ich an Raymond dachte, der mich jeden Sonntag besuchen kommt, und Monsieur Paul hat mir eine Art Schlange gezeigt, die von der «großen Stadt» abzweigt und «in die Arme anderer Flüsse einmündet».

Monsieur Paul redet manchmal richtigen Blödsinn; Flüsse haben keine Arme. Warum nicht gleich Augen oder einen Mund?

Wenn wir nicht gerade Erdkunde lernen, erzählt Monsieur Paul uns die Geschichte der Cromagnon-Menschen, der Leute, die vor uns da waren. Sie haben wie Affen ausgesehen, und sie haben das Feuer erfunden, indem sie Steine aneinander rieben. Sie haben alle zusammen in Höhlen gelebt und Tierfelle angehabt, und gegessen haben sie Tiere, die sie mit selbst gebastelten Waffen gejagt haben wie ihren Bögen aus einem Stück Baum und einer Liane, mit denen sie Pfeile aus spitzem Stein abgeschossen haben.

Ich habe Monsieur Paul gefragt, ob Tarzan ein Cromagnon-Mensch war, und die ganze Klasse hat gelacht, und ich bin ganz rot geworden und habe die Antwort von Monsieur Paul gar nicht gehört und habe keine Fragen mehr gestellt.

Simon wollte wissen, ob die Cromagnon-Menschen sich gewaschen haben oder nicht, und der Lehrer hat gesagt, dass es damals noch keine Seife gab und keine Duschen oder Badewannen und dass die Cromagnon-Menschen sich gewaschen haben, wenn sie zufällig ins Wasser fielen, und Simon hat laut gesagt: «Die Seife ist von den Eltern erfunden worden, um ihre Kinder zu ärgern», und alle haben gelacht, sogar Monsieur Paul.

Béatrice, die kleine Schwarze, hat ihre Nasenpopel gegessen, und Monsieur Paul hat sie gefragt, ob sie seinen Finger auch noch haben will, und sie hat gesagt: «Nein, danke.»

Alice hat am Daumen gelutscht, die Haare im Gesicht, und Monsieur Paul hat ihr die Haare mit einem Gummiband hinter den Ohren festgemacht, und Alice hat es zugelassen und hat dabei gezittert.

Wir haben zwei verängstigte schwarze Augen zu sehen bekommen, einen kleinen Mund ohne Lippen, eine Stupsnase und ganz viele Sommersprossen.

Monsieur Paul hat gesagt: «Jetzt kannst du die Tafel besser sehen», und Alice hat mit dem Kopf genickt und dabei das Gesicht hinter den Armen versteckt, und der Lehrer hat sich an sein Pult gesetzt, und Alice ist aus dem Klassenzimmer gelaufen, und Monsieur Paul ist hinterhergelaufen und hat sie gesucht.

Als sie wiedergekommen sind, hat Monsieur Paul eine Hand auf ihrer Schulter gehabt.

Wir anderen waren auf unsere Pulte geklettert und haben so getan, als wären wir Cromagnon-Menschen, und haben «Onga, onga» gerufen, und die laute Stimme von Monsieur Paul hat uns von unseren Bergen runtergeholt, nur Simon nicht, der immer noch «Onga, onga» gerufen hat, bis Monsieur Paul ihn am

Ohr gezogen und in die Ecke gestellt hat, wo er bis zur Pause mit den Händen auf dem Rücken stehen musste, ohne sich zu rühren.

Wenn es klingelt, klatscht der Lehrer in die Hände und schickt uns alle nach draußen, und das ist viel Arbeit, weil es immer welche gibt, die bei Monsieur Paul bleiben wollen, statt in die Pause zu gehen, aber von uns aus dem Heim ist keiner dabei.

Der dicke Jujube sagt, er hätte Herzbeschwerden oder Bauchschmerzen, und geht auf die Krankenstation, wo man seine Herzbeschwerden oder Bauchschmerzen mit einem Pflaster um den Finger behandelt, und er zeigt uns seinen Finger, aber Simon und mich lässt das kalt, und wir spielen mit den Brüdern Chafouin und mit Ahmed Schussern oder Fangen.

Wir mischen uns nicht unter die anderen Kinder, und wir können ihnen nur raten, nicht mit dem Finger auf uns zu zeigen, denn das letzte Mal hat sogar Béatrice, die kleine Schwarze, die Finger aus der Nase genommen, um dem Jungen, der sich über uns lustig machen wollte, die Augen auszukratzen. Und wir anderen haben nach ihm getreten, sogar Alice, nur dass sie das Gummiband von Monsieur Paul nicht mehr um die Haare hatte und den dicken Jujube getreten hat, der sofort lauter geplärrt hat als der Junge auf dem Boden.

Die Mama von dem Jungen hat bei Monsieur Paul vorgesprochen, und der Lehrer hat uns nach dem Unterricht dabehalten und hat gesagt, dass wir so etwas nicht wieder tun dürfen, und wir haben gesagt: «Jawohl, Monsieur Paul», und dabei haben wir die Finger auf dem Rücken gekreuzt.

In der Klasse gibt es jede Menge Kinder, die nicht im Heim wohnen, aber sie machen uns keinen Ärger.

Oder wie Simon sagt: «Sie beäugen uns, als wären wir Wölfe.»

An dem Tag, als Béatrice ihre Finger aus der Nase genommen hat, habe ich Simon, der alles weiß, gefragt, warum Béatrice im Heim wohnt.

Simon hat gesagt: «Weil der Papa von Béatrice an seiner Tochter rumgeknutscht hat, aber er hätte besser an seiner Frau rumgeknutscht, die hat nämlich die Gendarmen geholt, und seitdem ist der Papa von Béatrice im Gefängnis wie der Papa von Ahmed.»

Ich habe gefragt: «Was heißt rumgeknutscht?», und Simon hat geantwortet: «Na ja, wenn man mit der Zunge rumspielt», und manchmal frage ich mich, wie es kommt, dass Simon so viele Sachen weiß.

Mittags essen wir in der Kantine des großen Hauses mit den grauen Fensterläden zusammen mit allen Kindern aus allen Klassen, und das sind sehr viele Kinder. Der Lehrer und Pauline sitzen bei den Erwachsenen, und Pauline schaut Monsieur Paul an, und Monsieur Paul lässt das kalt, er schaut uns an, die Kinder aus dem Heim.

Béatrice, die kleine Schwarze, isst hauptsächlich mit den Fingern, die sie zu diesem Anlass aus der Nase nimmt, und manchmal kommt Monsieur Paul zu uns an den Tisch und wischt Béatrice die Finger mit der verfleckten Serviette ab und gibt ihr eine Gabel in die Hand, und Béatrice schaut sich darin an, als wäre die Gabel ein Spiegel. Und wenn Monsieur Paul woanders hinschaut, lässt Béatrice die Gabel fallen und isst das Kartoffelpüree mit den Fingern, und Monsieur Paul lässt sie in Ruhe, weil Boris und Antoine ihre Erbsen mit dem Löffel zu den Kindern am Nebentisch werfen, die das Gleiche tun. Oder weil Alice nichts essen will.

Der dicke Jujube hat immer als Erster den Teller leer, und manchmal streitet er mit Ahmed um den Teller von Alice, und beide ziehen am Teller, bis der Inhalt auf dem Tisch landet und

Pauline sagt: «Diese Kinder sind noch mein Tod», und auf den Lippen von Boris sind die Worte «dreckiges kleines Flittchen» zu lesen, und wir müssen lachen.

Nachmittags bringt Monsieur Paul uns bei, wie man ein Haus baut. Es riecht nach Leim und nach Holz, und der dicke Jujube sagt, dass ihm davon schlecht wird, und wir anderen sagen: «Jujube, du nervst.»

Monsieur Paul sägt die Bretter zurecht und verstreicht den Leim darauf, und wir bauen «unser Traumhaus» mit unechtem Gras drum herum und mit Gazefetzen an den Fenstern.

Simon hat seine Fenster komplett vergittert, unechtes Gras wollte er keines – «Bei mir gibt es nur Beton» –, und den Schornstein hat er nicht auf das Dach geklebt – «Bei mir gibt es kein Kaminfeuer» –, und ich habe ihn gefragt: «Wo ist bei dir?», und er hat mir geantwortet: «In der großen Stadt», und ich habe ihn gefragt: «Warum bist du im Heim?», und er hat nicht geantwortet.

Alice hat das Dach weggelassen, damit sie «die Sterne und den Mond sehen» kann.

Béatrice hat unechtes Gras hingeklebt, und die Brüder Chafouin haben ein Haus ganz aus Glas gebaut, «damit uns jeder sehen kann», und Ahmed hat nichts gebaut und hat geheult, und Monsieur Paul wollte ihm helfen, aber Ahmed hat gesagt: «Mein Traumhaus, das gibt es nicht», und ist aus dem Klassenzimmer gelaufen, und Monsieur Paul hat ihn gesucht, nachdem er zu uns gesagt hat: «Und wenn ich zurückkomme, will ich kein Onga-onga hören!»

Und wir waren superbrav und haben kleine Tiere auf das unechte Gras geklebt, nur Boris nicht, der am Leim geschnüffelt hat und dann ganz komisch geworden ist, und Monsieur Paul musste ihn auf die Krankenstation bringen und Ahmed mitnehmen, der seine Hand nicht mehr loslassen wollte.

So ist Monsieur Paul zu uns Kindern.

Simon sagt, dass er zu Hause sechs eigene Kinder hat und dass Madame Papineau, die Heimleiterin, einen bei ihm schlafen lässt, wenn man samstags oder sonntags keinen Besuch im Heim bekommt.

«Du hast den Gendarmen, der dich besucht, du hast Glück.»

Und ich habe ja gesagt und an die Bonbons von Raymond gedacht.

Wenn die Schule aus ist, räumen wir unsere Hefte und Stifte und Bücher in den Schulranzen und sagen Monsieur Paul auf Wiedersehen, vor allem Ahmed, der seine Hand nicht loslassen will, und wir steigen mit Pauline, die an den Fingern abzählt, ob wir alle da sind, zu Gérard in den Bus und setzen uns auf unsere Plätze.

Gérard schaltet seine Musikkiste an, und manchmal singen Simon, Gérard und ich *Juanita Banana* von Henri Salvador, und Pauline singt: «Erbarmen!», aber das ist Quatsch, denn es kommt gar nicht in dem Lied vor.

Wenn wir im Heim ankommen, besucht jeder von uns Madame Papineau und erzählt ihr, wie es war, und zeigt ihr das Traumhaus oder bekommt Süßigkeiten aus ihrem Schrank.

Neulich hat Béatrice mit den Fingern in der Nase wieder Madame Papineau gefragt, ob sie mit ihrer Mama am Telefon sprechen darf.

Simon sagt, dass die Mama von Béatrice immer verspricht, sie zu besuchen, aber nie kommt, und dass Béatrice die Treppe runterrennt, wenn sie ein Auto vorfahren hört, und dass es immer das Auto von jemand anderem ist und dass sie am Sonntagabend mit ihren roten Augen kein schöner Anblick ist.

Madame Papineau hat zu Béatrice gesagt: «Komm um 19 Uhr zu mir, dann rufen wir deine Mama an», und das hat sie mit einem Lächeln gesagt, als würde es diesmal sicher klappen.

Am Sonntag hat Raymond mich besucht, aber für Béatrice ist kein Auto gekommen. Rosy hat sie in die Arme genommen, und der Kopf von Béatrice ist in ihrem dicken Busen verschwunden, und die Schultern von Béatrice haben gezittert, als Rosy sie gestreichelt hat.

Nach den Süßigkeiten der Heimleiterin gehen wir mit Rosy den Nachmittagskakao trinken, und Rosy erstickt uns fast mit ihren Küssen, und es riecht nach Kakao und nach getoastetem Brot, und Alice klettert Rosy auf den Schoß, und es gelingt Rosy, sie mit einem Butterbrot mit Marmelade zu füttern und ihr dabei die langen braunen Haare aus dem Gesicht zu halten.

Danach machen wir unsere Hausaufgaben, und Rosy muss oft Ahmed helfen, der meint, zwei und zwei wäre acht. Wenn Rosy da ist, sind Simon und ich superfleißig, und wir antworten an Ahmeds Stelle, und Rosy sagt: «Habt ihr nichts Besseres zu tun?», und wir sagen: «Nein», und Rosy verdreht die Augen, weil Ahmed wieder heult.

Danach gehen wir duschen, und Simon sagt: «Das warme Wasser löst uns noch die Haut ab», und Rosy hat ein Auge auf ihn.

Wenn wir sauber sind, dürfen wir spielen gehen, und weil Winter ist, spielen wir drinnen.

Alice zieht ihrer Puppe eine Hose an und darüber ein Kleid und zwei Pullover, und sie zieht der Puppe an den Haaren und versohlt ihr den Hintern – «Böses Mädchen, du böses, böses Mädchen».

Die Puppe von Béatrice ist immer ganz nackig.

Béatrice drückt sie an sich und singt ihr vor.

Einmal hat sie nasenbohrend zu mir gesagt: «Bei mir scheint immer die Sonne, und meine Mama hat einen Badeanzug an, mehr nicht, und bald kommt sie mich besuchen und bringt die Sonne mit», und sie hat gelacht, und ich habe ihre kleinen und ganz weißen Zähne und ihre rosa Zunge gesehen.

Boris und Antoine spielen ihr Wörterbuchspiel, und keiner will mitspielen, und Simon, Ahmed und ich spielen Fangen oder Verstecken, und Ahmed verliert immer, und hinterher heult er.

Einmal haben Simon und ich Ahmed in dem Wandschrank, in dem er sich versteckt hatte, eingesperrt. Rosy hat ihn gefunden, und sie hat sich Sorgen gemacht, aber Simon und ich haben nichts gesagt, nur zu Ahmed, dass er die Klappe halten soll, und Ahmed hat den ganzen Abend kein Wort gesagt.

Nach dem Abendessen putzen wir uns die Zähne und warten im Bett auf Rosys Gutenachtkuss. Und manchmal schickt Rosy Simon ins Bad zurück, weil die Petersilie zwischen seinen Zähnen ihn verraten hat.

Am Anfang wollte ich jeden Abend fernsehen, aber Rosy sagt: «Fernsehen gibt es nur am Montagabend.»

Und da sehen wir nur Zeichentrickfilme wegen der Kleinen, Filme wie *Dornröschen*, die jahrelang unter einer Glasglocke darauf wartet, dass ihr Prinz kommt und sie befreit. Und der Prinz lässt sich ganz schön viel Zeit, so dass man sich langsam fragt, ob er überhaupt kommen wird.

Am Dienstagabend gehen wir schwimmen.

Alle Kinder aus dem Heim dürfen mitkommen, und Gérards Bus ist zum Bersten voll mit «hysterischen Blagen», wie Pauline sagt, die angezogen ist wie in einem James-Bond-Film. Sie hat ein superenges Kleid an und hat sich die Augen grün oder lila und den Mund knallrot angemalt, und an den Handgelenken und an den Fingern und um den Hals hat sie haufenweise Schmuck.

Und wie Rosy Pauline anschaut, das muss man gesehen haben. Ihre Augen sind keine Augen, sondern Maschinengewehre.

Simon sagt, mit solchen Augen würde sie auch die zwei anderen Heimwehstreuer attackieren, Michel und François, die nur deshalb zum Schwimmen mitkommen, weil sie mit Pauline fahren wollen.

Simon, der alles weiß, hat einmal gesagt: «Das dreckige kleine Flittchen besucht seinen Verehrer. Ich habe sie abends mal erwischt, als ich als Letzter aus dem Schwimmbad kam. Sie haben sich am Bus rumgedrückt und rumgeknutscht wie die Irren, und der Verehrer hatte sogar die Hand unter ihren superengen Rock gesteckt und hat da unten was gesucht, und Pauline hat gesagt: ‹O ja, o nein, nicht hier, o ja!›, und sie wollte dem Verehrer helfen, aber er hat nichts gefunden und hat seine Hand wieder rausgenommen, und Pauline hat ihren Rock glatt gezupft, und der Verehrer ist abgehauen und hat zum Abschied gesagt: ‹Bis nachher, Bienchen.›»

Und Simon hat gesagt: «Bienchen, das passt gut zu ihr, weil die Bienen über die Menschen herfallen, und wenn ein Mann in der Nähe ist, dann fällt Pauline über ihn her.»

Ich frage mich, woher Simon das alles weiß.

Manchmal singt Rosy uns ein Wiegenlied vor, bevor sie das Nachtlicht löscht.

«... Der Tag vergeht im Licht der Sterne, die Sonne ist müde, und es ist Schlafenszeit. Nur die Katze auf dem Dach tanzt mit ihrem Schatten, und die Spinne auf der Wiese spinnt einen silbrigen Traum ...»

Und Ahmed schläft jedesmal ein, bevor das Lied zu Ende ist.

Mittwochs spielen wir Fußball; wenn es nicht regnet, gehen wir hinterher mit Michel und François im Wald spazieren.

Michel hat lange Haare und einen schwarzen Bart, der seine ganze untere Gesichtshälfte zudeckt.

Simon sagt, dass er dahinter ein Geheimnis versteckt, und ich frage: «Was für ein Geheimnis?», und Simon antwortet: «Das Geheimnis der Bärtigen», und ich verstehe nur Bahnhof.

Manchmal vergrabe ich meine Finger in dem Bart, und er fühlt sich ein bisschen an wie das Moos um die Bäume, und ich kann kein Geheimnis entdecken.

Michel ist außerdem sehr alt. Mindestens vierzig Jahre.

Und er trägt zu weite Kleidung.

Boris sagt, dass er einen größeren Bruder haben muss, der ihm seine abgelegten Sachen gibt, und ich denke mir, dass ich gern einen Bruder gehabt hätte, von dem ich abgelegte Sachen bekommen hätte, aber dass Mama eben lieber ihre Bierchen getrunken hat, als mir einen Bruder kaufen zu gehen.

Manchmal fehlt sie mir, und ich merke, dass ich begriffen habe, dass sie mich in dem Heim nicht besuchen kommen wird.

Raymond ist zu mir nach Hause gegangen und hat meine Sachen abgeholt, und er hat gesagt, dass die Wohnung «versiegelt» sei.

«Was heißt das?», habe ich gefragt.

«Das heißt, dass niemand reingehen darf.»

«Und wenn Mama keine Lust mehr hat, mit Papa im Himmel zu sein, sondern ein Bierchen trinken will, wie soll sie dann reinkommen?»

Und Raymond hat mir geantwortet, dass es im Himmel sogar Bier gibt und dass Mama für immer dort bleiben wird und dass ich sie nie wiedersehen werde, und ich habe geweint.

Ich habe es Rosy erzählt.

«Was ist das für ein Blödsinn?», hat Rosy gesagt. «Im Himmel gibt es kein Bier. Deine Mama spielt dort Harfe.»

«Was ist eine Harfe?»

«Das ist ein Musikinstrument.»

«Wenn das stimmt, dann spielt sie garantiert nicht Harfe, wie du sagst, weil Mama sich für nichts interessiert außer für ihre Bierchen, das Fernsehen, den Trödelmarkt und die Lieder von Céline Dion.»

Rosy hat mein Gesicht zwischen ihre Hände genommen. «So darfst du nicht reden, mein Pfläumchen, deine Mama hat sich vor allem für dich interessiert. Alle Mamas lieben ihre Kleinen, auch wenn sie es nicht sagen.»

François, der andere Erzieher, hat keine Haare mehr, und wenn Boris den Ball verfehlt, dann sagt er manchmal: «Das ist die Schuld vom Eierkopf», und dann müssen wir lachen, nur François Eierkopf nicht, der zu Boris sagt: «Wenn ich dich noch einmal dabei erwische, dass du das zu mir sagst, wirst du das Laub unter den Bäumen aufsammeln», und Boris sagt es nur zu denen, die Lippen lesen können. Das heißt zu uns, den Heimkindern.

Beim Fußball sind nur die Jungen dabei, weil es kein Sport für Mädchen ist. Mädchen spielen Volleyball oder mit Puppen oder mit Kleidern.

Im Heim sind wir an die vierzig Kinder.

Jede Zehnergruppe hat eine eigene Küche, ein eigenes Wohnzimmer und eigene Kinderzimmer, und wir geben uns nicht viel mit den anderen Gruppen ab außer beim Fußball, im Schwimmbad oder beim Waldspaziergang.

Und außerdem sind Simon, Ahmed und ich nicht besonders neugierig auf die anderen Blagen, weil wir gern für uns sind.

Beim Fußball stellen wir den anderen ein Bein, wenn die Erzieher nicht hinschauen, und manchmal heulen sie dann beim Hinfallen, und wir sagen: «Das ist gelogen», wenn sie uns verpetzen.

Und wenn es Ärger gibt, verpetzen Simon und ich Ahmed, und Ahmed weiß, dass er besser die Klappe hält, und deshalb sagt er, dass es keine Absicht war, und der Schiedsrichter sagt: «Freistoß», und wir spielen weiter.

In unserer Mannschaft darf immer Antoine den Freistoß schießen.

Er hat Feuer in den Füßen: Er schießt den Ball immer superweit, und einmal haben wir ihn gar nicht mehr gefunden.

In der gegnerischen Mannschaft ist es Aziz, der den Freistoß schießt, nur dass er uns anschaut und nicht das Tor, und einmal hat Boris den Ball mitten ins Gesicht bekommen.

Boris spürt nie was.

Eierkopf ist ganz weiß im Gesicht geworden, als Boris das Blut aus der Nase lief. Er ist mit Boris zur Krankenstation gegangen, und Aziz hat zu dem Bärtigen gesagt, dass es keine Absicht war, und hat dabei Simon und mich ganz giftig angeschaut.

Boris ist mit einem Pflaster auf der Nase zurückgekommen.

Und Eierkopf ist auf der Krankenstation geblieben.

Wir sind im Wald spazieren gegangen, und ich habe Boris gefragt, ob es wehtut, und Boris hat nein gesagt, und ich war total beeindruckt.

Wir wollten uns alle an Aziz rächen, bis auf Jujube, der wegen dem Pflaster beleidigt war. Antoine hat ihm ein Bein gestellt, und Aziz ist in einer Pfütze ausgerutscht. Als er wieder aufgestanden ist, war er ganz dreckig und hat geheult. Er hat gesagt, wir hätten ihn geschubst, und wir haben gesagt: «So ein Quatsch», und der Bärtige ist mit Aziz weggegangen, und wir sind weiter in die Pfützen gesprungen und auf das morsche Holz, ohne dass einer auf uns aufgepasst hat.

Freitags gehe ich nach dem Nachmittagskakao zur Psychologin.

Madame Colette zeigt mir Bilder, die mit schwarzer Tinte gemalt sind, und ich muss sagen, was mir dazu einfällt, oder sie gibt mir Knetgummi, mit dem ich machen kann, was ich will.

In ihrem Schreibtisch gibt es auch Buntstifte, und wenn ich mich langweile, darf ich damit malen, und einmal habe ich versucht, das Marionettentheater zu malen.

Ich zeige das Bild Madame Colette, die sagt: «Interessant», und ich kann nicht verstehen, was sie daran interessant findet, denn ich habe das Theater nicht hingekriegt; es ähnelt einer roten Kiste mit einer Schleife wie an einem Geschenk, die ich daraufgemalt habe, und ich weiß nicht, warum.

Wenn sie mir die Tintenbilder zeigt, sage ich, was mir gerade einfällt:

«Das ist ein lebender Toter, der Trompete spielt.»

«Das ist eine Kuh, die einen Affen frisst.»

«Das ist der Revolver des Blondinenmörders.»

Sie sagt: «Und wo kommt der Revolver her?»

Und ich antworte: «Na ja, aus den Fernsehnachrichten.»

Manchmal frage ich mich, wie sie auf ihre Fragen kommt.

Nach den Tintenbildern fragt sie mich, was ich gern tun würde, und ich sage: «Ich würde gern mit Simon und Ahmed spielen», und ich darf gehen. Oder ich kriege das Knetgummi in die Finger und bastle Monster daraus wie die in *Krieg der Sterne*, und Madame Colette fragt mich, was das sein soll, und man könnte meinen, sie würde nie fernsehen.

Manchmal weiß ich nicht, was ich da bastle oder was es sein könnte, aber Madame Colette, die hat immer eine Erklärung.

Sie sagt: «Ist das vielleicht ein Herz?», und ich weiß nicht, wo sie da ein Herz sehen will, und sage nein, und sie sagt: «Ist das vielleicht eine Kugel?», und so geht es ewig weiter, bis ich ja sage, weil ich merke, dass es ihr Freude macht, und manchmal sage ich: «Das ist nichts, gar nichts», und sie sagt: «Das darfst du nicht sagen, Pflaume. Das ist nicht gar nichts. Worauf es ankommt, ist, etwas zu machen, was wie etwas aussieht. Verstehst du den Unterschied?», und ich nicke mit dem Kopf, weil ich mit Simon spielen gehen möchte.

«Denkst du manchmal an deine Mama?»

«Ja, wenn ich am Montagabend fernsehe oder wenn der Bärtige heimlich im Wald ein Bierchen trinkt oder wenn ich mit Rosy oder mit Raymond darüber spreche.»

Sie schaut in ihre Unterlagen und sagt laut: «Und Raymond, magst du den gerne?»

«O ja, er ist sehr nett, und beim letzten Mal hat er mir eine Kassette mitgebracht und hat mir erzählt, dass er einen Sohn in meinem Alter hat, der mir ähnlich sieht.»

«Gut. Und wie ist es hier?»

«Hier bei dir?»

«Nein, in Fontaines, aber wir können auch von unseren Sitzungen sprechen, wenn dir das lieber ist.»

«Na ja, da gibt es nicht viel zu erzählen. Alle Leute in Fontaines sind sehr nett, mit Ausnahme von diesem Aziz, und das Essen ist auch in Ordnung.»

Manchmal gehen mir diese ganzen Fragen auf die Nerven, und ich frage, ob ich spielen gehen darf, und Madame Colette erlaubt es mir, und bevor ich gehe, räume ich meine Zeichnungen in die Schublade mit meinem Namen ein.

Beim ersten Mal habe ich mit dem schwarzen Filzstift das Wort Icare durchgestrichen und mit Buntstiften Pflaume darüber geschrieben.

Alle Kinder haben eine Schublade, nur Simon nicht.

Ich habe Madame Colette gefragt, warum, und sie hat mir

geantwortet, dass Simon nicht zu ihr kommt, und ich habe gefragt, warum, und sie hat zu mir gesagt, dass die Neugier eine Unart wäre, und hat mich zur Tür begleitet.

Daraufhin habe ich Simon gefragt, und er hat mir gesagt: «Weil ich keine Lust habe, zu der Psychologin zu gehen», und ich habe gefragt, warum, und er hat gesagt: «Manchmal nervst du wirklich, Pflaume.»

Ich glaube, dass Simon alles über uns andere weiß und nichts über sich selbst.

Der Richter sieht ganz anders aus als der dicke Mann im Fernsehen, der immer vor den Gendarmen den Schuldigen entlarvt. Er ist ganz dünn, und wenn er steht, zieht er dauernd seine Hose hoch, und ich beiße mir in die Backe, um nicht zu lachen, weil Rosy mir hundertmal vorgebetet hat: «Der Richter ist eine Respektsperson, und du darfst dich nicht über ihn lustig machen.»

Rosy kennt mich gut.

Sie hat sogar verlangt, dass ich es «bei Tod und Teufel, Gift und Galle, und wenn ich lüge, komme ich in die Hölle» schwöre und danach auf den Boden spucke, und sie hat nicht lockergelassen.

«Du musst einen guten Eindruck machen, wenigstens beim ersten Mal. Also achte bitte auf deine Ausdrucksweise, keine Kraftausdrücke, verstanden? Und antworte auf die Fragen des Richters, ohne frech zu werden.»

Madame Papineau ist auch da, was normal ist, denn wir sind in ihrem Büro, und wegen uns wird sie nicht spazieren gehen.

Die Tür ist zu, und wenn Madame Papineaus Tür zu ist,

dann traut sich keiner reinzukommen, weil man sonst bestraft wird. Sogar die Sekretärin steckt den Kopf nicht rein, weil die Direktorin sie deswegen einmal so scharf angeschaut hat, dass sie gestottert hat: «Oh, Verzeihung, ich komme später wieder.»

«Mein Kind, sag mir, ob du dich an deinen Vater erinnerst», sagt der Richter zu mir.

«Nein, ich war noch zu klein, als mein Papa mit einer Pute auf Weltreise gegangen ist. Wenn ich Mama gefragt habe, hat sie nur geschimpft wie ein Rohrspatz. Einmal hat sie zu mir gesagt, dass alles Schlechte auf der Welt von den Leuten aus der Stadt kommt, solchen wie Papa, mit ihren Lackschuhen und ihren schönen Reden, die falscher klingen als das Krähen vom Hahn.»

«Und erinnerst du dich an den Unfall deiner Mama?»

«Nein, sie hat mir davon erzählt. Sie kam einmal vom Trödelmarkt zurück, wo sie nichts gefunden hatte, und sie fuhr mit dem Renault 404 und hat ihn um die Eiche vom Nachbarn gewickelt, die hinterher gefällt worden ist und aus der ein Bett und ein Tisch für den Nachbarn gemacht worden sind, und das war wegen dem Monsieur und seinen Unglückspapieren, wo draufstand ‹beschlagnahmt wegen unbezahlter Schulden›. Auf denen von Mama steht ‹behindert›, und weil mein Papa keine Adresse hinterlassen hat und es mich gibt, hat ein anderer sehr netter Monsieur zu Mama gesagt, dass sie nicht mehr in der Fabrik arbeiten muss, und seitdem bekommt sie jeden Monat Geld, damit sie mir Hemden in der richtigen Größe und Lebensmittel kaufen kann.»

«Und wie war es mit deiner Mama vor dem Unfall?»

«Oh, super. Als Mama noch in der Fabrik arbeiten ging, bin ich aufgestanden, wenn der Wecker mir in den Ohren geklingelt hat. Dann habe ich ganz allein mein Frühstück gemacht, eine große Tasse Kakao und ein Brot mit Erdbeermarmelade, und ich bin mit dem Schulranzen auf dem Rücken losgerannt, um den Bus zu erwischen. Wenn ich von der Schule zurückkam, hat Mama in der Küche mit einem großen Glas Milch und mit Butterbroten mit Puderzucker auf mich gewartet, und ich habe ihr erzählt, was ich erlebt habe, dass ich in der Pause beim Schussern mit dem dicken Marcel gewonnen habe, oder die Geschichte, wie die Lehrerin sich auf den Stuhl mit dem Kaugummi von Grégory gesetzt hat und alle die Strafarbeit machen mussten, weil keiner Grégory verpetzen wollte, dem hinterher seine Sammlung von Aufklebern geklaut worden ist, und Mama hat gelacht und ich auch. Sie hat schon mal ein Bierchen getrunken, aber nicht eins nach dem anderen. Bevor sie sich vor den Fernseher gesetzt hat, hat sie mir bei den Hausaufgaben geholfen, und ich habe nicht dauernd dem Sohn vom Nachbarn aus dem Fenster zugeschaut, und ich hatte in der Schule bessere Noten, und sie hat nicht dauernd rumgebrüllt.»

«Ist es danach schlechter geworden, mein Junge?»

«Ja, da hat sie viel Bier getrunken und die ganze Zeit ferngesehen und den Fernseher gar nicht mehr ausgeschaltet, und ihr alter Morgenmantel hatte lauter Flecken, und ihre Pantoffeln hatten lauter Löcher, damit ihre Fußzehen an die Luft kommen. Sie hat sich nicht mehr darum gekümmert, ob ich meine Schulaufgaben gemacht habe, und hat sich nicht mal für meine Noten interessiert, und der Elternabend war ihr piepegal, da ist sie nie hingegangen. Wenn sie rumgebrüllt hat, und das hat sie die ganze Zeit getan, gab es oft gar keinen Grund, nicht mal irgendeine Dummheit von mir, und sie hat gebrüllt, als würde ich schlecht hören, und dabei war niemand im Haus außer uns beiden, und deshalb bin ich oft auf den Speicher gegangen, wo ich Ruhe hatte wegen ihrem kaputten Bein. Sie hat dann geschrien: ‹Pflaume! Zwing mich nicht, nach oben zu kommen!›, aber ich wusste ja, dass sie das gar nicht konnte, und habe nicht geantwortet und mit den Äpfeln Fußball gespielt.

Dann hat sie noch lauter geschrien: ‹Du kleiner Schweinehund, du wirst dir eine Abreibung einfangen, die sich gewaschen hat›, und ich habe auf dem Speicherboden geschlafen, damit sie es bis zum nächsten Tag vergisst. Am nächsten Morgen habe ich mich dann ohne Frühstück in die Schule verdrückt, und am Abend bin ich mit einem Strauß Wiesenblumen zurückgekommen, die ich unterwegs gepflückt habe. Mama sagte dann: ‹Oh, wie lieb von dir, Pfläumchen, so schöne Blumen. Da hast du sicher etwas angestellt›, und ich habe mit dem Kopf genickt, und im nächsten Augenblick hatte sie mir eine Ohrfeige verpasst, dass man die einzelnen Finger auf meiner Backe zählen konnte. Ich habe mir das Gesicht gerieben und sie angeschaut wie der Cowboy die Rothaut, bevor er sie skalpiert, habe meine Tränen runtergeschluckt und die Fäuste geballt und gesagt: ‹Nimm dich in Acht, oder ich skalpier dich›, und Mama hat die Augen verdreht und zur Zimmerdecke gesagt: ‹Das kann doch nicht wahr sein, dieser Junge ist keine Pflaume, sondern eine Flasche›, und dann hat sie Wasser in die Vase für die Blumen gefüllt und dabei eine Melodie von Céline Dion gesummt. So ist meine Mama. Manchmal schreit sie rum und vergisst, warum sie schreit, und singt, oder sie schaut fern, und dann gibt es mich nicht mehr.»

«Was willst du damit sagen?»

«Wenn sie mir etwas zu sagen hatte, hat sie es zum Fernseher gesagt. Wenn ich aus der Schule kam, hockte Mama in einem alten Sessel, die Fernbedienung in der einen Hand und die Bierdose in der anderen. Sie sagte zum Fernseher: ‹Geh dir die Hände waschen› oder: ‹Worauf wartet dieser Trottel, bevor er sie küsst› oder: ‹Hol mir ein Neues aus dem Kühlschrank› oder: ‹Diese Nutte zieht sich an wie eine Nutte›. Ich habe mir die Hände gewaschen. Ich habe die leere Bierdose abgeholt und ihr eine neue gebracht. Ich bin in mein Zimmer gegangen und habe meine Hausaufgaben gemacht, um der Lehrerin eine

Freude zu machen, und ansonsten habe ich aus dem Fenster dem Sohn vom Nachbarn zugeschaut, der sich zusammen mit den Schweinen im Dreck gewälzt hat, und ich habe ihn beneidet. Manchmal bin ich wieder runtergegangen, und Mama war vor dem Fernseher eingeschlafen und hatte lauter leere Bierdosen auf dem Boden stehen. Wenn ich den Fernseher ausgeschaltet habe, ist sie wach geworden und hat mir eine verpasst, und deshalb habe ich den Fernseher nicht mehr ausgeschaltet, sondern nur die leeren Dosen eingesammelt, ohne Lärm zu machen, habe sie in den Abfalleimer geworfen und bin wieder nach oben gegangen.»

«Und hast du auch ferngesehen?»

«O ja, Fernsehen ist super. Am liebsten mag ich Nachrichten, das ist wie ein Film mit lauter Katastrophen, der nicht lange dauert, und deshalb schläft man dabei nicht ein. Und danach gibt es die Schlechtwetternachrichten. Die Ansagerin sagt Regen, Stürme und Unwetter voraus. ‹Und das Erdbeben›, sagt Mama zu der Ansagerin, ‹ist das für übermorgen vorgesehen?› Die Ansagerin lächelt Mama an. ‹Der Wirbelsturm Amandine aus der Karibik ist auf unserem Satellitenbild deutlich zu erkennen.› – ‹Mama, was ist ein Wirbelsturm?›, frage ich. ‹Ein ganz übler Sturm, der die Dächer von den Häusern reißt›, antwortet sie. ‹Aha›, sage ich. ‹Und warum heißt der üble Sturm Amandine?› Und sie antwortet: ‹Weil die üblen Stürme immer Frauen sind, so wie die Pute von deinem blöden Vater.› Ich frage: ‹Kann eine Pute denn Dächer von den Häusern reißen?› Und sie sagt: ‹Du tötest mir den letzten Nerv, Pflaume. Wenn du weiter so dumme Fragen stellst, schicke ich dich ins Bett.›»

«Ist das alles, was du im Fernsehen angeschaut hast?»

«O nein. *Die Vorher-Nachher-Show*, *Das Superquiz*, *Streit muss sein*, *Der rote Teppich*, *Wer wird Millionär?*, das sind alles Supersendungen. Wir haben vor dem Fernseher gegessen, und danach bin ich oft eingeschlafen und aufgewacht, wenn Mama mir mit einer Bierdose an die Birne geklopft und zum Fernseher gesagt hat: ‹Zeit, ins Bett zu gehen.› Und wenn wir einen Film angeschaut haben, dann hat Mama oft wie irre geweint. Sie hat gesagt, bei Liebesszenen müsste sie an meinen blöden Papa denken, und dann hat sie einen Schluck Bier getrunken und auf die Männer geschimpft – ‹diese Saukerle, diese Feiglinge, diese Drückeberger› –, und ich habe zu ihr gesagt, dass ich auch irgendwann ein Mann sein werde, und das hat sie ein bisschen beruhigt. Sie hat noch ein bisschen geschnieft, hat sich in die Papierserviette geschnäuzt und hat gesagt: ‹Stimmt, eines Tages wirst du ein Mann sein, aber du wirst mich auch wegen einer Pute sitzen lassen.› Und die nächste Runde Tränen war fällig. Und ich habe zu ihr gesagt, dass ich Puten nicht leiden kann und dass ich sie nie verlassen würde, weil sie so cooles Kartoffelpüree macht. Und dann hat sie gelacht und hat zum Fernseher gesagt: ‹Geh jetzt schlafen›, und ich habe Mama einen Kuss auf die Stirn gegeben und bin in mein Zimmer gegangen, und ich war traurig. Ich habe an meinen Vater gedacht, der ein Riese ist und den Kopf in den Wolken hat, und ich habe mir gedacht, dass der Himmel so gemein zu Mama war und dass ich sie rächen werde wie im Film und den Himmel umbringe, damit nie mehr Wolken zu sehen sind, die nur Pech pinkeln.»

«Gut, gut … Möchtest du ein Glas Wasser, mein Junge?», fragt der Richter, der an seinem Kuli kaut, über seine Blätter voller Wörter hinweg.

«Ja, danke, Monsieur, und darf ich danach spielen gehen? Nicht dass ich es bei Ihnen langweilig finde, aber ich habe Simon versprochen, ihn beim Schussern gewinnen zu lassen, auch wenn ich das gar nicht vorhabe.»

«Icare!», sagt Madame Papineau, als hätte ich einen Kraftausdruck benutzt.

«Nein, lassen Sie ihn, Madame Papineau. Ich habe mir genug Notizen gemacht. Eine letzte Frage, mein Junge. Gefällt es dir hier?»

Ich trinke das Glas Wasser, bevor ich antworte: «Ja, klar, das Essen ist in Ordnung, und ich habe jede Menge Freunde. Nur das Fernsehen, das ist nicht so toll. Wir dürfen nichts sehen außer Zeichentrickfilmen auf Video. Rosy sagt, die Fernsehnachrichten sind nichts für Kinder und Filme und Quizsendungen auch nicht. Rosy mag das Fernsehen nicht. Das ist dumm von ihr, sie könnte nämlich selbst darin auftreten. Ich könnte sie mir prima in der *Vorher-Nachher-Show* vorstellen, wenn sie sich total verändert im Spiegel anschaut.»

Darüber muss Madame Papineau lachen.

Der Richter steht auf und zieht sich lächelnd die Hose hoch.

«Du scheinst mir das Herz auf dem rechten Fleck zu haben, mein Junge. Immer optimistisch, das ist wichtig im Leben. Vor allem in deinem Leben wird dir das helfen.»

Ich verstehe nur Bahnhof, aber ich erwidere sein Lächeln und denke an Rosy, die mit mir zufrieden sein wird.

Ich glaube, dass ich einen guten Eindruck gemacht habe.

«Darf ich jetzt gehen?»

Und Madame Papineau sieht den Richter an, und beide sehen mich mit einem Lächeln an.

«Ja, Pflaume, geh zu deinen Freunden», sagt die Heimleiterin. «Aber keinen Krach, ich will euch nicht wie gestern von meinem Büro aus hören.»

«Nein, Ehrenwort, Madame Papineau.»

Und ich gehe rückwärts raus und bin sehr froh, als ich die Tür zumachen kann.

Heute ist Sonntag, und während ich auf Raymond warte, schalte ich das Radio ein, wo Aznavour singt, und das ist öde, und ich suche einen anderen Sender, und der spielt «Discomusik», wie Rosy ganz angeekelt sagt, aber mir gefällt Discomusik gut. Ahmed ist zu dem Lehrer gefahren, und Simon ist auch weggefahren, aber er hat nicht verraten wollen, wohin.

Heute Morgen bin ich in das oberste Stockwerk von Fontaines gestiegen und habe an Rosys Tür geklopft.

«Wer ist da?»

«Na, ich, Pflaume!»

Und sie hat die Tür aufgemacht; sie hatte Morgenmantel und Pantoffeln an, und das hat mich an Mama erinnert, nur dass ihr Morgenrock keine Flecken hatte und die Pantoffeln keine Löcher hatten.

«Rosy, sag mal, weißt du, wohin Simon gegangen ist?»

«Ja.»

«Dann sag es mir!»

Rosy hat mir den Kopf gestreichelt.

«Deshalb musst du nicht schreien, kleiner Mann, ich bin nicht taub, aber ich kann dir nicht sagen, wohin Simon gegangen ist. Das ist seine Sache.»

«Sauerei», habe ich gesagt.

Und Rosy ist böse geworden: «Keine Kraftausdrücke in meiner Gegenwart, sonst kannst du gleich in dein Zimmer zurückgehen.»

Ich habe mich sofort beruhigt, weil ich mir keine Abreibung einfangen wollte, die sich gewaschen hat.

«Bitte, Rosy!»

«Wenn du ein Geheimnis hättest, würde ich es niemandem verraten, es sei denn, du wolltest es so. Und Simon hat mir nichts davon gesagt, dass ich dir etwas sagen soll.»

«Das hat er vergessen.»

Rosy hat die Augen verdreht: «Jetzt komm schon, sei ein braver Junge, ich werde dir nichts verraten. Kommt Raymond dich heute nicht besuchen?»

«Doch, er kommt sicher bald.»

Und sie hat ihre Tür zugeschlagen.

Rosy wohnt als Einzige von den Heimwehstreuern im Heim.

Michel, François, Pauline und die anderen haben alle ein eigenes Zuhause.

Aber Rosy hat uns zu gern, um ein eigenes Zuhause zu haben.

Und so kommt es, dass sie sonntags Béatrice trösten kann und wir bei ihr an die Tür klopfen dürfen, wenn wir ihr etwas erzählen wollen, und manchmal lädt sie uns ein und gibt uns Tee zu trinken, aber diesmal gab es keinen Tee für mich und auch sonst nichts.

Ich bin in mein Zimmer gegangen und habe aus dem Fenster geschaut, von wo man in den Park sieht, auf die Kiesel, die Bäume, wo man stehen muss, wenn man nicht mitspielen darf, die schwarzen Eisengitter und weiter weg den Weg mit Teer drauf, den Fluss und dahinter nichts als Gras, Bäume und Stückchen von Häusern. Es gibt bloß einen Esel, und man darf nicht zu nahe hingehen, weil er beißt. Rosy hat mir gesagt, dass die Kinder ihn böse gemacht haben, weil sie immer an seinen Ohren und an seinem Schwanz gezogen haben.

Und dann hat Raymonds Auto mit der kleinen blauen Büchse auf dem Dach unter meinem Fenster geparkt, und ich bin die Treppe runtergerast.

Sein Hemd hängt ihm wegen seinem Bauch immer aus der Hose raus, und er schwitzt unter seiner Jacke, als wäre er mit der Sonne im Auto hergefahren.

Er breitet die Arme aus, und ich springe ihm an den Hals.

«Wie geht's, mein Kleiner?», sagt Raymond mit seiner lauten

Stimme, und ich erzähle ihm, was ich am Mittwoch erlebt habe, als ich mit meinen Freunden Fußball gespielt habe und wir Aziz verarscht haben.

«‹Verarschen› sagt man nicht. Von wem hast du das?»

«Na, von Simon.»

«Aha! Von diesem verkommenen Subjekt.»

«Was ist ein Subjekt?»

«Ein Teufelsbraten.»

«Warum sagst du dann nicht Teufelsbraten? Das verstehe ich wenigstens.»

«Weil man Teufelsbraten nicht sagt.»

«Jetzt hast du es sogar zweimal gesagt!»

Und wir lachen, und draußen ist es schön, und wir gehen auf dem Weg mit Teer drauf spazieren.

Ich lasse meine Hand in seiner verschwinden.

Raymond lächelt mich mit seinen Augen an, und seine dicken Augenbrauen sagen sich guten Tag.

«Ach, ich habe dir übrigens ein Foto von meinem Sohn mitgebracht. Er heißt Victor.»

Und er zeigt mir das Foto von Victor in den Armen einer Dame in einem gelben Hemd, und ich finde nicht, dass Victor mir ähnlich sieht.

«Wer ist die Dame?»

«Das war meine Frau», sagt Raymond, und seine Augen lächeln nicht mehr. «Sie ist auch im Himmel.»

«Warum?»

«Weil sie sehr krank war, aber das ist nichts für dich. Findest du nicht, dass mein Victor dir ähnlich sieht?»

Und ich antworte: «Doch», um ihm eine Freude zu machen.

Ich bin blond, er ist brünett, ich habe blaue Augen, und er hat braune, und vor allem wäre ich mit seiner Frisur nicht einverstanden.

Ich fahre mir mit der Hand durch die Haare und fertig,

Kamm brauche ich keinen. Und außerdem hat er kein Muttermal auf der Nase.

Manchmal macht Simon sich über mich lustig: «Dir sitzt ja eine Fliege auf der Nase», und ich ziehe ihn an den Haaren, und er sagt: «Das habe ich nur zum Spaß gesagt», und ich sage: «Ich habe es auch nur zum Spaß gemacht.»

Raymond hat einen Grashalm gepflückt und sich zwischen die Zähne gesteckt.

«Hättest du Lust, ab und zu mit zu mir nach Hause zu kommen?»

Ich sehe ihm zu, wie er seine Brieftasche mit dem Foto von Victor in die Tasche hinten an seiner Hose steckt, und ich sage: «Ja, das hätte ich», und er drückt meine Hand, dass es wehtut.

«Ich werde mit deiner Heimleiterin sprechen.»

Und ich denke mir, dass Victor ihm zu brav ist und er offenbar einen Teufelsbraten wie mich braucht.

Wir setzen uns am Flussufer ins Gras.

«Ist dir nicht kalt?», fragt Raymond.

«Nein.»

Und er zieht seine Jacke aus und wickelt sie um mich.

Manchmal hören die Erwachsenen einem einfach nicht zu.

Als er mich das erste Mal in dem Heim besucht hat, war es ganz komisch, ihn ohne seine Kappe und seine Uniform zu sehen. Man sieht sofort, dass er sonst eine Kappe aufhat, weil an seiner Stirn immer ein Strich ist, der nicht weggeht, aber am Anfang wollten Simon und Ahmed mir nicht glauben, dass er ein Gendarm ist. Und dann haben sie das Auto mit der blauen Büchse gesehen, und seitdem fürchtet Ahmed sich vor Raymond. Simon hat mir gesagt, dass es wegen seinem Papa ist, der festgenommen wurde, und ich habe Ahmed gefragt, ob das stimmt.

«Ahmed sagt, die Gendarmen wären gemein», sage ich zu dem Gendarmen.

«Nicht alle sind gemein, und manchmal ist es schwierig, jemanden festzunehmen, wenn die Kinder dabei sind, aber wenn man jemanden festnimmt, ist es zu seinem Besten, und manchmal hat man keine andere Wahl.»

Und er kratzt sich am Kopf. «Die Kinder haben keine Wahl, wenn ihr Vater Einbrecher oder Schlimmeres ist, aber sie müssen immer die Rechnung für das zerschlagene Geschirr bezahlen.»

Ich frage mich, warum der Papa für zerschlagenes Geschirr ins Gefängnis kommt.

Und dann unterhalten wir uns über Bösewichter, und es wird allmählich kalt, und wir gehen zurück.

Raymond drückt mich an sich und sagt zu mir: «Sei ein braver Junge», und ich gebe ihm seine Jacke zurück, und er zwickt mich in die Backe, bevor er geht.

Ich stehe oben an der Treppe, als ich einen Wagen hinter mir vorfahren höre, und ich drehe mich um, weil Raymond manchmal zurückkommt und mich noch einmal in die Arme nimmt, aber auf dem Wagen ist keine blaue Büchse.

Ich sehe, dass eine Dame mit einem kleinen Mädchen aussteigt, das mich anschaut, und mir ist ganz komisch zumute, als könnte ich nicht wegsehen, und die Dame zieht am Arm des Mädchens: «Jetzt komm endlich», und wir sehen uns noch immer mit weit aufgerissenen Augen an.

Die Dame tut so, als wäre ich Luft.

Sie geht an mir vorbei und stößt die Tür auf und zieht mit der anderen Hand das Mädchen hinter sich her.

Die Tür geht zu, und es kommt mir vor, als hätte das Mädchen mir zugezwinkert, bevor es verschwunden ist.

Das kleine Mädchen heißt Camille.
Ich denke an Camille, selbst wenn sie nicht da ist.

Wenn sie mich ansieht, werde ich so rot wie eine Erdbeere.

Sie kommt mir vor wie eine Wiesenblume, die man nicht pflücken will, weil man Angst hat, sie zu beschädigen.

Sie schläft im selben Zimmer wie Béatrice und Alice.

In der Küche setzt sich Alice ihr auf den Schoß und streicht sich die Haare mit einer Hand aus dem Gesicht, um sie mit dem Blick ihrer schwarzen Augen zu verschlingen, und lutscht dabei am Daumen der anderen Hand.

Béatrice hat Camille sogar ihre Nasenpopel angeboten, aber Camille hat «Nein, danke» gesagt, und sie hat es so nett gesagt, dass es wie das Gegenteil geklungen hat.

Zuerst hat Simon natürlich versucht, den großen Maxe vor ihr zu markieren. Er hat gesagt: «Du bist für mindestens drei Jahre dran» und: «Du wärst gut beraten, mir beim Frühstück die Brote zu schmieren.»

Und Camille hat geantwortet: «Lieber bleibe ich hier hundert Jahre als eine Sekunde länger bei Tante Nicole. Und was deine Frühstücksbrote angeht, wärst du gut beraten, sie selber zu schmieren, weil ich sonst das Messer nehme und dich in kleine Stücke schneide.»

Seitdem schmiert Simon ihr die Frühstücksbrote.

Ahmed heult, weil er nie neben Camille sitzen darf, und als Jujube ihr sein Pflaster am Finger zeigt, sagt sie: «Du Armer, das muss ja schrecklich wehtun», und Jujube schaut uns an, als wären wir Unmenschen.

Sogar Boris hat sich das Pflaster von der Nase abgemacht, nur dass es bei ihm echt war, und Camille hat ihm einen Kuss auf die Kruste gegeben, und Boris ist genauso rot geworden wie ich.

Antoine hat sein T-Shirt hochgehoben, um ihr zu zeigen, wie sie ihm nach einer «Appendizitis» (noch so ein Wort für das

Wörterbuchspiel) den Bauch wieder zugenäht haben, und Rosy hat gesagt: «Jetzt reicht es langsam mit diesem Zirkus!», und wir haben uns alle an den Tisch gesetzt, weil wir irre Hunger hatten.

Camille hat mir ins Ohr geflüstert: «Und du, Pfläumchen, hast du kein Wehweh, das du mir zeigen willst?», und ich habe ihr mein Muttermal gezeigt, und sie hat mir einen Kuss auf die Nase gegeben und hat mich mit ihren irre grünen Augen angeschaut, und ich habe den Mund aufgemacht, aber es ist nichts rausgekommen.

Am Mittwoch spielt Camille nicht mit Puppen oder mit Anziehsachen, sondern Fußball mit den Jungen.

Sie hat die Puppe, die Madame Papineau ihr am ersten Abend geschenkt hat, aber mit der spielt sie nicht.

Zuerst fanden wir das ganz schön komisch, vor allem Eierkopf, der gefragt hat: «Kannst du das überhaupt?», und Camille hat den Ball direkt ins Tor gekickt, und Aziz hatte nicht mal Zeit zu sagen: «Was soll die Scheiße?», und wir hatten das Tor.

«Na gut, sieht aus, als könntest du spielen», hat Eierkopf eingeräumt.

«Im Gegensatz zu dir, Eierkopf», hat Boris frech gesagt.

«Vorsicht, Boris, wenn ich das noch mal höre, schicke ich dich welkes Laub unter den Bäumen aufsammeln.»

Da hat Boris seine Turnhose runtergezogen und hat ins Gras gepinkelt und dabei den Heimwehstreuer angeschaut, der irre wütend geworden ist.

«So, Boris, das Wort Toilette kennst du wohl nicht?»

«Keine Zeit, war zu dringend.»

Und Boris hat sein Dings wieder eingepackt und es vorher ein bisschen geschüttelt.

«Vergiss es, François», hat der Bärtige gesagt.

Camille hat die Geduld verloren. «Spielen wir jetzt, oder besichtigen wir den Schniepel von Boris?»

Wir konnten vor lauter Lachen gar nicht mehr spielen, und ich glaube, es war Jujube, der gesagt hat: «Wir besichtigen den Schniepel von Boris», und Boris ist weggelaufen, als wäre der Teufel hinter ihm her.

Danach sind wir im Wald spazieren gegangen.

«François ist ein Hosenscheißer», hat Camille zu mir gesagt, «aber Michel mag ich gerne, der hat einen Bart wie mein Papa.»

Und ich habe sie gefragt: «Was ist das Geheimnis der Bärtigen?»

«Wenn man es wüsste, wäre es kein Geheimnis mehr.»

«Wo ist dein Papa?»

Und Camille hat nichts gesagt. Sie hat mich an der Hand gezogen, und wir sind ganz tief in den Wald gegangen.

Kein Mensch war mehr zu hören außer dem Knacken von unseren Schritten auf den morschen Zweigen und dem Klatschen von unseren Turnschuhen in den Wasserpfützen.

Camille hat sich unter einen Baum gelegt und hat zu mir gesagt: «Komm her, wir schauen uns die Blätter an», und ich hab mich neben sie gelegt, und wir haben die Blätter angeschaut und die Sonne, die mit den Blättern gespielt hat, als würden Hunderte Lämpchen hinter dem Grün der Blätter aufleuchten und erlöschen, und ich habe meinen Kopf Camille auf die Schulter gelegt, und dann war es, als würden alle Lichter erlöschen, und ich bin eingeschlafen.

Als ich die Augen aufgemacht habe, hatte Camille die Augen zu.

Sie lag auf der Seite und hat geschlafen, die Knie bis unter das Kinn gezogen, in ihren Jeans und ihrem dicken grauen Pulli, der aussieht, als hätte sie keinen Hals. Ich habe ihre langen braunen Haare berührt, aber sie waren so fein, dass sie mir durch die Finger geglitten sind. Ich habe ihre kleine Stupsnase angeschaut und habe mein Ohr darauf gelegt, und ich habe die leisen Atemgeräusche aus der Stupsnase gehört, und ich weiß nicht, warum ich meinen Mund auf ihren gedrückt habe, und dann hat Camille ihre irre grünen Augen aufgemacht, und ich bin zurückgesprungen, als hätte sie mich gebissen.

Sie hat sich gestreckt wie eine Katze.

«Wir müssen zurückgehen, Pflaume, sonst wird Rosy böse.»

Und als wir im Heim angekommen sind, haben Rosy, der Bärtige und Eierkopf schon oben an der Treppe auf uns gewartet.

Wir sind schnurstracks zu Madame Papineau ins Büro gegangen, und die Heimleiterin hat hinter uns die Tür zugemacht. Weil die Tür nur dann zu ist, wenn ein Monsieur oder eine Dame sie besuchen kommen, habe ich mir gedacht, dass das kein gutes Zeichen ist.

«Meine Kinder, ihr dürft euch nicht einfach von den anderen entfernen, ohne Bescheid zu geben», hat sie gesagt und dabei mit einem Stift gespielt und uns durch ihre dicken Brillengläser angeschaut. «Michel und François haben sich Sorgen gemacht und euch überall gesucht. Wo wart ihr denn?»

Ich habe Camille angeschaut, die mich angeschaut und geantwortet hat: «Das war meine Schuld, Madame Papineau, es tut mir sehr Leid, wir waren im Wald und haben das Licht in den Blättern der Bäume angeschaut und sind eingeschlafen.»

Und ich habe gesagt: «Nein, es ist nicht die Schuld von Camille, Madame Papineau, sondern von mir.»

«Icare, es heißt nicht: Schuld von Camille, sondern: Camilles Schuld.»

«Das ist doch kein Unterschied, und außerdem ist es nicht ihre Schuld, das habe ich doch gesagt.»

«Na gut. Du weißt, was das bedeutet?»

«Treppendienst?»

«Jawohl, und dass mir so was nicht noch einmal vorkommt. Wenn ihr euch noch einmal von den anderen entfernt, werde ich sehr streng sein, und ihr dürft mir glauben, dass ich das kann.»

Und sie hat ihren Stift auf den Tisch krachen lassen, und ich wäre nicht gern an der Stelle von dem Stift gewesen.

«Camille, am Sonntag kommt dich deine Tante besuchen. Du darfst jetzt gehen. Ich muss noch mit Icare sprechen. Nach den Hausaufgaben wird er dir zeigen, wie die Treppe sauber gemacht wird.»

Und Camille ist aufgestanden, ohne ein Wort zu sagen.

An der Tür hat sie sich umgedreht und hat mich angeschaut. Ihre Augen haben ausgesehen, als wären sie nicht so grün wie sonst.

«Icare, ich wollte dir nur sagen, dass Raymond am Sonntag nicht kommen kann. Sein Sohn ist krank, und er muss sich um ihn kümmern. Er hat mich gebeten, dir auszurichten, dass er dich nicht vergessen hat. Monsieur Paul fährt am Sonntag mit einigen Schülern zum Naturkundemuseum von La Villette. Du kannst dich anmelden, wenn du mitfahren willst. So, jetzt geh deine Hausaufgaben machen, für den Nachmittagskakao ist es zu spät. Und dass ihr euch nie mehr unerlaubt von den anderen entfernt, verstanden?»

«Verstanden, Madame Papineau.»

«Icare, du darfst Geneviève zu mir sagen. Das macht mich nicht so alt.»

«In Ordnung, Madame Papineau, aber nur, wenn du Pflaume zu mir sagst.»

Und ich bin rausgegangen und habe dabei an Raymond gedacht, der mich nicht besuchen kann wegen seinem Sohn, der mir ähnlich sieht, und an Camilles Tante, die Camille besuchen kommen will, und an Camille, die keine Farbe mehr in den Augen hat, wenn die Rede auf ihre Tante, diese Hexe, kommt, und an die große Stadt, in die ich am Sonntag fahren könnte.

Aber ohne Camille habe ich keine Lust dazu.

Als ich in das Zimmer gekommen bin, hat Simon von seinen Schulheften aufgeblickt, Rosy hat Ahmed die Hand von der Schulter genommen, und alle haben mich angeschaut.

«Gut», hat Rosy gesagt, «du setzt dich neben Simon. Ich hole dir eine Tasse Kakao.»

«Ich will auch Kakao», hat Ahmed gesagt, und Rosy hat geantwortet: «Du hast schon zwei Tassen gehabt, davon kriegst du einen Blähbauch», und Ahmed hat seinen Bauch angeschaut, als wäre er schon ein richtiger Ballon, und hat geschnieft, und Simon hat gesagt: «So ein wehleidiges Baby», und ich habe Ahmed beruhigt, indem ich ihm mit dem Schlafhasen vor dem Gesicht herumgewedelt habe.

«Schieß los, wo warst du?», hat Simon mich gefragt. «Wir haben euch überall gesucht, und es war spannender als die blöden Suchspiele, bei denen die doofen Süßigkeiten immer an den gleichen Stellen versteckt sind.»

«Wir haben euch verloren und haben uns unter den Bäumen hingelegt und sind eingeschlafen, das war alles.»

«Mit Camille bist du gern zusammen, stimmt's?»

«Du nicht?»

«Keine Ahnung, ich habe mich nicht mit ihr im Wald verirrt.»

«Was willst du damit sagen, Simon? Manchmal komme ich einfach nicht mit.»

«Ich glaube, dass du in Camille verknallt bist.»

«Was heißt verknallt?»

«Verknallt, das ist, wenn man die ganze Zeit an jemanden denkt.»

Ahmed hat zwischen seinem Schluchzen gesagt: «Ich bin in meinen Papa verknallt», und Rosy ist mit einem Tablett gekommen und hat gesagt: «Was habt ihr schon wieder mit dem Kleinen angestellt, dass er so weinen muss?», und Simon und ich haben die Arme ausgebreitet wie zwei Unschuldslämmer.

Rosy hat das Tablett auf das kleine Pult gestellt und hat sich auf das Bett von Ahmed gesetzt. «Komm, mein Kleiner, was hast du denn auf dem Herzen?»

«Ich bin in meinen Papa verknallt.»

Rosy hat Simon angeschaut. «Hast du ihm diesen Blödsinn beigebracht?»

Simon hat den Kopf geschüttelt, und Ahmed hat seinen Kopf Rosy auf die Knie gelegt und hat an seinem Daumen gelutscht, und ich habe mit dem Apfelkuchen und mit meinen Hausaufgaben kurzen Prozess gemacht, weil ich mich super darauf gefreut habe, mit Camille «Treppendienst» zu machen.

Unten an der Treppe habe ich ein bisschen Bohnerwachs auf den Lappen getan und habe zu Camille gesagt: «Ich trage es auf, und du bohnerst hinter mir, damit es glänzt.»

Und wir sind die zwei Etagen hochgeklettert bis zu den Appartements im obersten Stockwerk.

«Das letzte Mal, als ich Treppendienst hatte», habe ich gesagt, «war ich mit Simon zusammen, und wir sind Myriam begegnet, einer Oma von fünfundzwanzig, die in einem der Appartements wohnt. Sie ist seit ewigen Zeiten in Fontaines, und inzwischen ist sie Avocadin oder so ein ähnliches Gemüse und schläft immer noch hier. Simon hat zu ihr gesagt, warum sie kein eigenes Zuhause hat, und sie hat gesagt: ‹Mein Zuhause ist doch hier›, und Simon hat gesagt: ‹Die hat nicht alle Tassen im Schrank, das hier ist ein Knast›, und ich habe gesagt: ‹Nicht so laut, Simon, sonst haben wir morgen wieder Treppendienst.›»

«Und du, würdest du gern immer hier wohnen?», hat Camille mich gefragt.

«Ööh, weiß ich nicht, manchmal denke ich an zu Hause,

aber das nützt nix, weil niemand reingehen darf. Hier habe ich Freunde, und Raymond kommt mich fast jeden Sonntag besuchen, und du bist auch hier.»

«Das ist nett von dir, das zu sagen, Pflaume. Aber hast du überhaupt keine Verwandten mehr? Sind die alle tot?»

«Ja, bis auf meinen Papa. Der ist Riese und ist mit einer Pute und mit seinen Lackschuhen und seinem Gockelgeschwätz auf Weltreise gegangen.»

«Da hast du es aber gut. Ich habe niemanden außer Tante Nicole, und die ist sehr böse. Als meine Eltern weggegangen sind, bin ich zu ihr gekommen. Da roch es schlecht, und es war dreckig, und ich musste alles putzen, aber ich konnte es der alten Hexe nie recht machen, und sie hat mir oft nichts zu essen gegeben oder nur hartes Brot und Nudeln, die schon am Teller festklebten, und ein Stück kohlrabenschwarzes Fleisch, und das war an den guten Tagen. An den anderen Tagen hat sie in allen Zimmern Kerzen angezündet, und dann musste man den lieben Gott um Vergebung bitten für alle Sünden, die man den Tag über begangen hatte. Die ganze Zeit hat sie überall Sünden gesehen. Komm, wir gehen wieder runter, sonst setzt es wieder eine Strafarbeit, und das nächste Mal schickt Madame Papineau uns sicher nicht zusammen zum Treppendienst.»

Wir haben uns mit weit aufgerissenen Augen angesehen.

«Weißt du», hat Camille gesagt, «vorhin im Wald habe ich nicht wirklich geschlafen.»

Ich wusste nicht, was ich sagen sollte, und habe mir mit der Hand die Haare frisiert.

«Und es hat mir gefallen, als du mich geküsst hast. Vor dir hat mir noch nie jemand einen Kuss gegeben. Nur Papa, auf die Stirn, wenn er nicht auf Reisen war, und Mama, wenn sie Zeit hatte, einen Kuss auf die Backe, bevor sie mich ins Bett schickte, wenn es an der Tür geläutet hat, und ich habe mich versteckt, um zu schauen, und es war nie Papa und nie der gleiche Mann.»

Und da habe ich sie an der Hand genommen, und wir sind die Treppe runtergestiegen, ohne etwas zu sagen, und haben uns fest an den Händen gehalten.

Am Abend gab es Gemüsesuppe und Spaghetti mit Tomatensauce und Hackbraten und Erdbeerjoghurt. Alice hat sich von Camille füttern lassen, und nach jedem Bissen hat sie ihren Daumen in den Mund gesteckt, und Ahmed hat es genauso gemacht, und wenn sie so weitermachen, bleibt von ihren Daumen bald nicht mehr viel übrig.

Boris und Antoine haben den Tisch abgeräumt, und Jujube hat ein Glas zerbrochen – «Ich habe mir wehgetan» –, und Rosy hat sich seinen Finger angeschaut und hat gesagt: «Du hast nicht dir wehgetan, sondern dem Glas.» Und sie hat die Scherben aufgesammelt.

Simon und ich haben das Geschirr abgetrocknet, und hinterher sind wir uns die Zähne putzen gegangen, und Rosy hat es überprüft und ist mit Simon ins Badezimmer zurückgegangen. Ahmed war schon eingeschlafen, als Rosy uns ein Schlummerlied vorgesungen hat.

Sie hat ausgesehen, als wäre sie müder als wir. Simon hat gesagt, sie hätte «Säcke unter den Augen», und ich habe mich gefragt, wozu sie mitten in der Nacht Säcke braucht, und dann habe ich an Camille gedacht und an das Wort «verknallt».

Manchmal macht Simon mir Angst. Er kennt alle Geheimnisse, nur das der Bärtigen vielleicht nicht.

Monsieur Paul erzählt uns von den Römern.
Ich flüstere Camille ins Ohr: «Vorher waren das die Cromagnon-Menschen, die Tierfelle anhatten und in Höhlen gewohnt haben. Der Lehrer hat sie selber gekannt. Damals hat man sich nicht mit Seife gewaschen, weil es keine gab, sondern aus Versehen, wenn man ins Wasser gefallen ist.»

Und Monsieur Paul fragt mich: «Was habe ich eben gesagt, Icare?», und ich antworte: «Ich weiß nicht», und Monsieur Paul schickt mich in die Ecke neben der Tafel.

Boris sagt: «Jeder weiß, dass die Römer neben den Galliern alt ausgesehen haben, weil die Gallier sie mit dem kleinen Finger in die Luft stemmen konnten, vor allem wenn sie ihren Zaubertrank intus hatten. Die Römer dagegen haben in ihren Zelten den Wein aus dem Schlauch getrunken und dazu Trauben und Datteln gegessen.»

Monsieur Paul sagt, die Geschichte wäre ernsthafter als solche Geschichten, und Boris antwortet: «Dann ist sie nicht interessant», und Monsieur Paul schickt ihn in die Ecke auf der anderen Seite der Tafel, und Boris und ich zwinkern einander zu.

Antoine sagt: «Mein Bruder hat Recht, und außerdem waren die Römer Barbaren, weil sie die Gefangenen zusammen mit Tigern in den Käfig gesperrt haben, und der Anführer der Römer hat die Faust gehoben mit dem Daumen nach unten, und die Tiger haben die Gefangenen aufgefressen, weil sie nichts anderes bekommen haben, und das Volk hat geklatscht, und die Geschichte der Römer ist Quatsch, und ich finde die von den Menschen der Vorzeit besser.»

Jujube sagt: «Was heißt Barbar, Monsieur Paul?», und Monsieur Paul sagt: «Barbar kommt aus dem Griechischen, von dem Wort *barbaros*, und das heißt Fremder. Antoine hat uns von den unmenschlichen Gebräuchen der Römer erzählt, nicht wahr, Antoine?», und Jujube sagt: «Hat der alte Grieche in

Höhlen gewohnt oder in Zelten? Jetzt verstehe ich gar nix mehr», und Monsieur Paul sagt: «Schluss jetzt, wir gehen wieder zu den Lagern der Römer zurück», und Jujube fängt an zu heulen.

Camille sagt: «Wein doch nicht, der Grieche hat sich am Strand mit seinem Sonnenöl die Zehen gebräunt und hat sich nicht die Bohne für die Römer oder die Gallier oder gar für die Menschen aus der Vorzeit interessiert», und wir haben alle gelacht, bis auf Monsieur Paul, der Camille ans Ende des Klassenzimmers geschickt hat.

«Eine Ecke habe ich noch, passt bloß auf!»

Und die hat Antoine erwischt, weil er gesagt hat: «Ich hätte nichts dagegen, Ball spielen zu gehen.»

Nach dem Mittagessen fängt Camille mit ihrem «Traumhaus» an. Sie will keine Stofffetzen an die Fenster hängen.

Sie sagt zu Monsieur Paul: «In meinem Traumhaus ist alles offen, denn dann kann mich jeder besuchen, und ich kann sehen, wer es ist, wenn ich zum Fenster rausschaue.»

Béatrice zieht die Finger aus der Nase und bringt kleine Tiere in ihr Haus – «Meine Mama spielt so gern mit den Hühnern und den schwarzen Schweinchen, wenn Papa nicht da ist. Hinterher scheuchen wir sie schnell raus, aber das hilft nichts. Papa regt sich auf. Er sagt, dass es bei uns zu Hause nach Kacke stinkt und dass er was dagegen hat, dass man in Badeanzügen rumläuft, um sich halbnackt zu präsentieren, vor allem Mama, und dann haut er sie, und ich verstecke mich unter dem Spülbecken.»

Der Lehrer muss husten.

Jujube sagt: «Monsieur Paul, kannst du mir helfen, das Dach auf mein Haus zu kleben, weil mir von dem Geruch übel wird?» In seinem Haus gibt es keine Möbel, nur Plätzchen, die er zu den Fenstern und zur Tür herausholen kann.

Simon hilft Ahmed, sein «Traumhaus, das es nicht gibt», zu bauen. Er malt die Fenster schwarz an und flüstert Ahmed etwas ins Ohr, und ausnahmsweise muss Ahmed darüber lächeln.

Im Bus frage ich Simon, was er zu Ahmed gesagt hat.

«Ich habe ihm gesagt, dass sein Traumhaus das Haus ist, in dem er mit seinem Papa wohnen kann, und ich habe einen richtigen Knast daraus gemacht mit Gittern vor den Fenstern, und die Fenster habe ich schwarz angemalt, weil man im Knast nie das Tageslicht zu sehen bekommt.»

«Woher weißt du solche Sachen?»

«Sag ich nicht.»

«Warum nicht?»

«Mann, Pflaume, du tötest mir den Nerv.»

«Das ist nicht nett von dir, Simon», sagt Camille.

«Er löchert mich mit seinen Fragen, das ist doch nicht meine Schuld, und außerdem ist das eine Sache zwischen uns Jungen und geht dich überhaupt nichts an.»

«So, das geht mich überhaupt nichts an!»

Und Camille zieht Simon an den Haaren, und der zieht sie an den Haaren, und Pauline trennt uns – «Schluss jetzt mit dem Blödsinn, setzt euch sofort hin und zwar weit auseinander, sonst sage ich es Madame Papineau» –, und Boris ruft ihr hinterher: «Dreckiges kleines Flittchen», und Pauline bleibt der Mund mit dem Kaugummi drin offen stehen, und sie fragt: «Wer war das?», und wir sagen: «Wer war was, Pauline?», und Pauline antwortet: «Ach, nichts», und sie setzt sich beleidigt neben Gérard, der singt: *Les Petites Femmes de Pigalle*.

Pauline sagt: «Das ist kein Lied für Kinder», und Gérard sagt: «Aha, willst du mich auch bei Madame Papineau anschwärzen?», und wir lachen alle, und Pauline sagt kein Wort mehr, bis wir in Fontaines ankommen.

Wir singen alle *Les Petites Femmes de Pigalle*, nur Boris nicht, der seinen Walkman auf den Ohren hat und mit Camille *Joe le taxi* singt, und wir schreien alle um die Wette, und ich weiß nicht mehr, welche Partei gewonnen hat.

Ich klopfe an die Tür von Madame Colette und höre: «Einen Augenblick bitte», und ich warte im Flur.

Die Tür wird geöffnet, und Camilles Stimme sagt: «Ich will sie nicht sehen», und dann sagt Madame Colettes Stimme: «Sie hat dich sehr gern, wirklich», und ich sehe Camille mit den Worten «Das ist gelogen» rauskommen, und sie sieht mich nicht, weil sie die Augen voller Wasser hat.

Ich schaue die Tintenbilder an und sage:

«Das ist Camille, die Béatrice tröstet.»

«Das ist Camille, die Fußball spielt.»

«Das ist Camille, die sich im Schrank versteckt.»

Und Madame Colette fragt mich: «Warum versteckt sie sich im Schrank?»

Und ich antworte: «Na ja, weil sie ihre Tante Nicole nicht sehen will.»

Manchmal hat Madame Colette wirklich Tomaten auf den Augen.

«Du magst die kleine Camille sehr gern, nicht wahr?», sagt Madame Colette, und ich weiß nicht, ob das eine Frage ist, und deshalb sage ich nichts und lasse die Beine vom Stuhl baumeln und bücke mich und nehme das Knetgummi und mache daraus ein Herz und sage: «Das ist für dich, Madame Colette», und ich halte ihr mein Herz hin, und Madame Colette nimmt es und sagt: «Danke schön, das ist eine wunderschöne Kugel», und ich sage nichts, weil Madame Colette manchmal richtig bescheuert ist.

«Unterhältst du dich manchmal mit Camille?»

«Klar, die ganze Zeit, außer wenn wir im Wald spazieren gehen.»

Und da werde ich ganz schrecklich rot und sage schnell: «Im Wald schauen wir uns das Licht unter den Blättern der Bäume an, weiter nichts.»

Madame Colette sieht mich ganz komisch an und sagt: «Worüber sprichst du mit Camille?»

«Wir sprechen über Monsieur Paul oder über Rosy oder über das dreckige kleine Flittchen ...»

«Und wer ist das dreckige kleine Flittchen?»

«Dreckiges kleines Flittchen habe ich nicht gesagt.»

«Doch, das hast du.»

«Jetzt gerade?»

«Nein, vorhin. Ich warte, Icare.»

Und sie sieht nicht aus, als würde sie scherzen, und ich petze: «Na ja, das dreckige kleine Flittchen, das ist Pauline.»

«Es ist nicht sehr nett, so von ihr zu sprechen. Das möchte ich nie wieder von dir hören. Einverstanden?»

Und ich antworte: «Okay», so wie im Film.

«Manchmal sprechen wir auch von der Tante von Camille», sage ich.

«Und was sagt Camille?»

«Sie sagt, dass ihre Tante sehr böse zu ihr ist, wenn niemand dabei ist. Wenn andere dabei sind, verstellt sie sich, so wie am ersten Tag mit Madame Papineau und später mit dem Richter. Und Camille sagt, dass ihre Tante nie zufrieden war, als Camille bei ihr gewohnt hat. Auch wenn sie das ganze Haus geputzt hatte, war es der Tante nie sauber genug, obwohl Camille vom Putzen die Finger wehtaten und das ganze Haus blitzblank war, nur die Kleider von Camille nicht, weil die nie gewaschen wurden.»

«Das hat Camille dir erzählt?»

«Ja, und auch, dass ihre Tante sie gezwungen hat, überall im Haus Kerzen anzuzünden und den lieben Gott um Vergebung für ihre Sünden zu bitten, obwohl sie gar keine Zeit hatte, welche zu begehen, weil sie sofort nach der Schule putzen musste. Und sie hat um Vergebung gebetet, weil ihre Tante ihr sonst nichts zu essen gegeben hätte, aber manchmal hat sie ihr trotzdem nichts gegeben. Der liebe Gott, Madame Colette, der muss woanders zu tun haben, oder er hört schlecht, oder er hat ein Herz aus Stein.»

«Weißt du, Pflaume, auf der Welt gibt es so viel Unglück, dass der liebe Gott nicht überall helfen kann.»

«Aber er könnte wenigstens Camille helfen.»

«Ich bin mir sicher, dass er für euch alle da ist und sich um euch kümmert.»

«Da pfeifen wir drauf, wir haben Rosy, und Rosy kümmert sich besser um uns als der liebe Gott, der sich hinter den Wolken versteckt und nie da ist, wenn man ihn braucht.»

«Wer hat dir gesagt, dass er nie da ist, wenn man ihn braucht?»

«Mama, als sie nicht mehr in die Fabrik gegangen ist, und Simon, als er einmal von dem Unfall gesprochen hat, den die Eltern von Boris und Antoine hatten.»

«Unterhältst du dich auch mit Simon?»

«Er weiß immer viele Sachen über die anderen, aber über sich sagt er nie was. Warum ist er hier, Madame Colette?»

«Das kann ich dir nicht sagen, das ist ein Geheimnis.»

«So eines wie das der Bärtigen?»

«Das der Bärtigen?»

«Ja, die Bärtigen haben alle ein Geheimnis, aber ich weiß nicht, was es ist, und ich wüsste es so gerne.»

Und da lacht Madame Colette, und ich bin sauer, weil ich es nicht mag, wenn man sich über mich lustig macht.

«Schau nicht so böse, Pflaume. Ich lache nicht über dich, aber du musst wissen, dass man von den Bärtigen sagt, sie hätten etwas zu verbergen und hätten sich deshalb einen Bart wachsen lassen, das ist alles. Es gibt kein Geheimnis.»

Und ich schaue Madame Colette an und denke mir, dass sie lauter Blödsinn redet, denn wir Kinder, wir wissen, dass die Bärtigen ein Geheimnis haben, aber Madame Colette, die hat keine Ahnung, obwohl sie erwachsen ist und die Erwachsenen sich einbilden, sie wüssten immer alles.

Als ich noch bei Mama zu Hause gewohnt habe, habe ich das ganze Jahr auf den Weihnachtsmann gewartet.

Ich dachte mir: «Für den Fall, dass er wiederkommen will, weil mein Wunschzettel so lang war», und habe meine Hausschuhe ganz nah an den Kamin gestellt, aber am nächsten Morgen waren sie immer noch leer, genauso leer wie mein Herz.

«Ich habe schon hundertmal gesagt, dass der Weihnachtsmann nicht aus Versehen Weihnachtsmann heißt», hat Mama geschimpft, «und räum deine Hausschuhe auf, es gibt hier kein Dienstmädchen außer mir.»

Ich habe auch nie verstanden, wie er es fertig bringt, mit seinem Übergewicht und seinem weiten roten Kapuzenanorak und den ganzen Geschenken durch den Schornstein zu kommen, ohne stecken zu bleiben oder sich zu verbrennen an dem Kaminfeuer, das weniger kostet als die Heizung, und warum er nicht lieber an der Tür klingelt, im Sommer und in T-Shirt und Turnschuhen, was viel bequemer für ihn wäre, und außerdem hätte er in seiner Kiepe mehr Platz für die Geschenke.

Und er kommt nachts, wenn ich schlafe, und deshalb kann ich ihm nie ins Gesicht sagen, dass seine Geschenke nie die sind, die auf meinem Wunschzettel stehen, sondern dass er sie mit den Orangen und den Süßigkeiten und den Zinnsoldaten verwechselt haben muss, die einem anderen Kind gehören, weil ich unter anderem bloß ein Rennauto haben wollte und einen Riesenteddy und eine Werkstatt wie die von Grégory. Man sollte meinen, dass er genauso schlecht hört wie Mama, wenn sie fernsieht und ich sie etwas frage.

Einmal habe ich mich hinter dem Sofa versteckt, weil ich ihm die Meinung sagen wollte, und ich habe versucht, nicht einzuschlafen, aber der Weihnachtsmann hat mir wahrscheinlich ein Zauberpulver in die Augen gestreut, denn ich bin eingeschlafen, und Mama hat mich geweckt und hat gesagt: «Wenn der Weihnachtsmann dich ein einziges Mal sieht, kommt er nie wieder», und deshalb habe ich es nicht wieder versucht und war trotzdem ganz zufrieden mit meinen Zinnsoldaten.

In Fontaines sind Weihnachten alle Kinder zusammen und der Lehrer und die Psychologin und die Heimleiterin und alle Heimwehstreuer und auch die Großen aus den Appartements und Raymond und die Tante von Camille und die Eltern, die nicht im Gefängnis oder im Himmel sind, und das sind ganz schön viele Leute.

Nur Eierkopf ist nicht da, weil er Grippe hat, aber ich glaube, dass er überhaupt nicht krank ist, weil ich ihn nicht husten gehört habe.

Eierkopf ist ein Hosenscheißer, der sich sogar vor dem Weihnachtsmann fürchtet.

Am Weihnachtstag machen alle Kinder eine Aufführung. Wir verkleiden uns und müssen Sachen auswendig lernen wie in der Schule. Simon hat mir gesagt, dass wir Glück haben, dass Gérard sich um die Musik kümmert, denn am Sonntag war er bei Madame Papineau zu Hause, und da gab es nur Mozart zu hören.

«Warum warst du am Sonntag bei Madame Papineau, und wer ist Mozart? Ist das ein Freund von der Heimleiterin?»

Und er hat geantwortet: «Pflaume, du bist ein echter Nervtöter mit deiner Fragerei.»

Auswendig lernen ist nichts für mich, und ich frage mich, ob inwendig lernen vielleicht besser funktionieren würde.

Bei inwendig denke ich an mein Herz, das in mir drinnen ist und für Camille schlägt.

Boris sagt, wenn man ein Herz andersrum hält, sieht es aus wie ein Paar Pobacken, und Rosy findet das nicht lustig.

Aber sich verkleiden, das ist super.

Die Erzieher haben uns bei den Kostümen geholfen. Ich gehe als Terminator in der Aluminiumfolie von unserem Koch Ferdinand und mit einer Waffe, die Blitze aussendet und «Taratata» macht, und der Vater von Aziz hat mir gesagt, dass er die gleiche hatte, bevor er ins Gefängnis kam, und ich habe meine Boris gegeben, weil ich nicht hinter Gitter will, wo es nichts als Brei zu essen gibt.

Béatrice hat sich als Vogel verkleidet, mit einer blauen Badekappe auf dem Kopf und Pfauenfedern um die Taille, und als sie sich hingesetzt hat, haben die Federn Rosy gekitzelt, und Rosy hat mit der Hand gewedelt, als wären es Mücken, die man wegscheuchen kann.

Als Pauline zu mir gesagt hat, dass ich die Pfauenfedern aufheben helfen soll, habe ich gesagt: «Nein, danke, ich muss meine Hausaufgaben machen», obwohl das gelogen war, denn in Wirklichkeit hatte ich nur Angst, dass die Pfauen mich beißen könnten wie der Esel, der sich vor uns fürchtet.

Die Brüder Chafouin haben sich in Cromagnon-Menschen verwandelt. Sie haben sich die Tierfelle von Pauline übergeworfen und haben sich ihre Perücken auf den Kopf gestülpt, und sie hauen sich mit der Keule, und es tut ihnen nicht mal weh.

Jujube hat sich mit den Verbänden von Yvonne, der Krankenschwester, als wandelnde Mullbinde verkleidet, und außer Augen und Mund ist nichts mehr von ihm zu erkennen.

Ahmed wollte sich nicht verkleiden, und Camille ist der Schlafhase eingefallen. Rosy hat ihm zwei große Ohren aus Pappe aufgesetzt, und Simon hat gesagt, er sähe aus wie das Baby an sich, und Ahmed hat geantwortet, Simons Cowboykostüm sähe doof aus, und wenn er gewusst hätte, dass Simon als Cowboy geht, hätte er sich als Indianer verkleidet, um ihm die Füße zu verbrennen, und Rosy hat eingegriffen, bevor es zu einer Prügelei kam, und um sich zu rächen, hat Simon den Schlafhasen versteckt, und Ahmed hat geheult, und Simon hat den Hasen geholt, bevor Bescherung war, und Ahmed hat gesagt: «Danke, Cowboy», und Simon hat gelächelt, und sie haben sich wieder vertragen.

Die zwei großen Flügel des Engels Camille sind mit Federn vollgesteckt, und es war sehr lustig, alte Kopfkissen dafür aufzuschlitzen. Nur Jujube hat die ganze Zeit niesen müssen.

Mit einem Engel wie Camille würde man gerne in den Himmel gehen.

Mit Camille würde ich überall hingehen.

Ich habe Monsieur Paul gebeten, mir ein Gedicht über einen Engel herauszusuchen, und das Gedicht von Monsieur Prévert habe ich nur wegen Camille auswendig gelernt.

Wie seltsam – ein Engel mit B ist ein Bengel, sagt der Engel
Wie seltsam – ein Esel mit B ist ein Besel, sagt der Esel
Das Wort gibt es nicht, sagt der Engel und zuckt die Flügel
Aber es ist seltsam, sagt der Esel
Und wenn ein Bengel ein seltsamer Engel ist
Dann ist ein Besel ein noch seltsamerer Esel
Ich bin ein Erzengel, du Esel, sagt der Engel und stampft mit dem Fuß auf
Oder ein Erbsesel, du Bengel, sagt der Esel und fliegt davon.

Ich steige auf die Bühne und habe einen Frosch im Hals und denke mir, dass ich es nicht schaffen werde. Ich wollte vor Camille angeben, und jetzt schlottere ich vor Angst, und ich sehe, dass alle herschauen, vor allem der Lehrer, der mich das Gedicht tausendmal hat aufsagen lassen.

Er sagt: «Aber Pflaume, denk doch mal nach: Wie seltsam – ein Engel ...»

Und ich spreche weiter: «Wie seltsam – ein Engel mit B ist ein Bengel», und ich lasse Camille nicht aus den Augen und sage das Gedicht ganz langsam auf, ohne mich zu versprechen, als würde ich die Wörter vom Grün ihrer Augen ablesen, und ich sehe, wie ihre Hände mir Beifall klatschen.

Ihre Tante, die Hexe, ist auch da, und sie muss sich nicht einmal verkleiden: Mit ihrem Mund ohne Lippen, ihren kleinen, gehässigen Augen und ihrer schwarzen Kleidung sieht sie noch bissiger aus als der Esel, und kein einziges Kind wagt sich in ihre Nähe.

Und ich stelle meinen Engel Raymond vor, der einen schönen Anzug und eine Krawatte anhat, und ich freue mich, als er sagt: «Das ist aber ein hübscher kleiner Engel» und als Camille zum ersten Mal ganz rot wird.

Raymond sagt auch, dass er mit Madame Papineau gesprochen hat und dass ich ihn für ein ganzes Wochenende besuchen darf, wenn ich will.

«Ja», sage ich, «aber nur, wenn Camille auch mitkommen darf.»

«Warum sollte die Heimleiterin etwas dagegen haben?»

Und er betrachtet uns beide mit einem schönen Lächeln.

Und der Weihnachtsmann erscheint, und ich denke mir, dass mein schönstes Geschenk sicher das Lächeln von Raymond ist.

Alle setzen sich hin bis auf Ahmed, der sich unter dem Tisch versteckt.

Es ist das erste Mal, dass ich den Weihnachtsmann zu sehen bekomme, und ich lasse ihn nicht aus den Augen.

Ich finde, dass er Eierkopf ähnlich sieht, und sage es Madame Papineau.

Sie antwortet: «Du hast eine überbordende Phantasie, die du besser für dich behalten solltest.»

Und ich frage Boris, was das Wort Phantasie bedeutet.

«Phantasie, das ist, wenn man sich Wahrnehmungen oder Erlebnisse vorstellt.»

Und ich verstehe nur Bahnhof, aber das macht nichts.

Ich sage zu Simon: «Ist der Weihnachtsmann durch den Schornstein gekommen?»

«Nein, ich habe ihn vom Fenster aus gesehen, als ich den Schlafhasen für Ahmed geholt habe. Da stieg er gerade aus dem Mercedes von Gérard aus.»

«Und was macht er mit seinem Schlitten und seinen Kühen mit Geweih?»

«Das sind keine Kühe mit Geweih, du Trottel, das sind Rentiere.»

«Ich heiße Pflaume und nicht Trottel», sage ich.

Die Geschenke liegen unter dem Weihnachtsbaum, mit unseren Namen beschrieben, und ich kann es kaum erwarten, meine zu öffnen.

Der Weihnachtsmann sagt: «Nun, Kinder, wart ihr auch alle brav?», und wir schreien: «Jaaa!», auch wenn es gar nicht stimmt, weil wir befürchten, dass wir sonst leer ausgehen.

«Gut, gut, dann dürft ihr zum Weihnachtsbaum kommen, aber wenn ich ein Kind sehe, das nicht brav war, dann sage ich es dem Knecht Ruprecht.»

Und wir treten alle ganz vorsichtig näher, bis auf Ahmed, der sein Versteck nicht verlassen will, weil er Angst vor dem «roten Monsieur und vor Knecht Ruprecht» hat.

Die Heimwehstreuer geben uns unsere Geschenke, und wir stürzen uns darauf und vergessen, uns so brav wie möglich zu betragen, denn – Verzeihung, Knecht Ruprecht – schließlich ist Weihnachten.

So ein großes Geschenk habe ich noch nie bekommen.

Zuerst denke ich, es wären lauter Süßigkeiten und Orangen und Zinnsoldaten, aber als ich Grégorys Werkstatt entdecke, traue ich meinen Augen nicht.

Ich denke mir, dass der Weihnachtsmann offenbar endlich meinen Brief bekommen hat, den Rosy zusammen mit den Briefen der anderen in den Briefkasten geworfen hat.

Vielleicht hatte Mama die falsche Adresse.

Und ich gehe den Weihnachtsmann umarmen, und dabei bleibt mir ein bisschen von seinem weißen Bart an den Lippen kleben.

«Schau mal, das ist für dich», sagt Raymond, der mir ein großes gelbes Paket mit einer roten Schleife hinhält.

«Was ist das?», frage ich mit glänzenden Augen, und ohne die Antwort abzuwarten, beiße ich die Schleife mit den Zähnen auf und zerreiße das gelbe Papier, und ich finde einen riesengroßen Teddybären und sage: «Scheiße», und Raymond sagt: «Keine Kraftausdrücke zu Weihnachten», und ich lache und sage: «Nur zu Weihnachten?», und ich strecke die Arme aus, und Raymond hebt mich hoch, und er riecht gut nach Parfüm.

Hinterher setzen wir uns alle hin und essen die Weihnachtspastete, den Truthahn mit Kastanienpüree und die Eistorte, die der Weihnachtsmann mitgebracht hat.

«Köstlich, diese Gänseleber», sagt die Tante von Camille.

Und ich sehe, wie sie unter dem Tisch meinen Engel mit der Gabel piekst. Aber ich habe keine Angst vor der Hexe, und als sie sich mit Monsieur Paul unterhält, stehe ich auf und streue ihr Salz in den Champagner, und ich sage: «Fröhliche Weihnachten», als sie ihren Champagner auf die Pastete von Pauline spuckt, die davon nichts merkt, weil sie mit einem Papa beschäftigt ist, der ihr irgendwelche Geheimnisse ins Ohr flüstert.

Boris sagt, dass die Tierfelle, die er und Antoine anhaben, Pauline gehören und dass Pauline sich mit ihrem Freund auf die Felle legt, um das Feuer anzuschauen, und Rosy hört das und sagt mit finsterer Miene: «Ist ja nicht zu glauben», und sie schaut Pauline an und den Papa, der lacht, und sie sagt: «Was für eine Schande» und geht an einen anderen Tisch, um sauer zu sein.

Ich winke Camille, aber die Hexe gräbt ihr die Finger wie Zähne in den Arm und sagt: «Hier ist sie gut aufgehoben, nicht wahr, mein Herzchen?»

Und ihr Herzchen ruft: «Lass mich los! Du tust mir weh!»

Monsieur Paul schaut die Hexe an und sagt: «Meine liebe Dame, es ist Weihnachten.»

Und das sagt er mit seiner besonders lauten Stimme, und die Hexe wird rot und sagt: «Gewiss doch, gewiss doch», und sie lässt Camille los, und Camille kommt zu mir gelaufen und klammert sich an mich.

Monsieur Paul zwinkert mir zu, und seinem offenen Auge kann ich ansehen, dass die Hexe es sich mit ihm verscherzt hat.

Sie sitzt ganz geknickt auf ihrem Stuhl und sieht aus, als wäre sie mindestens hundert Jahre alt, und das geschieht ihr ganz recht.

Heute Morgen hatte Ahmed nicht ins Bett gemacht, und Rosy war begeistert, dass sie das Bett nicht neu beziehen musste, und Ahmed auch, und er hat gelacht, und wenn er lacht, dann ist das schlimmer, als wenn er heult: Es klingt wie die Kreide, die auf der Tafel quietscht, dass einem die Ohren wehtun.

Und deshalb haben Simon und ich das «Kopfkissenspiel» gespielt.

Das geht so, dass wir den Kopf von Ahmed unter das Kissen halten, denn so hört man ihn nicht heulen und auch nicht lachen, aber in diesem Augenblick kamen Rosy und Madame Colette und lächelten, und Simon konnte gerade noch sagen: «Halt bloß die Klappe!»

Rosy hat Ahmed angeschaut und nicht mehr gelächelt. «Ahmed, warum bist du so rot im Gesicht?»

Dann hat sie uns angeschaut. «Was habt ihr schon wieder mit ihm angestellt?»

Simon hat gesagt: «Nichts, Rosy, wir haben nur rumgealbert, und deshalb ist er so rot im Gesicht, stimmt's, Ahmed?»

Ahmed hat gesagt: «Ich bin nicht schuld, ich bin nicht schuld», und er hat zu heulen angefangen, und Rosy und Madame Colette haben zuerst die Zimmerdecke angeschaut, und dann haben sie Ahmed mitgenommen und sind weggegangen, wohin, weiß ich nicht.

Simon sagt zu mir, dass der Papa von Ahmed aus dem Gefängnis entlassen wurde und Ahmed besuchen kommt, weil er Heimweh nach dem Knast hat.

«Warum war der Papa von Ahmed im Gefängnis?», will ich wissen.

«Weil er eine Bank überfallen und den Bankdirektor gekidnappt hat.»

«Und was hat er hinterher damit angestellt?»

«Mit dem Geld?»

«Nein, mit dem Bankdirektor.»

«Na, nichts, er wurde von einem Gendarmen verwundet, und der Bankdirektor ist abgehauen, und er ist festgenommen worden.»

«Und warum ist der Bankdirektor abgehauen? Er hatte doch nichts angestellt.»

«Manchmal tötest du einem mit deiner Fragerei echt den Nerv, Pflaume.»

Ich wüsste gern, wie der Papa von Ahmed aussieht.

Normalerweise haben die Bösewichter ganz fiese Visagen und ungewaschene Haare und sind unrasiert und kauen die ganze Zeit Kaugummi und werfen mit Kraftausdrücken um sich. Vielleicht war der Papa von Ahmed kein Bösewicht, sondern wollte nur Geld stehlen, weil seine Frau krank war, so wie in den Fernsehnachrichten.

Aber wozu soll es gut sein, einen Bankdirektor zu stehlen?

Nach dem Frühstück gehen Camille und ich im Wald spazieren. Es ist nicht leicht, zu zweit allein zu bleiben, weil Béatrice oder Alice immer mitkommen wollen, manchmal sogar die Jungen, und deshalb müssen wir so verschlagen sein wie die Sioux.

Camille hat den Mädchen weisgemacht, sie würde im Büro von Madame Papineau Süßigkeiten holen, und ich habe Simon erzählt, ich würde Rosy besuchen.

Camille trägt wie immer ihre Jeans und den grauen Pullover, der ihren Hals verschlingt. Sie hält meine Hand, und wir gehen mit den Beinen in der Mitte im Gleichschritt, und wir entfernen uns vom Heim, als hätten wir zusammen nur drei Beine.

Und ich verliere das Gleichgewicht, und wir fallen beide hin.

«Hast du dir wehgetan?», fragt mich Camille.

«Nein. Und du?»

«Nein.»

Und wir bleiben liegen, auf dem Weg ausgestreckt, zwischen den Feldern und dem Fluss.

«Ahmed ist mit seinem Papa zusammen», sage ich.

«Was für ein Glückspilz!»

«Sein Papa kommt aus dem Gefängnis. Er hat Geld und einen Bankdirektor gestohlen.»

«Mein Papa wäre auch ins Gefängnis gekommen, hat der Richter zu mir gesagt, wenn er nicht in die Seine gesprungen wäre.»

«Dein Papa ist in die Seine gesprungen?»

Und ich stütze mich auf einen Ellbogen und sehe Camille an, die den Himmel ansieht und Blütenstaub in ihren langen Haaren hat.

«Ja, nachdem er meine Mama umgebracht hatte.»

Und da muss ich an das denken, was ich getan habe.

An den Richter, der gesagt hat: «Der Junge ist ein schuldunfähiger Minderjähriger.»

An Raymond: «So ein Revolver ist kein Spielzeug, mein Junge.»

Und ich sehe wieder Mama vor mir, die mir den Revolver aus den Händen reißen will, aber ich halte ihn fest, und der Schuss geht los, und ich töte sie ein zweites Mal.

«Ich habe meine Mama auch umgebracht.»

«Ja, ich weiß. Simon hat es mir gesagt.»

«Was der immer alles weiß!»

Mehr sage ich nicht. Ich warte. Ich darf Camille mit meinen Fragen nicht wehtun. Manchmal tun Fragen weh.

Und Camille spricht mit dem Himmel.

«Mama war Schneiderin. Sie hat zu Hause gearbeitet, und die Leute haben bei uns geklingelt und ihr Hemd, ihre Socken, ihre Vorhänge, ihre Hose oder große Stoffstücke mitgebracht, die sich unter ihren Fingern in Tischtücher oder in Kleider verwandelt haben. Wenn ich morgens in die Schule ging, saß sie schon über die Nähmaschine gebeugt und hat mir eine Kusshand zugeworfen, und wenn ich nach Hause kam, saß sie immer noch an der Maschine, ihre Finger flitzten über den Stoff, die Nähmaschine surrte, und neben ihr war der leere Korb. Ich setzte mich auf ihre Knie, sie fuhr sich mit der Hand über die Stirn, und dann sagte sie zu mir: ‹Geh du essen, Mama muss noch arbeiten›, und die Arbeit nahm nie ein Ende. Abends klingelten die Leute immer noch an der Tür, aber diesmal mit leeren Händen. Einmal habe ich Mama abends, bevor ich ins Bett ging, gefragt, was diese Messieurs zum Nähen brachten, die immer mit leeren Händen kamen, und sie hat geantwortet und dabei gelächelt: ‹Ihr Herz, mein Schätzchen.› Wenn es klingelte, durfte ich nicht mehr aus dem Zimmer gehen, aber ich habe es heimlich getan, und Mama hat mich nie dabei erwischt, wenn ich zugesehen habe, wie sie den Messieurs das Herz geflickt hat. Sie hat das nicht mit Nadel und Fingerhut oder mit der Nähmaschine gemacht, sondern nur mit ihrer Zunge.»

«Und wo war dein Papa?»

«Er war nie da. Wenn der an der Tür geklingelt hat, war er immer in Eile. Er hat Mama seine schmutzige Wäsche gebracht, sich ein paar hinter die Binde gekippt, hat mir einen Kuss auf die Stirn gedrückt, was mir nicht gefallen hat, weil er nicht gut roch, und dann haben er und Mama sich angeschrien, bevor er die Tür zugeknallt hat. Manchmal hat er Mama angerufen, um am Telefon mit ihr zu streiten. Ich habe Mama sagen hören: ‹So ein Leben mutet man keinem Hund zu› und: ‹Du hast schon wieder getrunken, ich halte das nicht mehr aus› oder: ‹Das ganze Geld geht für diesen Blödsinn drauf› oder: ‹Und die Rechnungen, wer zahlt die?›. Einmal hat Papa mich gefragt, was Mama abends tut, und ich habe gesagt, dass sie mit der Zunge den Männern das Herz flickt, und da hat er aufgelegt. Ich konnte ihm nicht einmal auf Wiedersehen sagen oder ihm Mama geben. Am nächsten Abend hat er an der Tür geklingelt, und Mama hat gerufen: ‹Was willst du denn hier?›, und der Monsieur, der sich hinter Mama versteckt hatte, sagte: ‹Tja, ich gehe vielleicht besser›, und Papa hat ihm dabei geholfen und seine Kleider aus dem Fenster geworfen. Danach haben Papa und Mama sehr laut gestritten, und ich habe geweint, aber das hat niemanden interessiert, und ich habe an Papas Jacke gezogen, und Papa hat sich umgedreht und mich angeschrien, dass ich ins Bett gehen soll, und ich habe Angst bekommen und habe so getan, als würde ich in mein Zimmer gehen, aber ich bin auf der Treppe hocken geblieben und habe gesehen, wie Papa den Whisky aus der Flasche getrunken hat, und Mama hat gesagt: ‹So ist es richtig, trink nur, das ist ja das Einzige, was du kannst.› Papa hat geschrien: ‹Du Schlampe, was soll das heißen?›, und Mama hat geschrien: ‹Schlampe? Mehr fällt dir nicht ein mit deinem schlaffen Schlauch, der zu nichts gut ist als zum Pinkeln? Hast du dich schon mal gefragt, wie ich die Rechnungen bezahle? Ich opfere mich auf, und du wagst es, mich Schlampe zu nennen! Du impotenter Nichtsnutz!› Und daraufhin hat Papa Mama mit der Faust geschlagen, und sie ist hingefallen, und ich habe geschrien, aber es hat niemanden interessiert. Papa hat Mama an den Haaren gezogen und hat sie mit Fußtritten nach draußen befördert, und dann hat er die Tür zugeknallt, und ich habe den Schlüssel im Schloss gehört und war eingesperrt.»

«Was heißt impotent?»

«Ich weiß nicht, aber etwas Nettes sicher nicht, sonst hätte Papa sich nicht so wahnsinnig aufgeregt.»

«Warst du lange im Haus eingesperrt?»

«Ja. Ich dachte, sie würden wiederkommen, ich habe zum Fenster rausgeschaut, aber nur die Dunkelheit gesehen, und dann kam eine Dame mit ihrem Hund vorbei, und ich habe gerufen, dass ich eingesperrt bin und dass meine Eltern weggegangen sind, und die Dame hat gesagt: ‹Rühr dich nicht vom Fleck, mein Kind, ich hole die Polizei›, und ich bin am Fenster geblieben, bis die Gendarmen kamen und die Tür eingetreten haben, und die Dame ist mit ihrem Hund reingekommen, und ich habe die ganze Zeit geweint.»

Ich habe meinen Kopf auf den Bauch von Camille gelegt und habe den Himmel betrachtet, der ganz blau war, ohne eine Wolke, ohne den lieben Gott im Versteck hinter den Wolken, ohne irgendwen, weder Mama noch Papa. Ich dachte mir, dass wir allein auf der Welt sind. Und ich habe gespürt, wie Camille mir mit der Hand das Gesicht gestreichelt hat und wie ihre Finger mein Muttermal betastet haben.

«Dieser schwarze Pickel sieht hübsch aus», sagt Camille. «Du hast sicher ein Geheimnis darin versteckt.»

Und sie drückt drauf, um mein Geheimnis herauszubekommen, und ich schaue sie an, und sie bückt sich, um mich auf den Mund zu küssen.

«So machen sie es im Fernsehen.»

Camille würde ich für mein Leben gern heiraten, aber im Film sind die Leute, die sich lieben, immer schrecklich alt.

«Glaubst du, dass es etwas Schlechtes ist?», frage ich.

«Was?»

«Glaubst du, dass es etwas Schlechtes ist, wenn man sich auf den Mund küsst?»

«Weiß ich nicht», antwortet Camille.

«Woran denkst du?», frage ich.

«An nichts», sagt Camille ganz nah an meinen Lippen, und dann streckt sie ihre Zunge raus, und ich mache den Mund ganz weit auf und weiß nicht weiter.

«Du musst die Zunge rausstrecken und damit nach meiner

Zunge suchen, als wolltest du sie fangen. So hat Mama es mit dem Monsieur gemacht.»

Und ich suche mit meiner Zunge nach ihrer, und mir ist ganz komisch, und mir wird irre warm.

«Ist dir nicht warm?», frage ich Camille.

Und wir müssen lachen, ohne zu wissen, warum.

Camille hat lauter Grashalme im Haar und sieht aus wie die Fee Clochette.

Ich sehe nichts mehr vom Himmel, sondern nur ihr Gesicht über meinem und ihren lachenden Mund, und ich kitzle Camille, und sie kitzelt mich, und wir lachen noch mehr und wälzen uns im Gras, und ich war noch nie so glücklich, nicht einmal wenn Mama ihr cooles Kartoffelpüree gemacht hat.

Dann stehen wir auf und gehen, ohne zu wissen wohin, Hand in Hand und den Blick zu dem Blau vom Himmel gerichtet.

«Und hast du deinen Papa und deine Mama wiedergesehen?», frage ich Camille, weil am Himmel eine kleine Wolke aufgetaucht ist.

«Nö, sie waren ja tot.»

Und ihre Hand drückt meine ganz fest.

Ich frage Rosy: «Was heißt impotent?», und Rosy bleibt der Mund offen stehen mit dem Kuchen drin.

Alle sind in die große Stadt gefahren, zum Naturkundemuseum in La Boulette oder so ähnlich, nur Ahmed, Camille und ich nicht.

«Wo hast du das her?», regt Rosy sich auf.

«Aufgeschnappt.»

«Und von wem, du kleiner Schlaumeier?», bohrt Rosy nach.

Weil ich Camille nicht verpetzen will, antworte ich: «Von Ahmed», und ich nehme mir vor, ihm nachher einzuschärfen, dass er besser die Klappe hält.

«Na, den werde ich mir später vorknöpfen. Impotent ist ein Fremdwort, aus dem Lateinischen, und es bedeutet machtlos oder ohnmächtig. Ich erkläre es dir mit einem Beispiel: Wenn ihr spielt und dabei zu viel Krach macht, könnt ihr mich nicht hören, wenn ich sagen will, dass ihr weniger Krach machen sollt, und dann bin ich machtlos oder ohnmächtig, auf Lateinisch impotent. Verstehst du?»

«Nö. Was hat das denn mit dem Papa von Ca... äh, mit dem Papa von Ahmed zu tun?»

«Jedenfalls ist es ein hässliches Wort, das du nie wieder in den Mund nehmen sollst.»

«Und warum gibst du mir so eine bescheuerte Erklärung dafür, die man gar nicht verstehen kann?»

«Möchtest du noch Tee?»

Und ich denke an Antoine, wenn er sagt: «Gar nicht erst ignorieren», und ich halte den Mund.

Ich hätte sowieso besser die Brüder Chafouin gefragt. Mit ihrem Wörterbuchspiel hätten sie sicher Bescheid gewusst.

Ich schaue das Regal über Rosys kleinem Bett an; es gibt nur Bücher darauf, keine Comics.

Ich nehme eines in die Hand. Es heißt *Die Geburt von Jalna*, und innendrin sind nur Wörter. Kein einziges Bild. Auf dem Umschlag sieht man ein Mädchen in einem grünen Pullover und mit den Haaren im Gesicht wie bei Alice, und hinter dem Mädchen ein Auto wie in den alten Filmen.

«So ein Quatsch», sage ich und werfe das Buch aufs Bett.

«Nein, das ist kein Quatsch, sondern ein schönes Buch, und wenn du groß bist, werde ich es dir zum Lesen leihen.»

«Ich werde nie groß sein, und dein schönes Buch, das du mir leihen willst, kannst du für dich behalten.»

«Icare, entweder benimmst du dich, oder du verlässt mein Zimmer.»

«Entschuldige, Rosy.»

Und ich nehme ein Plätzchen und sage: «Dein Zimmer ist cool», obwohl es nicht stimmt wegen den Büchern ohne Bilder und wegen dem Zeug vom lieben Gott, das in einer Untertasse qualmt und nicht so gut riecht wie in der Kirche.

Die Kirche ist das Haus vom lieben Gott, aber der ist dort nie.

Das wundert mich nicht, denn in seinem Haus ist es immer mörderisch kalt. Der liebe Gott ist nicht doof. Er ist lieber da, wo es warm ist, in den Wolken, wo ihm die Sonne auf den Buckel scheint und wo er vor den Leuten in Sicherheit ist, die alle immer etwas von ihm wollen.

«Vor allem Geld», sagt Simon.

Rosy sagt, dass der liebe Gott uns immer sehen kann und dass er alles von uns weiß, auch die Dummheiten, die wir machen, und dass er uns trotzdem lieb hat und uns alles verzeiht.

Camille sagt, die Hexe würde genau das Gegenteil behaupten: dass der liebe Gott sie nicht lieb hat, weil ihr Papa ein Trinker war und ihre Mama ein leichtes Mädchen, eine «Leg-dich-hin-Marie», und dass sie zu ihnen in die Hölle kommen wird, wo der Teufel ihr die Füße verbrennt. Ich habe ihr geantwortet, dass die Hexe lauter Blödsinn redet, weil die Freundin vom lieben Gott sich hinlegt, wann es ihr passt und nicht auf Befehl der Hexe. Und Camille hat gesagt, ihre Mutter hätte schließlich Françoise geheißen und nicht Marie, und ich habe gesagt: «Siehst du, das beweist doch, dass sie lauter Blödsinn redet«, und Rosy hat gesagt: «Ruhe endlich, ihr zwei, wir sind hier im Haus Gottes», als wenn wir das nicht wüssten.

Alice und Béatrice haben nichts mitbekommen, weil sie aneinandergelehnt geschlafen haben.

Ahmed will auch das Bonbon haben, aber Rosy sagt, dass das nicht geht, weil er eine andere Religion hat, und ich finde, dass es nicht richtig ist, die Bonbons zu verbieten, nur weil es andere Religionen gibt, und ich gebe ihm heimlich die Hälfte von meinem Bonbon ab, das auf der Zunge klebt und nicht besonders gut schmeckt. Eigentlich wie Pappe.

Rosy sagt uns, dass der Monsieur in dem weißen und schwarzen Gewand der «Stellvertreter Gottes» ist, und Jujube will wissen, ob der Stellvertreter Gottes an den Türen klingelt und in seinem Koffer Sachen zum Verkaufen dabei hat, und Rosy sagt: «Das ist etwas anderes», und Camille sagt, dass die Messieurs, die an den Türen klingeln, keine Koffer dabei haben, und Jujube sagt: «Doch, haben sie», und Camille sagt: «Nein, haben sie nicht», und Rosy sagt: «Ruhe endlich», als würden wir schlecht hören.

Jujube und Camille machen im Flüsterton weiter, und auf ihren Lippen kann man «Doch» und «Nein» ablesen, und Jujube kneift Camille in den Oberschenkel, und Camille schreit: «Nein», und ich rufe: «Jujube hat Camille gekniffen», und wir müssen rausgehen, weil die anderen Leute sich nach uns umdrehen, aber weil Béatrice und Alice zu weinen anfangen, als Rosy sie weckt, fällt das nicht mehr auf.

Draußen sagt Rosy zu uns, dass sie uns nicht mehr in die Kirche mitnimmt, wenn wir uns so aufführen, und Simon steigt in den Bus von Gérard, der mit dem Kopf auf dem Lenkrad schläft, und sagt: «Umso besser, dort ist es scheißlangweilig und außerdem saukalt», und Pauline steigt aus und zieht ihren Rock zurecht und fragt: «Schon zu Ende?», und Rosy sagt: «Sie hat niemand nach Ihrer Meinung gefragt», und Pauline antwortet: «Die Liebenswürdigkeit in Person, unsere Rosy, lernen Sie das beim lieben Gott?», und Rosy sagt nichts, sondern durchbohrt sie mit ihren Blicken tödlicher als mit Revolverschüssen.

Ich will wissen, warum die Leute in der Kirche den Stellvertreter Gottes mit Pater anreden, und Rosy verdreht die Augen und sagt wieder nichts.

Pauline antwortet mir: «Weil der Pfarrer ein Vater für seine verlorenen Schäfchen ist, nicht wahr, Rosy?», und Rosy tut so, als würde sie schlecht hören, und Pauline sagt: «Was ist los, Rosy, spielen wir etwa die beleidigte Leberwurst?», und Rosy sagt: «Du kannst von Glück sagen, dass die Kinder dabei sind, sonst würde ich dir sagen, was ich von dir halte», und wir rufen: «Sag es, Rosy, sag, was du von Pauline hältst!», und Rosy beruhigt sich sofort und sagt: «Nur das Beste, liebe Kinder, nur das Beste.»

«Weißt du noch, Rosy, als wir in der Kirche waren?»

«Daran erinnere ich mich lieber nicht.»

Und sie schenkt mir eine neue Tasse Tee ein.

«Sei doch nicht sauer, Rosy. Ich dachte nur gerade an das, was Pauline im Bus gesagt hat.»

Ich versuche Rosy auf den Zahn zu fühlen. Kinder sind so. Sie lassen nicht locker und stochern gerne in offenen Wunden. «Manchmal denkst du zu viel, Pflaume. Pauline ist ein gutes Mädchen. Ich habe nichts gegen sie und nichts für sie übrig. Sie ist, wie sie ist, Ende, aus.»

«Wir nennen sie unter uns so wie du: ‹Dreckiges kleines Flittchen›.»

Und ich schaue Rosy wie ein kleiner Unschuldsengel an.

Rosy lacht und sagt: «Ihr solltet euch schämen, so etwas zu sagen», aber ihr Lachen sagt das Gegenteil, und wir zwinkern uns zu, Rosy und ich.

Dann fragt sie mich, ob ich Camille gern habe, und ich nehme mein Zwinkern zurück. Das mit Camille und mir geht niemanden was an. Ich nehme das letzte Plätzchen und esse es schweigend.

Rosy, die nicht doof ist, fährt sich mit der Hand durch die

Haare, als wäre sie ratlos, und das nützt gar nichts, weil ihre Haare so hart wie Stroh sind, und sie sagt mit einer komischen Stimme: «Ich habe dich auch gern, mein Pfläumchen.»

Ich schaue Rosy an und ihre Bücher und unsere Zeichnungen überall an den Wänden.

Ich denke mir, dass das alles ist, was Rosy besitzt, dass sie so allein ist wie wir, die Heimkinder, und ich trete zu ihr und gebe ihr ein Küsschen.

Wir sagen beide nichts. Das Küsschen sagt genug.

Als ich gehe, lächelt Rosy mir zu.

Und ich denke mir, dass es schade ist, dass sie keine eigenen Kinder hat, denn die hätte sie noch lieber gehabt als uns, auch wenn ich mir so viel Liebe gar nicht vorstellen kann. Rosy ist nicht der Typ, der Bierchen trinkt und mit dem Fernseher spricht. Wenn ich eine Mama wie sie gehabt hätte, wäre ich nie auf den Speicher gestiegen und hätte nie in der Kommodenschublade gekramt. Und selbst wenn ich dort gekramt hätte, hätte ich keinen Revolver gefunden. Aber wenn ich eine Mama wie sie gehabt hätte, dann wäre ich nie Camille begegnet, und deshalb ist es besser so, wie es ist. Manchmal denke ich mir, dass ich ein «strafunfähiger Minderjähriger» bin, wie der Richter gesagt hat, auch wenn ich von den Wörtern nur das Schlimmste behalte.

Unfähig.

Mir ist inzwischen klar, dass ich eine Riesendummheit gemacht habe.

Und dann denke ich mir wieder, dass ich nicht hier bei meinen neuen Freunden wäre, vor allem nicht mit Camille zusammen, wenn ich diese Riesendummheit nicht gemacht hätte.

Früher hatte ich Marcel und Grégory, aber das war nicht dasselbe.

Der dicke Marcel ist eine Flasche beim Schussern; das Einzige, was es mit ihm zu reden gab, war, zu ihm zu sagen: «Du bist eine Flasche beim Schussern», und der einzige Spaß war, sich mit ihm zu prügeln. Und das Einzige, was Grégory konnte, war, den Fußball ins Fenster zu schießen.

Ich will nicht behaupten, dass ich mir alles merken kann, aber dank Simon und den Brüdern Chafouin tut sich doch eine Menge in meinem Oberstübchen.

Die Hexe verschwindet mit ihrem Handtäschchen, das sie unter den Arm geklemmt hält, mit ihrem Mündchen ohne Lippen und ihrem doofen Hut, der aussieht wie ein Pisspott.

Camille kommt aus dem Zimmer.

Ihre Augen sind nicht so grün wie sonst.

«Ich weiß nicht, warum sie mich besuchen kommt, um mir lauter Gemeinheiten zu sagen.»

«Sag es Madame Papineau», sage ich, «dann kommt die Hexe nicht mehr.»

«Das habe ich schon getan. Ich habe es auch Madame Colette erzählt. Aber ich bin klein, Pflaume, und ich weiß, dass mir niemand glaubt.»

«Doch, ich, ich glaube dir.»

Und wir sehen uns mit weit aufgerissenen Augen an, und die Augen von Camille bekommen wieder ihre schöne grüne Farbe.

«Wenn andere Leute dabei sind, ist sie nicht wiederzuerkennen. Sie tut so mütterlich, streichelt mir den Kopf, sagt: ‹Arme Kleine›, und ich finde das ekelhaft. Ich will ihre Hände nicht auf meinem Körper und ihre Worte nicht in meinen Ohren haben, und ich reiße mich los und sage: ‹Hör auf mit deinem Getue, das tust du doch nur, weil die Heimleiterin da ist oder der

Richter oder Madame Colette, aber wenn wir allein sind, dann sagst du Gemeinheiten zu mir. Ich habe Angst vor dir, ich will dich nicht sehen›, und dann macht sie einen ganz runden Mund und legt die Hand auf ihr Herz und sagt zum Richter oder zu Madame Papineau oder zu Madame Colette: ‹Sie steht noch unter Schock, die arme Kleine, man darf ihr nicht böse sein. Sie richtet ihre Aggressivität gegen mich, den einzigen Menschen, den sie noch hat, und ich habe Verständnis für das arme Ding, denn bei so einer Mutter ist das nicht anders zu erwarten, nicht wahr, Madame Colette?› Und jedes Mal gewinnt sie, das kann ich in den Augen der anderen sehen, wenn sie zu mir sagen: ‹Camille, du musst zugeben, dass du ein bisschen übertreibst, und außerdem hat deine Tante dich sehr lieb.› Ich hasse sie alle!»

«Camille, ich habe eine Idee.»

Und ich erzähle ihr meine Sioux-Kriegslist.

«Glaubst du, dass es klappt?»

«Klar, wenn du die Knöpfe nicht verwechselst.»

Und wir erzählen uns im Flur unsere Geheimnisse, als Ahmed mit seinem Papa aus dem Büro von Madame Colette kommt.

Wir verstecken uns schnell hinter einer Tür und hören die Stimme von Madame Colette: «Machen Sie sich keine Gedanken, Monsieur Bouradjah, das ist normal, Ahmed war zwei Jahre alt, als er Sie zum letzten Mal gesehen hat.»

Ich trete einen Schritt vor und sehe Ahmed, der sich nicht von seinem Papa in die Arme nehmen lassen will. Er sieht mich, und ich lege einen Finger auf den Mund, und Ahmed lächelt, und ich forme die Worte «Ist nicht schlimm» mit den Lippen, und Ahmed formt mit seinen das Wort «Doch», und Madame Colette, die Ahmed angeschaut hat, dreht sich um.

«Icare! Was hast du hier zu suchen, noch dazu hinter einer Tür versteckt?»

Camille und ich gehen ihr Hand in Hand entgegen.

«So, so, Camille, du bist auch dabei! In mein Büro mit euch beiden, ich komme gleich nach. Entschuldigen Sie mich, Monsieur Bouradjah, ich begleite Sie noch zur Tür, wenn Sie wollen.»

Der Papa von Ahmed antwortet: «Ja», und er schaut mich an und sieht überhaupt nicht wie ein Bösewicht aus. Er kaut nicht Kaugummi wie die Bösewichter in den Filmen, und er ist glatt rasiert, und Kraftausdrücke habe ich auch keine gehört: Ich sehe nichts als den netten Kopf eines traurigen Papas.

«Was habt ihr hinter der Tür angestellt, Kinder?»

Ich habe die Psychologin nicht hereinkommen sehen und fahre zusammen.

«Nichts Schlimmes», sage ich und knete das Herz aus Knetgummi fertig, das ich Camille überreiche.

Ich denke mir, dass Madame Colette darin nichts weiter sehen wird als eine «wunderschöne Kugel».

«So, so, Pflaume, wir schenken Camille unser Herz?»

«Na ja, aber ist es nicht eine wunderschöne Kugel?»

Und ich schaue sie an, als wäre sie völlig bescheuert.

«Wir haben uns hinter der Tür versteckt», sagt Camille, «weil wir gesehen haben, wie Sie mit Ahmed und seinem Papa rauskamen, und weil wir nicht wollten, dass Sie uns ausschimpfen.»

«Und warum habt ihr gedacht, ich würde mit euch schimpfen?»

«Weil wir Kinder sind», antwortet Camille.

«Wie war es mit deiner Tante?»

«Ach, das. Na ja, wie immer, nett wie immer, die alte Kuh.»

«So etwas darf man nicht sagen, Camille. Auch für sie ist es nicht leicht, weißt du.»

«Das glaubst du! Du glaubst wirklich jedem Idioten jeden Blödsinn!»

«Gut, Icare, du gehst jetzt bitte. Ich muss mit Camille sprechen.»

«Nein, ich will nicht gehen, ich will bei Camille bleiben.»

«Icare, muss ich etwa nachhelfen?»

«Okay.»

Ich schaue Camille an und forme mit den Lippen das Wort «alte Kuh», und ich gehe raus, ohne die Tür hinter mir zuzumachen, und ich höre die Stimme von Madame Colette, die ruft: «Tür zu!», und ich stelle mich taub und laufe, bis ich in meinem Zimmer bin.

Ahmed liegt unter der Decke, und außer einem Zipfel vom Ohr des Schlafhasen ist nichts zu sehen.

«Bist du tot?», frage ich und lüpfe die Decke und sehe sein kleines Gesicht an den Stoffhasen geschmiegt und in Tränen aufgelöst.

Ahmed sagt irgendwas mit dem Daumen im Mund, und ich verstehe kein Wort, und deshalb setze ich mich auf sein Bett und nehme ihm den Daumen aus dem Mund und sage: «Sag es noch mal.»

«Das ist nicht mein Papa.»

Und eine Tonne Tränen schießt ihm aus den Augen.

«Wieso soll das nicht dein Papa sein?»

«Mein Papa hat einen Bart und ganz lange Haare.»

«Bist du vielleicht blöd, das hat er alles abgeschnitten! Im Knast geht es superstreng zu. Das habe ich in einem Film gesehen. Dem Bösewicht wurde mit einem Apparat der Kopf rasiert, und hinterher haben sie ihn in eine Zelle gesperrt und ihm einen Teller Brei durch ein Loch in die Zelle geschoben.»

«Das weiß ich nicht. Als ich klein war, habe ich mit seinem Bart und mit seinen Haaren gespielt.»

«Da hast du es aber gut, dass du dich an so was erinnern kannst. Ich habe keine Erinnerung an meinen Papa. Aber wenn ich ihn zu sehen bekäme, würde ich ihn sofort erkennen, weil er ein Riese ist, der wie ein Gockel redet und Lackschuhe anhat.»

«Meine Mama ist mit einem anderen Monsieur weggegangen und will nichts mehr von mir wissen, und meinen Papa kenne ich nicht mehr, und als er mich besuchen kommt und ich den Monsieur nicht erkenne, da bekomme ich Angst und traue mich nichts zu sagen.»

«War er denn nett zu dir?»

«Ja, er hat mir gesagt, dass er Arbeit sucht und dass Tony ihm dabei helfen will und dass er mich in drei oder vier Monaten holen will und dass wir in einem schönen Haus mit einem großen Garten und mit einem Swimmingpool wohnen werden.»

«Und wer ist Tony?»

«Der Monsieur hat mir gesagt, dass es ein Freund aus dem Gefängnis ist.»

«Und hättest du Lust, in dem schönen Haus mit dem großen Garten und dem Swimmingpool zu wohnen?»

«Weiß nicht.»

«Wieso weißt du das nicht?»

«Der Monsieur hat mir gesagt, dass wir zu viert dort wohnen werden, zusammen mit Tony und Sandra.»

«Und wer ist Sandra?»

«Der Monsieur hat mir gesagt, dass das seine Neue ist, aber ich habe ihm gesagt, dass ich diese ganzen Leute nicht kenne und dass ich hier bleiben will.»

«Und was hat er dann gesagt?»

«Dass er mein Papa ist und dass ich nicht im Heim bleiben soll und dass ich eine richtige Familie brauche wie Sandra, Tony und ihn, und ich habe geweint, und er hat gesagt: ‹Weißt du, man gewöhnt sich an alles›, und ich habe gesagt, dass ich seine Familie nicht will, weil ich Simon und dich und Camille und Rosy habe, und dann bin ich weggelaufen, und Madame

Colette hat mich festgehalten und zu dem Monsieur zurückgebracht.»

«Ich dachte, du wärst in deinen Papa verknallt.»

«Ja, ich habe immer an ihn gedacht, aber der Papa in meinen Gedanken hatte einen Bart und lange Haare, und diesen Monsieur kenne ich überhaupt nicht, und ich will nichts von ihm wissen.»

«Und was hat Madame Colette zu deinem Papa gesagt?»

«Sie hat gesagt, dass er mich oft besuchen soll, damit ich mich an ihn gewöhne, und der Monsieur hat gesagt, er würde sein Bestes tun, aber er müsste für drei Monate geschäftlich verreisen. Madame Colette hat gesagt: ‹Verstehe›, und der Monsieur hat gesagt: ‹Für einen Haftentlassenen ist es schwer, eine Arbeit zu finden, und mein Freund Tony hat mir eine Arbeit in Amerika verschafft.› ‹Was für eine Arbeit?›, hat Madame Colette gefragt, und der Monsieur hat geantwortet: ‹In der Immobilienbranche.›»

«Was ist das?»

«Keine Ahnung.»

Und Simon kommt reingestürmt: «Ihr seid vielleicht doof, das Museum ist total cool», und er sieht Ahmed und sagt: «Und wie war es mit deinem Papa? Nicht so cool, sollte man meinen, wenn man deine Schnute sieht.»

Und Ahmed zieht sich wieder die Decke über den Kopf.

«Was ist los?», fragt mich Simon.

«Ahmed ist nicht mehr in seinen Papa verknallt, weil der sich den Bart und die Haare abrasiert hat, und Ahmed will nicht in das schöne Haus mit Swimmingpool und Garten und Tony und Sandra ziehen, weil er lieber bei uns im Heim bleibt.»

«Du bist ja nicht bei Trost, Ahmed», ruft Simon in die Decke. «Der schlimmste Knast ist das Heim, schlimmer als der, wo dein Papa war, weil sie uns nicht entlassen, wir können ins Schwimmbad gehen und ins Museum von La Villette, aber wir müssen immer in diese Scheißburg zurückkommen. Keiner verlässt sie oder höchstens erst dann, wenn man sehr alt ist, und du könntest in einem schönen Haus mit Swimmingpool und Garten wohnen und willst lieber im Knast bleiben nur wegen ein paar Haaren. So einen Schwachsinn habe ich noch nie gehört.»

Ahmed schiebt die Decke etwas zurück: «Du weißt immer über alles Bescheid, aber du bist ganz alleine, dich besucht nie jemand, und es gibt nicht mal eine Schublade mit deinem Namen drauf bei Madame Colette, du bist eklig, und es gibt dich gar nicht!»

«Es gibt mich nicht? Das wirst du gleich sehen!» Und Simon wirft sich auf das Bett und schlägt Ahmed, und ich schreie: «Hör auf, Simon!», und er reißt Ahmed den Schlafhasen weg, und jetzt schreit Ahmed, und ich packe Simon an den Schultern und kriege seine Faust mitten ins Gesicht, und Rosy kommt, und Simon versetzt ihr einen Fußtritt, und Rosy packt ihn an den Haaren.

«Simon! Du hörst sofort auf und kommst mit mir zu Madame Papineau. Icare, du gehst mit Ahmed auf die Krankenstation, und halte dir das Taschentuch vor die Nase, weil sie blutet.» Weil ich kein Taschentuch zur Hand habe, nehme ich ein T-Shirt von Simon, das auf einem Stuhl liegt, und ich schnäuze mich hinein, und der Rotz ist ganz rot.

Und ich nehme Ahmed mit seiner blauen Backe und seinem Schlafhasen auf die Krankenstation mit.

«Olala!», sagt Yvonne, die Krankenschwester.

«Ich lasse mir keine Spritze geben!»

«Der Schlafhase ist tot», sagt Ahmed.

Yvonne behandelt uns alle drei mit etwas, was piekst, und wer am lautesten schreit, hat gewonnen, und der Schlafhase ist es nicht.

Und Yvonne sagt: «Das ist ein tapferer Hase. So, fertig», und sie klebt Ahmed ein Pflaster auf die Backe, mir eines auf die Nase und dem Schlafhasen eines auf das Ohr.

«So, dem Hasen geht es jetzt besser, und euch auch, und jetzt macht ihr, dass ihr in eure Zimmer zurückkommt.»

Und das lassen wir uns nicht zweimal sagen, denn bei Yvonne riecht es so komisch, und Jujube ist der Einzige, der freiwillig so lange auf der Krankenstation bleibt, obwohl er gar nichts hat, weniger als der Schlafhase.

Neben der Treppe steht Simon und wienert das Geländer.

Ahmed streckt ihm die Zunge raus und lässt meine Hand los und rennt mit dem Schlafhasen weg, und ich bücke mich und sehe die Tränen von Simon, die auf das Bohnerwachs fallen, und mir ist, als hätte ich einen Ballon verschluckt, und ich steige die Treppe bis zu ihm hinunter.

Simon sagt nichts, und auch seine Tränen sind stumm.

Er hat mir nur die Hand auf die Schulter gelegt, und ich sage: «Hör auf zu weinen, so schlimm ist es doch nicht», und er setzt sich auf die Treppenstufen und verbirgt sein Gesicht in den Händen, und es sieht aus, als wäre es doch schlimm.

Ich weiß nicht, was ich sagen soll, und deshalb setze ich mich Pobacke an Pobacke neben ihn und warte darauf, dass der Kummer vergeht, und Camille taucht auf und sagt zu mir: «Was ist mit deiner Nase?», und ich mache mit den Lippen: «Psst», und sie setzt sich zu uns und legt ihren Kopf auf meine Schulter, und so bleiben wir superlange sitzen.

Dann steht Camille auf und nimmt sich das Bohnerwachs und gibt mir den Lappen.

«Ich habe die Strafe aufgebrummt bekommen», sagt Simon.

Camille und ich antworten wie aus einem Mund: «Wenn du traurig bist, sind wir es auch.»

Und wir sehen uns alle drei an, als wären wir allein auf der Welt.

Und wir machen uns über das Geländer her, und Simon kann wieder lächeln.

Ahmed geht mit seinem Schlafhasen ins Bett zurück. «Ich will den bösen Gendarmen nicht sehen.»

«Aber er ist kein bisschen böse», sage ich, «und du siehst doch, dass er nicht als Gendarm angezogen ist, wenn er mich besuchen kommt.»

«Ich habe aber immer Angst, dass er mich festnimmt und mir Handschellen anlegt und mir den Kopf runterdrückt, damit ich in seinen Wagen steige, und dass alle sich über mich lustig machen und sagen: ‹Oho, unser Ahmed, immer nur Dummheiten im Sinn!›, und danach bin ich ganz lange im Gefängnis eingesperrt, und wenn ich rauskomme, erkennt mich niemand wieder.»

«Du kannst einem wirklich den Nerv töten», sagt Simon. «Deine Dummheiten sind Kinderkram, dafür kommt man nicht ins Gefängnis. Dein Vater war ein Kidnapper, das ist was anderes. Aber du kannst nichts dafür, dass du aus einer Familie von lauter Irren kommst. Und Pflaume ist ein echter Glückspilz, dass er diesen Gendarmen hat, der ihn jeden Sonntag besucht und ihm haufenweise Süßigkeiten und Schmuseeinheiten mitbringt. Und am Wochenende holt er ihn zusammen mit Camille ab, und wir können mit Rosy und dem Lehrer in den Louvre trampen, wo wir Sachen kennen lernen sollen, die uns piepegal sind. Ein Museum wird uns sicher nicht in die Arme nehmen und für immer bei sich behalten.»

«Ich verstehe kein Wort von dem, was du sagst, Simon», sagt Ahmed und lutscht am Ohr vom Schlafhasen.

«Das wundert mich nicht bei deinem Plüschhasengrips», antwortet Simon. «He, Pflaume, Raymond winkt dir zu, und sein Sohn glotzt uns an. Da will ich mal zurückglotzen!»

Und er zieht eine so grauenhafte Grimasse, dass Victor sich im Wagen wegdreht.

«Ich habe Hunger, wann essen wir?», frage ich den Spiegel im Wagen, in dem ich von Raymond nur die Augen sehen kann.

«Überraschung!», antwortet Raymond.

Überraschungen mag ich nicht: Entweder ist man zu aufgeregt, oder man ist total enttäuscht.

Raymonds Überraschung liegt am Ende einer Straße, die so viele Löcher hat, dass einem der Hintern wehtut.

Es ist ein Restaurant.

Ein Monsieur in einem feinen Anzug führt uns zu einem Tisch, und eine Dame schiebt meinen Stuhl mit mir drauf an den Tisch, als wäre ich ein Behinderter, und hinterher teilt sie riesengroße Karten aus, und Raymond sagt zu mir: «Du kannst bestellen, was du willst», und ich kann es nicht fassen.

«Warst du schon mal in einem Restaurant?», flüstere ich Camille ins Ohr.

«Ja, manchmal, wenn Papa und Mama nicht gestritten haben.»

«Ich habe so was im Film gesehen, und Mama hat gesagt, dass es das nur für die Reichen gibt.»

«Da hat dir deine Mama Blödsinn erzählt.»

«Das war nicht ihre Schuld, das lag an den vielen Bierchen und an ihrem kaputten Bein.»

«So, Kinder, habt ihr euch schon etwas ausgesucht?», fragt uns die Dame, die einen Block und einen Stift in der Hand hält.

«Mayonnaiseneier und Brathuhn mit Pommes frites», antwortet Camille.

«Öh, für mich auch.»

Rosy sagt immer zu mir, dass meine Augen größer sind als mein Magen, wenn ich mir mehrmals nachgenommen habe und die letzte Portion nicht mehr schaffe, aber wenn ich dürfte, würde ich mir alle Vorspeisen bestellen und alle Gerichte, die mir verlockend vorkommen.

Die Dame schreibt alles auf ihren Block: Die Alten sind total gedächtnisschwach.

Zum Dessert schaufeln wir Eis in uns rein.

Raymond lockert seinen Gürtel und öffnet einen Knopf von seiner Hose, weil sein Bauch Luft holen will, und er zündet sich eine Zigarette an.

«Rauchen ist ungesund, Papa.»

«Du hast Recht, mein Sohn.»

Und er drückt die Zigarette im Aschenbecher aus.

Victor passt supergut auf seinen Vater auf. Vorhin hat er gesagt, dass es ungesund ist zu trinken, und Raymond hat das Glas Wein abgelehnt, obwohl seine Augen das Gegenteil gesagt haben.

Hinterher gehen wir am Fluss spazieren, und Camille pflückt Wiesenblumen, und Victor hält die Hand seines Papas, und die Sonne spielt mit dem Wasser, und wir sehen eine Entenmama mit ihren Kleinen, die wie beschwipst in einer schiefen Linie schwimmen, und ab und zu schaue ich beim Gehen zum Himmel, der ganz blau ist, und freue mich, dass ich keine einzige Wolke sehe.

Bis auf Raymonds Worte: «Es ist Zeit, nach Hause zu gehen, Kinder.»

«Und wo ist deine Mama?», fragt Victor, der im Wagen neben seinem Papa sitzt.

«Victor, solche Fragen sind ungehörig», sagt der Gendarm.

«Mama ist im Himmel mit ihren Bierchen und einer Harfe», antworte ich.

«Meine ist auf dem Friedhof, wo wir sie besuchen und ihr Blumen bringen. Und deine, Camille?»

«Da, wo Papa sie hingeschubst hat, im Wasser.»

«Dann haben wir alle drei keine Mama?», fragt Victor.

«Leider ja», antwortet Camille und drückt meine Hand.

«Victor! Setz dich bitte vernünftig hin und hör auf, den beiden auf die Nerven zu gehen.»

«Aber er geht mir nicht auf die Nerven, Monsieur», sagt Camille.

«Du kannst Raymond zu mir sagen, mein Mädchen. So, da wären wir.»

Raymond wohnt in einem kleinen Haus am Straßenrand mit einem großen Garten dahinter, der voller Blumen ist. Es liegt am anderen Ende des Dorfs, und selbst vom Dach aus könnte ich das leer stehende Haus von Mama wahrscheinlich nicht sehen.

«Papa kümmert sich jetzt um den Garten», erzählt Victor. «Er hat eine Menge Bücher gelesen, weil er keine Ahnung hatte, und am Anfang hatten die Blumen niemanden mehr, der sie gern hatte, außer mir, aber ich hatte zu viel zu tun, und deshalb sind sie in das Blumenparadies gegangen. Jetzt wachsen sie wie Unkraut, weil Papa ihnen Jazzmusik vorspielt. Auf Jazzmusik sind sie ganz wild.»

«Ich wusste gar nicht, dass Blumen Musik mögen», sage ich.

«Und wie! Mama hat ihnen immer klassische Musik vorgespielt, da sind sie brav und ordentlich gewachsen.»

«Und habt ihr es schon mit Disco versucht?», frage ich.

Ich stelle mir vor, wie die Blumen kreuz und quer wachsen, als die laute Stimme von Raymond ruft: «Pflaume, Camille, euer Zimmer ist fertig!»

Das Zimmer ist supergroß und das Bett auch, und aus dem Fenster sieht man auf die Felder, und Raymond hat die Wiesenblumen von Camille in eine Vase gestellt, und ich rieche an den Blumen, und sie riechen nach nichts.

Wir haben nichts ausgepackt, weil wir mit Victor Mensch-ärgere-dich-nicht spielen wollen, der uns holen gekommen ist, denn sein Vater reißt im Garten das Unkraut aus.

Normalerweise schummle ich, und niemand merkt es, und so gewinne ich und bin Sieger.

Wenn ich mit dem dicken Marcel in der Pause geschussert habe, dann habe ich auf das Flugzeug gezeigt, das am Himmel über uns flog, oder auf den Haarknoten der Lehrerin, und wenn dieser Vollidiot Marcel weggeschaut hat, habe ich die Schusser bewegt, und Marcel hat gerufen: «Du hast geschummelt!», und ich habe gesagt: «Nein, ich habe gewonnen, und du bekommst alle blauen Schusser.»

Bei Mama zu schummeln war nicht schwer, weil sie sowieso nur in den Fernseher geschaut hat. «Ich weiß wirklich nicht, von wem du dieses sagenhafte Glück im Spiel geerbt hast», sagte sie dann. «Dein bescheuerter Vater hat nicht mal einen Hosenknopf im Lotto gewonnen, und ich finde beim Kreuzworträtsel nie das richtige Lösungswort.»

Aber mit Camille traue ich mich nicht zu schummeln.

Aus reiner Gewohnheit versuche ich es trotzdem.

Ich lege den Finger auf den Würfel, um die Zahl zu verändern und noch mal zu würfeln, und ich sehe Camille an, die Victor einen Flecken an der Decke zeigt, als wollte sie sagen: «Schummel ruhig, mir ist das egal», aber ich kann es nicht.

Es ist, als würde mein Finger brennen, und ich ziehe ihn vom Würfel zurück und rücke nur drei Kästchen vor. Ich denke mir, dass man es in Camilles grünen Augen sehen könnte, wenn ich schummeln würde. Und ich will nur Glück in ihren Augen sehen.

Und ich verliere und bin stolz darauf, der Verlierer zu sein.

Raymond liest seine Zeitung und schaut uns beim Spielen zu.

Wenn ich zu ihm hinschaue, tut er so, als würde er in seiner Zeitung lesen. Aber ich sehe, dass er nicht weiterblättert.

Ich habe den Eindruck, dass er über etwas Wichtiges nachdenkt. Ich weiß nicht, was es ist, und traue mich nicht, ihn zu fragen.

Dann steht er auf und geht nach draußen, um sich mit seinen Blumen zu unterhalten, und das nutze ich aus, um Victor zu fragen: «Wie ist so ein Papa?»

Victor lässt sich mit der Antwort Zeit.

«Nicht so gut wie eine Mama.»

«Warum sagst du das?», fragt Camille.

«Als Mama von uns gegangen ist, wollte Papa nichts mehr tun, und er blieb zu Hause, auf dem Sofa im Wohnzimmer vor dem Fernseher ohne Ton mit der Whiskyflasche in der Hand. Manchmal kam sein Freund Dugommier ihn besuchen, und dafür musste er durch ein offenes Fenster steigen, nachdem er geklopft und geläutet hatte, ohne dass Papa geantwortet hat, weil er sich nicht von der Stelle rühren wollte. Und wenn ich aus der Schule kam, bin ich einkaufen gegangen mit dem Geld, das ich aus Papas Brieftasche genommen habe oder aus Mamas Sparbüchse, und hinterher habe ich aufgeräumt und das Abendessen gemacht, denn sonst hätte Papa gar nichts gegessen. Er hätte sogar fast seine Arbeit verloren, wenn Dugommier ihm nicht geholfen hätte. Eines Tages hat Dugommier Papa so zusammengeschissen, dass er ihn damit aus seinem schlechten Traum geweckt hat. Das war ein Glück, denn ich hatte keinen Geldschein mehr zum Einkaufen. Er hat zu trinken aufgehört und ist wieder auf die Gendarmerie gegangen, und Dugommier und die anderen waren froh, dass ihr Chef wieder da war, weil die Diebe das ausgenutzt hatten und in total viele Häuser eingebrochen sind.»

«Und das Fenster hast du offen stehen lassen?», frage ich.

«Ja, ich dachte mir, wenn Dugommier nicht reinkäme, dann käme vielleicht ein Vogel oder eine Mücke oder vielleicht sogar der Geist von Mama, um ihn abzulenken, aber der Geist von Mama ist nie gekommen. Vielleicht konnte ihr Geist nicht fliegen, und Mama war nicht der Typ, der durch Fenster einsteigt, das stimmt, aber mir wäre es trotzdem lieber gewesen, dass ihr Geist Papa erschreckt hätte als die Wespe, die ihn in die Hand gestochen hat. Ich habe ihn mit Mamas Hausapotheke behandelt, und fast hätte ich das Fenster nicht mehr für Dugommier offen gelassen. Am Abend habe ich zum lieben Gott gebetet und habe zu ihm gesagt: ‹Wenn du nett bist, kriegst du von mir einen Geldschein. Bitte mach, dass keine Wespen mehr kommen, und sorg dafür, dass Mamas Geist kommt, Amen›, und ausnahmsweise hat der liebe Gott auf mich gehört, aber nur in Sachen Wespen, und deshalb habe ich einen Fünfer in den Klingelbeutel getan und habe gesagt: ‹Mehr hast du nicht verdient, weil du ein Faulpelz bist, Amen.›»

«Du musst schrecklich unglücklich gewesen sein», sagt Camille.

«Dafür hatte ich keine Zeit, weil ich so viel zu tun hatte.»

«Hast du geweint, weil deine Mama dir fehlte?», fragt Camille.

«Nein. Manchmal denke ich mir, dass ich nicht normal bin, aber ich kann tun, was ich will, die Tränen kommen einfach nicht.»

«Du hast noch nie geweint?»

Ich kann es nicht fassen.

«Doch, wenn ich vom Fahrrad falle oder Zwiebeln schneide, aber das dauert nie lange.»

«Und Raymond, hat der dich schon mal geschlagen?»

«Er hat noch nie die Hand gegen mich erhoben. Nur ab und zu die Stimme, aber davon muss man nicht weinen.»

«Aber ich kann nicht verstehen, wieso du findest, dass ein

Papa nicht so gut ist wie eine Mama. Wenn ich so einen Papa gehabt hätte, dann hätte ich nie mit einem Revolver gespielt oder den anderen Quatsch gemacht. Natürlich war es sicher nicht schön, ihn jeden Tag vor dem Fernseher sitzen zu sehen, vor allem ohne Ton, aber andererseits hat er dir nie eine Abreibung verpasst, die sich gewaschen hat, und er hat so viel Liebe in sich, dass er sie richtig rausschwitzt.»

«O ja, er ist der allernetteste Papa, den es gibt, aber die Mamas denken an alles, weißt du. Deshalb war meine die ganze Zeit in meinem Kopf. Wenn ich einkaufen gegangen bin, dachte ich mir: ‹Sie würde dies oder das nehmen wegen dem Eisen oder den Vitaminen oder wegen den Kalorien oder weil das eine billiger ist oder weil es das in dieser Jahreszeit gibt›, und wenn ich zu Hause aufgeräumt habe, dachte ich: ‹Sie würde hinter den Möbeln staubsaugen, weil der Staub sich überall versteckt›, und wenn ich das Fenster aufgemacht habe: ‹Dugommier muss sich um ihn kümmern, weil es sonst niemand kann›, und wenn ich ihm die Whiskyflasche aus den Händen genommen und ihn mit der Wolldecke zugedeckt habe: ‹Sie hätte es auch so gemacht.›»

«Und Raymond trinkt jetzt nicht mehr?», frage ich und denke an Mama, die mich hinterher immer angeschrien hat, wenn es nicht gleich Schläge gehagelt hat.

«Nur abends ein Gläschen, wenn er von der Arbeit kommt, aber das kriegt er von mir, nur einen Fingerbreit und ohne Eiswürfel.»

«Vielleicht trinkt er heimlich wie Michel, der Bärtige, der uns im Wald allein lässt wegen dem, was er ‹natürliches Bedürfnis› nennt. Einmal habe ich ihm nachspioniert, und da habe ich gesehen, was für ein natürliches Bedürfnis das war: eine Dose Bier. Und auch wenn ich ihm nicht nachspioniere, weiß ich es, weil man es riechen kann, wenn er spricht. Das ist ein Geruch zum Ungezieferverscheuchen.»

«Bei uns geht das nicht, weil ich die Flasche versteckt halte, und im Büro macht Dugommier das Gleiche, und manchmal sagt Papa, wir würden uns hinter seinem Rücken über ihn lustig machen, aber das stimmt nicht, wir tun es nur für ihn. Wir wollen nicht, dass er wieder unglücklich ist.»

«Du bist sehr tapfer», sagt Camille ganz verträumt. «Wenn mein Papa nicht unterwegs war, dann hat er mehr aus der Flasche getrunken als aus dem Glas, das weiß ich noch. Und Mama wurde dann sehr böse. Sie hat ihr Zimmer abgeschlossen, und er war gezwungen, auf dem Sofa zu schlafen, und sie hat ihn die ganze Zeit angeschrien, dass sie nicht so ein beschissenes Leben führen müsste, wenn sie klug genug gewesen wäre, einen anderen zu heiraten. Sie hat sich nicht die Mühe gemacht, die Flaschen vor ihm zu verstecken. Ich denke mir, dass er besser eine andere geheiratet hätte. Er war kein böser Mensch. Mama hatte viel von ihrer Schwester, sie hatte Hexenblut in den Adern. Sie konnte die Herzen der einsamen Messieurs flicken und Tag und Nacht arbeiten, aber ihre Arbeit hat nur anderen etwas genützt, nicht uns. Sie hat immer auf ihr Schicksal geschimpft und immer Papa die Schuld gegeben. Wenn sie teure Kleider zum Flicken da gehabt hat, hat sie sich ausgemalt, wie es wäre, so etwas anzuhaben. Sie hat immer von einem anderen Leben geträumt, und das Leben, das sie hatte, das hat sie nie gelebt. Sie war nie unfreundlich zu mir, und ich glaube, dass sie mich auf ihre Weise gern gehabt hat, aber wenn sie mich gestreichelt hat, war es so, als würde ein Schmetterling sich kurz auf meine Backe oder auf meinen Arm setzen, mehr nicht. Ich bin immer auf sie zugegangen. Ich habe mich ihr auf die Knie gesetzt, weil ich ein bisschen Zärtlichkeit gesucht habe, dann hat der Schmetterling meine Stirn berührt, und es hieß: ‹Geh schon essen, Mama muss noch arbeiten›, und das war alles.»

«Hat deine Mama auch nachts gearbeitet?», fragt Victor.

«Ja, sie konnte nicht aufhören, aber nachts war es eine andere Arbeit, ohne die Nähmaschine. Nur mit den Fingern und der Zunge.»

«Und mit Männern?»

«Ja, offenbar war das für sie entspannend, so ähnlich wie Gymnastik.»

«Papa hat so eine Frau einmal eingelocht. Er hat mit Dugommier darüber gesprochen. Er war ganz aus dem Häuschen. Er hat gesagt, es wäre eine Frau ‹mit schlechtem Lebenswandel›. Er hat sie nur eine Nacht lang im Kittchen behalten und hat sie dann freigelassen und hat gesagt, sie soll sich in der näheren Umgebung nicht wieder blicken lassen.»

«Mama ist nie wegen so was ins Gefängnis gekommen. Und sie hat den Messieurs nur Gutes getan, das hat man an ihrem Gesicht sehen können.»

«Kann schon sein», sagt Victor. «Trotzdem war deine Mama eine Frau ‹mit schlechtem Lebenswandel›.»

«O ja, das hat sie selber oft gesagt, wenn es ihr schlecht ging.»

«Meine Mama», sage ich, «hat das nie gesagt, aber ihr Leben war nicht schön mit dem kaputten Bein und den vielen Bierchen, und der Fernseher war ihr einziger Freund, und die vielen Flecken auf ihren Kleidern, und dauernd ist ihr die Hand ausgerutscht wegen nichts und wieder nichts, und hinterher konnte man alle fünf Finger auf meiner Backe ablesen, aber ihr Kartoffelpüree war supercool, und manchmal hatten wir viel Spaß, wenn wir miteinander ferngesehen haben.»

«Hmm», sagt Raymond mit Strohhut, Gärtnerschürze und Rosenschere in der Hand. «Ihr wollt doch nicht etwa den ganzen Nachmittag im Haus hocken, während draußen die Sonne scheint! Wie wäre es mit einer Spazierfahrt?»

Und wir sagen: «Ja», weil wir begreifen, dass es ihm Freude macht, uns um sich zu haben.

Wir gehen über die Felder, und die Erde bleibt an unseren Schuhen kleben, und wir landen auf einem Weg, den ich gut kenne.

Ich sehe, wie Raymond blass wird, und weiß, dass es keine Absicht war.

Für mich ist es ein komisches Gefühl, mein Zuhause wiederzusehen.

Gras und Unkraut sind gewachsen, und das Küchenfenster ist zerbrochen. Vielleicht hat der Sohn vom Nachbarn ein Ei geworfen, oder der Wind hat zu stark geklopft, weil ihm niemand geantwortet hat.

Ich will reingehen und Camille mein Zimmer zeigen, aber Raymond nimmt mich sanft am Arm: «Das geht nicht, das ist nicht erlaubt», und er zeigt mir die Versiegelung aus Papier und das dicke Vorhängeschloss.

«Ist es auch nicht erlaubt, die Falltreppe hinter dem Haus zu benutzen?»

«Was für eine Falltreppe, mein Junge?»

«Kommt, ich zeige es euch. Da bin ich reingegangen, wenn Mama mich Eingemachtes holen geschickt hat.»

«Okay, aber nicht lange», sagt Raymond.

Und wir gehen hinter das Haus, wo das Gras uns bis zu den Knien reicht, und ich hebe die Klappe der Falltreppe hoch, und wir steigen ins Dunkel, und Victor ist ganz aufgeregt.

«Das ist ja wie in *Indiana Jones*», sagt er.

Camille hält meine Hand fest, und Raymond sagt: «Vorsicht Kinder, fallt nicht hin», als wären wir wild darauf, uns die Beine zu brechen.

Es riecht nicht gut, nach verfaultem Obst und Gemüse.

Wir steigen die Treppe zur Küche hoch. In der Küche liegen Glassplitter auf dem Boden, unter der Decke sind Spinnweben, und überall ist es staubig, und den Staub sieht man in einem Sonnenstrahl. Camille und Victor erschrecken vor einer kleinen toten Maus. Wir steigen zu meinem Zimmer hinauf, und da riecht es komisch, und ich öffne die Fensterläden zum Hof und sehe den Sohn vom Nachbarn, der zu mir hochschaut.

«Wer ist der Junge, der auf dem Schwein sitzt?», fragt Camille.

«Das ist ein Wilder, der nur vor seinem Vater und vor den Schweinen keine Furcht hat.»

Ich winke ihm zu, und zu meiner großen Überraschung winkt er zurück.

«Und wie heißt er?», fragt Camille.

«Nathan. Einmal war ich traurig, und da hat Mama zu mir gesagt, ich hätte viel Glück gehabt. ‹Schau dir den kleinen Rotschopf an, der immer dreckig ist und stinkt und die Kleider seines Vaters trägt und sie zubinden muss, damit er nicht über die Hose und das T-Shirt stolpert, und gewaschen werden die Sachen am Wasserhahn. Das Wort Seife haben die noch nie gehört. Sein Pullover ist mottenzerfressen und steif vor Schmutz, und das ganze Jahr geht er barfuß. Du bist wenigstens halbwegs normal, und das verdankst du mir. Du bist sauber gewaschen, du trägst Hemden, die dir passen, du gehst zur Schule, und selbst wenn du da nichts lernst, bist du wenigstens beschäftigt. Du bekommst zu essen, du hast ein Bett und ein Dach über dem Kopf, während andere Kinder unter den Brücken schlafen müssen, wenn sie überhaupt schlafen und wenn es überhaupt Brücken gibt.›»

«Ich hatte gesagt: Nicht lange», schimpft Raymond.

Und wir gehen. Ich drehe mich trotzdem noch einmal um und sehe, dass Nathan mir zulächelt, und das gibt mir einen Stich ins Herz.

Ich habe ihn noch nie etwas anderes als eines der Schweine anlächeln gesehen.

Raymond schickt uns unter die Dusche, weil unsere Gesichter und Hände so dreckig sind wie unsere Kleider. Hinterher ziehen wir saubere Sachen an und duften nach Raymonds Eau de Cologne, mit dem wir uns alle drei vollgespritzt haben.

Und wir spielen mit Victor Nintendo.

«Zu Tisch, Kinder!», ruft Raymond, und er lächelt uns an, als wären wir alle drei gleich.

Wir essen Tomaten mit Petersilie aus dem Garten und ein Hühnchen und Kartoffelpüree und Erdbeeren mit Schlagsahne, und das sieht man alles auf dem T-Shirt von Victor, der wie Béatrice mit den Fingern isst.

«Victor, deine Gabel!», sagt Raymond.

«Was ist mit meiner Gabel?»

«Spiel nicht den Kasper vor deinen Freunden. Nimm deine Gabel zum Essen.»

Und Victor nimmt seine Gabel, und seine Hand zittert, und alles landet auf seinem T-Shirt, und sein Papa verdreht die Augen, und Camille und ich, wir nehmen unsere Gabeln und zittern mit den Händen, und alles landet auf unseren sauberen Kleidern, und Victor muss lachen und Raymond auch.

Hinterher sehen wir ein bisschen fern; im Fernsehen läuft ein Fußballspiel, und Camille und ich müssen gähnen, als wollten wir uns den Kiefer ausrenken.

«Ab ins Bett, meine Kinder», sagt Raymond und drückt uns ganz fest, und es ist ein komischer Anblick, wie Camilles kleine Hände sich um seinen riesigen Hals legen.

Kaum ist Camille im Bett, macht sie die Augen zu.

Und ich weiß auch nicht mehr viel von dem, was danach war.

Raymond trinkt seinen Kaffee. Und er fragt, ob wir Lust hätten, den Tag im Monsterpark zu verbringen.

Mir fällt das Marmeladenbrot aus der Hand.

«Ist das dein Ernst?», frage ich misstrauisch.

Bei den Erwachsenen weiß man nie so recht.

«Mein voller Ernst», antwortet der Gendarm.

«Wahnsinn!», rufen Victor und ich wie aus einem Mund.

«Was ist der Monsterpark?», fragt Camille, der die Sache nicht geheuer zu sein scheint.

«Das ist ein Vergnügungspark», sage ich, «mit Geisterbahn und allem, was dazugehört. Ich war einmal mit Grégory und seiner Mama dort, und es war supercool. Nur dass mich Mama hinterher angeschrien hat, weil ich mit dem Schmutz unter meinen Schuhen den Teppich verdreckt habe, und sie wollte nicht hören, wie es gewesen war, und ich musste auf den Speicher gehen, damit ich keine Abreibung kriegte, die sich gewaschen hat, und ich konnte nur den Äpfeln von dem Park erzählen.»

Der Monsterpark blitzt und blinkt im Sonnenlicht, als hätten alle Kinder «Treppendienst» gehabt und die Fahrgeschäfte auf Hochglanz gewienert.

Raymond kauft uns rosa Zuckerwatte. Dabei weiß doch jeder, dass Watte in Wirklichkeit gar nicht süß ist. Manchmal sind Namen wirklich zu blöd.

Unsere Augen verschlingen die Fahrgeschäfte, und unsere Füße bleiben am fettigen Papier kleben. Victor nimmt die Hand seines Papas und hält sie ganz fest, als wir in der Schlange vor der Geisterbahn anstehen. Camille setzt sich auf das Absperrgitter und baumelt mit den Beinen und zupft mit den Lippen an ihrer Zuckerwatte.

«Pass auf, dass du den Stiel nicht verschluckst», sagt Raymond, als wäre Camille wild darauf, sich ein Loch in den Magen zu bohren.

Die Erwachsenen sagen manchmal richtigen Blödsinn, weil ihnen die Angst das Herz zerfleischt.

Sie sollten lieber auf die Stille hören.

Man sollte meinen, die Kinder wären total bescheuert und hätten nichts anderes im Sinn, als an einem Lutscher zu ersticken oder vom Fahrrad zu stürzen und sich den Hals zu brechen oder die Treppe runterzufallen und sich Arme und Beine zu brechen oder Salmiakputzmittel zu trinken, weil das mal was anderes ist als immer nur Cola.

Dabei muss man gesehen haben, wie die Erwachsenen sich als Erwachsene ausgeben und noch mehr Dummheiten machen als wir Kinder. Natürlich sind wir nicht so brav wie Puppen, die sich nie bewegen, das ist wahr, aber kein Kind bricht in Häuser ein oder sprengt andere Leute mit Bomben in die Luft oder schießt mit Maschinengewehren um sich, abgesehen von mir, aber das war nur ein Revolver und keine Absicht, während die Bösewichter es immer mit Absicht tun, weil sie anderen Leuten wehtun und ihnen ihre Ersparnisse stehlen, und das ist nicht in Ordnung. Und hinterher schlafen die Leute unter den Brücken und warten darauf, dass sie in den Himmel aufgenommen werden, damit sie sich um nichts mehr kümmern müssen.

Und wir sitzen in der Geisterbahn.

Ein Gerippe springt aus einem Kasten und berührt die Haare von Camille und mir, und Camille schreit auf und schmiegt sich an mich. Manchmal rast der Wagen los, und man hat den Eindruck, dass er gleich aus den Schienen springt, aber nein, er fährt auf eine geschlossene Tür zu, die sich im letzten Augenblick öffnet, und man fährt durch ein riesiges Spinnennetz hindurch, und über unseren Köpfen fliegt eine Hexe auf ihrem Besen. Manchmal ist alles stockfinster, und Camille zwickt mich in den Arm, und auf einmal tanzen Ungeheuer ohne Kopf und voll mit Blut im Licht, und wir halten uns die Augen zu, damit sie uns nicht fressen, und als wir sie wieder aufmachen, fahren wir durch lauter Türen, und kurz bevor wir nach draußen gelangen, fasst uns eine Hand an die Schulter, und Camille und ich brüllen wie am Spieß, und es ist super.

Victor springt ganz aufgeregt aus dem Wagen.

Sein Papa nicht. Er hat Schwierigkeiten, seinen dicken Bauch aus dem kleinen Wagen herauszumanövrieren.

«Die Russische Bergbahn! Die Russische Bergbahn!», ruft Victor.

«O ja, Raymond, lass uns mit der Russischen Bergbahn fahren», sage ich, und wir warten jahrelang in der Schlange, und Camille hebt den Blick und schaut das gelbe Wägelchen an, das da oben in der Luft schaukelt.

«Fahren die Leute in Russland so die Berge herunter?», fragt sie.

«Wo ist Russland?», fragt Victor im gleichen Moment.

«In der Nähe von Marseille», antworte ich.

Raymond wirft mir einen Blick zu. «In der Nähe von Marseille?»

«Ja, klar», sage ich, superstolz auf meine Antwort.

«Russland ist dreißigmal so groß wie Frankreich, aber mit Marseille hat das nichts zu tun, mein Junge. Es liegt im Süden der nördlichen Länder wie Finnland, und im Norden von China.»

«Na gut», sage ich ein bisschen beschämt. «Dann habe ich sicher geschlafen, als Monsieur Paul uns die Weltkarte gezeigt hat.»

«Jedenfalls hat Russland nichts mit der Russischen Bergbahn hier im Park zu tun. Die Bahn heißt nur so, weil die Berge in Russland sehr hoch sind, Kinder.»

«Bist du sicher, dass der Zug auf den Schienen bleibt?», fragt Camille.

«Ganz sicher. Nur dein Herz kommt dir so vor, als würde es runterfallen, aber wenn der Zug unten ankommt, ist alles wieder in Ordnung.»

«Aha!», sagt Camille, der die Sache nicht geheuer ist.

«Du musst nicht mitfahren», sagt Raymond. «Wenn du willst, essen wir beide ein Eis auf der Bank da drüben und warten auf die Jungen.»

«Nein, danke. Wenn doch etwas schief geht, will ich mit Pflaume zusammen sein.»

«Aber es wird nichts schief gehen, mein Kind, glaube mir. Du kannst mir vertrauen. Diese Geräte sind alle technisch geprüft.»

«Es ist nett, dass Sie ‹mein Kind› zu mir sagen, Monsieur Raymond, aber ich fürchte mich ein bisschen vor diesem Gerät.»

«Sag einfach Raymond zu mir, und außerdem gibt es genug andere Karussels auf diesem Rummelplatz.»

«Wissen Sie, Raymond, Monsieur, wenn man sich vor einer Sache fürchtet, darf man sich davon nicht entmutigen lassen, weil man sich sonst sein Leben lang fürchtet.»

«Du hast Recht, Camille. Aber die Russische Bergbahn ist nur ein Spiel.»

«Alles ist ein Spiel, Monsieur Raymond.»

«Raymond, mein Mädchen, aber du musst nicht glauben, das Leben wäre ein Spiel. Wer hat dir so etwas gesagt?»

«Niemand, das sage ich mir selber, um mich vor der Hexe zu schützen, die wollte, dass ich Nicole zu ihr sage, und hinterher war sie böse zu mir. Wenn ich den Boden gebohnert habe und mir dabei gesagt habe, dass alles nur ein Spiel ist, war es nicht mehr so schlimm.»

«Nicole?»

«Das ist ihre Tante», sage ich, «eine richtige Schlampe.»

«Icare, man sagt nicht ‹Schlampe›.»

«Du sagst es doch selber. Auf jeden Fall tut sie vor Madame Papineau und dem Richter so, als wäre Camille ein armes kleines Mädchen, aber wenn sie mit Camille allein ist, behandelt sie sie ganz schlecht.»

«Hmm, stimmt, Weihnachten hat sie keinen besonders sympathischen Eindruck gemacht.»

«Sagen wir doch, Raymond. Und wir haben schon einen Plan, um sie loszuwerden.»

«Wie meinst du das mit dem ‹Loswerden›, Icare?»

«Na ja, nicht wörtlich, aber ich darf es dir nicht verraten. Es ist ein Geheimnis.»

«Du wärst mir der richtige Polizist», sagt Raymond lachend.

«Ja, und ich könnte dir sogar helfen, die Diebe festzunehmen.»

«Aha, wie das?»

«Das weiß ich nicht, das musst du mir beibringen.»

«Warten wir's ab, mein Junge. Auf in die Russische Bergbahn!»

Wir sind jetzt die Ersten in der Schlange.

Raymond setzt sich auf der einen Seite nach außen, und ich tue es auf der anderen, um Camille zu beschützen, die ihre Hände auf den Knien ineinander verkrampft hält.

Die Bahn kriecht mit furchterregendem Quietschen langsam die Steigung hinauf. Alle Leute schreien.

Mit erhobener Hand könnte man fast den Himmel anfassen.

Die Leute unten sind ganz winzig.

«Mach die Augen zu, wenn du zu viel Angst hast», sage ich zu Camille, und im nächsten Augenblick geht es nach unten.

Die Bahn saust das Gefälle hinunter, und hui! stürzen wir ins Leere, und Camille dreht sich alles vor den Augen, die sie deshalb zumacht, und dann fahren wir wieder ein bisschen hinauf und sausen noch schneller runter als vorher, und mir klopft das Herz im ganzen Körper, und mein Kopf kommt mir vor, als wollte er zerspringen, und mein Herz fällt aus mir raus, und ich sehe, dass Raymond auch die Augen zumacht, und Victor brüllt: «Nein!», und hui! geht es ganz tief nach unten, dann noch eine Runde, wir sausen wie der Blitz nach oben und noch schneller wieder hinunter, und mein ganzes Gesicht wird von der Leere aufgesaugt, und mein Herz kommt mir vor, als wollte es zu meinem Mund rausspringen, und es ist wahnsinnig, und wir fahren die letzte Runde, und Camilles Körper ist dicht an meinen gedrängt, und ihre Hände halten sich an meinen Armen fest, und ihre Augen schauen mich an, grün, so grün, und alles geht ganz schnell, und dann bremsen wir, und es ist vorbei.

«Fahren wir noch mal?», fragt Victor ganz aufgeregt, aber sein Papa, der ganz weiß im Gesicht ist, deutet auf die riesige Schlange, die sich inzwischen gebildet hat, und ich denke mir, dass Camille sich ihr Eis sauer verdient hat.

«Danach», sage ich, und Camille streichelt mich mit den Augen.

«Wonach?», fragt Victor ganz enttäuscht.

«Geht's?», frage ich Camille, die nickt.

«Papa, bitte!» Victor lässt nicht locker.

«Also gut, Kinder, ich fahre noch mal mit Victor. Geht nicht zu weit weg. Hier, nehmt diesen Schein und kauft euch Eis.»

Camille reißt Raymond den Geldschein aus der Hand und zieht mich zu einem Eisstand, und mir gefällt es gut, mit Camille allein zu sein: Mein Herz klopft noch heftiger als in der Russischen Bergbahn.

Camille und ich nehmen jeder ein großes Eishörnchen, Camille mit Schokolade und Vanille, ich mit Erdbeere und Pistazie.

Wir sitzen auf der Bank, ohne uns zu rühren, brav wie die Puppen.

«Du bist voll mit Eis», sagt Camille.

«Wo?» Und ich schaue auf mein Hemd und auf meine Hose und kann nichts entdecken.

«Da.» Und sie küsst mich auf den Mund.

«Oh! Wie niedlich!», sagt eine Urgroßmutter um die dreißig.

Niedlich oder nicht, das geht diese Schnepfe überhaupt nichts an, und ich warte, bis sie weg ist, bevor ich Camille den Kuss zurückgebe. Ihr Mund schmeckt nach Schokolade. Mir wird überall warm, und an meinen Armen und Beinen kitzelt es überall, und ich habe den Eindruck, dass die Sonne meinen offenen Mund als Einladung betrachtet hat und hineinspaziert ist.

Dann bin ich es leid, brav zu sein.

«Komm, ich schenke dir einen Riesenteddybären.»

«Pflaume! Das Geld gehört dem Gendarmen.»

«Ich gewinne den Bären. Mach dir keine Sorgen.»

Der Monsieur an dem Schießstand reicht mir ein geladenes Gewehr, und ich schaue die kleinen bunten Luftballons in ihrem Käfig an, die so gern wegfliegen würden.

«Tut mir Leid», sage ich zu den kleinen Ballons.

Wenn der Richter jetzt da wäre, würde er nicht sagen, dass ich unfähig bin: Ich habe alle Ballons geschossen und einen Riesenteddybären gewonnen.

«Wo ist denn dein Papa?», fragt mich der Monsieur mit den Luftballons.

«Ich habe keinen Papa.»

«Ach, ich dachte, ihr wärt mit Monsieur Raymond hier.»

«Kennst du Raymond?»

«Ja. Das ist lange her. Aber du musst ihm nicht unbedingt von mir erzählen.»

Camille zieht mich am Arm. Den Riesenteddybären drückt sie an sich.

«Komm, Pflaume, wir müssen gehen. Der Gendarm macht sich sonst Sorgen.»

Raymond und Victor sitzen auf der Bank und warten auf uns.

«Was ist das für ein Bär?», fragt Raymond.

«Pflaume hat ihn beim Schießen auf Luftballons gewonnen. Und der Monsieur vom Stand kennt Sie, und wir müssen Ihnen nicht unbedingt von ihm erzählen.»

«So, so, hat er das gesagt? Und wo ist dieser Teddybärenverkäufer?»

«Da drüben, der Monsieur mit der karierten Jacke.»

«Aber das ist ja dieser Nichtsnutz Gilbert!»

«Wer ist Gilbert, Papa?»

«Ein kleiner Autoknacker, den ich erwischt habe.»

«Mein Papa erwischt sie alle», sagt Victor ganz stolz. Und leise fügt er hinzu: «Vor allem seit er nicht mehr pichelt!»

Darüber müssen wir alle drei lachen, und Raymond sagt: «Was gibt es da zu lachen, Kinder?», und wir sagen: «Nichts», und wir können gar nicht mehr aufhören zu lachen.

Raymond schaut uns an und muss lächeln – «Ihr macht euch wohl über mich lustig?» –, und wir rufen: «O nein!», und wir müssen noch mehr lachen.

Und wir können erst aufhören, als Raymond uns fragt, ob wir Lust auf einen Hamburger mit Pommes frites und auf Autoscooter haben.

«Ich will mit Pflaume fahren», sagt Victor.

Ich kann sehen, dass Camille ein bisschen beleidigt ist, und ich merke, dass mir das gefällt: denn es bedeutet, dass wir beide nicht mehr ohne den anderen sein können.

«Komm, mein Mädchen», sagt Raymond und legt ihr den

Arm um die Schulter, «ich glaube, da haben wir nichts zu melden.»

Camille hebt das Kinn und lächelt den Gendarmen an. «Zu melden haben wir vielleicht nichts, aber wir werden es ihnen heimzahlen.»

«Das ist aber nicht nett.»

«Das ist vielleicht nicht nett, aber wir werden es ihnen heimzahlen, und zwar so, dass ihnen Hören und Sehen vergeht, Raymond!»

Und mein Engel wird rot und Raymond auch, denn Camille hat ihn zum ersten Mal bei seinem Vornamen genannt.

Wir warten superlange, bis zwei Autoscooter frei werden, und trinken beim Warten Cola mit dem Strohhalm.

Raymond setzt sich jeden von uns nacheinander auf die Schultern.

Eine sehr alte Dame sagt zu Raymond: «Sie haben aber hübsche Kinder!»

«Danke, Madame», antwortet der Gendarm.

Victor sieht uns an. Schließlich sind Camille und ich nicht Raymonds Kinder, und für Victor ist es sicher nicht lustig, so etwas zu hören.

«Siehst du, Papa, wenn ich einen Bruder und eine Schwester hätte, dann würde ich mir wünschen, dass sie so wären wie die beiden.»

Und er verdrückt eine Träne.

Und Raymond kriegt fast keine Luft mehr.

Camille und ich lächeln ganz dämlich und trösten ihn mit Küssen.

Victor nimmt mich an der Hand und schiebt mich in einen roten Autoscooter, und Camille zerrt Raymond in einen grünen, in den Raymond sich mühsam hineinquetscht.

Und ab geht die Post.

Victor hat es auf Camille abgesehen, die ihm ausweicht und

die alte Dame von vorhin rammt, und Victor dreht das Steuer hin und her, und wir fahren an den Rand der Bahn, um von dort aus Camilles Scooter besser attackieren zu können, und dann rammen wir sie. Raymond hebt die Faust und sagt lachend: «Ihr werdet gleich euer blaues Wunder erleben!», aber er kann seinen Satz nicht beenden, weil ein großer und ganz dünner Monsieur ihn und Camille rammt, und Camille rammt einen anderen Scooter, und alle Scooter krachen gegeneinander außer unserem: Denn wir fahren gemütlich am Rand entlang. Das Autoscooterknäuel entwirrt sich, und Camille reißt das Lenkrad mit aller Macht herum und fährt uns von hinten drauf.

«Vorsicht!», rufe ich, aber der Scooter von Camille ist schneller, und unsere Scooter krachen aneinander, so dass es uns aus den Sitzen hebt, und dann ist die Runde vorbei, und wir müssen aussteigen und unsere noch ganz warmen Plätze den nächsten kleinen Glückspilzen überlassen.

«Es ist schon spät», sagt Raymond. «Ich muss euch bald nach Fontaines zurückbringen, Kinder.»

«Papa! Nur noch einmal die Russische Bergbahn, bitte!»

«Victor, dafür haben wir keine Zeit.»

«Aber schau doch, es steht fast niemand mehr an!»

«Das stimmt, aber es ist Camille gegenüber nicht nett.»

«Ich habe keine Angst mehr», sagt Camille. «Und du, Raymond?»

Und in den Augen des Gendarmen kann man lesen, dass wir ihm eine letzte Fahrt abgerungen haben: Von solchen Schlingeln wie uns lässt er sich nicht als Feigling abstempeln.

Die Rechtschreibung geht mir langsam auf die Nerven. Wir müssen angeben, ob das unterstrichene Wort im wörtlichen oder im übertragenen Sinn verwendet ist.

Es sieht nicht gut aus: Die ganze Sache hat überhaupt keinen Sinn.

1. Heute gibt es Kalbskopf zum Abendessen.
   Pfui Teufel, so was soll man essen? Wir sehen uns den nächsten Satz an.
2. Der kleine Ahmed will immer mit dem Kopf durch die Wand.
   Simon und ich kichern und zeigen Ahmed einen Vogel, und Ahmed fängt zu heulen an.
3. Die Rechenaufgabe bereitet meinem Bruder viel Kopfzerbrechen.
   Wir sehen uns den nächsten Satz an, weil keiner von uns einen Bruder hat.
4. Bruno hat eine dicke Beule am Kopf.
   Keiner von uns kennt jemanden, der Bruno heißt. Schade, das war der einzige Satz, der für uns einen Sinn hatte.

Und dann erscheint Madame Colette und rettet mich vor dieser bescheuerten Lektion.

«Pflaume, in meinem Büro warten die Direktorin und Rosy auf dich.»

«Da hast du wohl eine Riesendummheit angestellt», sagt Simon.

«Nein, Pflaume hat nichts angestellt. Er nicht.»

Simon macht ein ganz komisches Gesicht. «Und was heißt das?»

«Das, was es heißt. Aber jetzt geht es um Pflaume. Du kommst später dran.»

Madame Papineau sitzt auf dem Stuhl der Psychologin, Madame Colette sitzt auf ihrem Schreibtisch, und Rosy sitzt auf dem Sitzkissen, das uns Kindern gehört.

Es fällt ihr schwer, mit ihrem dicken Po auf dem Kissen im Gleichgewicht zu bleiben, und ich muss mir Mühe geben, vor all diesen ernsten Blicken ernst zu bleiben.

«So, mein Kleiner, wir wüssten gern, wie das Wochenende bei dem Gendarmen war», beginnt Madame Papineau.

«Seid ihr deshalb alle drei hier?»

«Ja, mein Kleiner.»

«Habe ich nichts angestellt?»

«Nicht dass ich wüsste», antwortet Madame Papineau und schaut Rosy an, die mit den Händen nein sagt.

«Dann brauchen Sie mich auch nicht Kleiner zu nennen: Ich bin schon fast zehn.»

«Das stimmt, du bist ein großer Junge, Icare, aber das Wort Kleiner ist nicht böse gemeint, sondern liebevoll.»

«Ich bin kein Baby mehr.»

Und ich denke an Raymond, der auch Kleiner zu mir sagt, aber bei ihm ist es etwas anderes, er kann mich nennen, wie er will.

«Außerdem heiße ich Pflaume.»

Die Heimleiterin verdreht die Augen zur Decke.

«Wir hören.»

«Es war supercool», sage ich und kein Wort mehr.

Ich weiß nicht, warum, aber ich habe das Gefühl, dass ich nicht alles erzählen darf, und deshalb muss ich überlegen, und das dauert seine Zeit.

«Woran denkst du, Pflaume?», fragt die Psychologin.

«Oh, ich habe an das Restaurant am Wasser gedacht, an den Spaziergang mit den Enten und an die Blumen im Garten von Raymond, die Jazzmusik hören.»

«Blumen, die Jazzmusik hören? Was ist das denn?», fragt Rosy.

«Na ja, die Blumen wachsen, wenn Musik gespielt wird. Manchmal sollte man wirklich meinen, dass du in einer Cro-magnon-Höhle zu Hause bist.»

«Und was noch, Icare?» Madame Papineau verliert allmählich die Geduld.

«Wir haben in einem großen Bett geschlafen.»

«Wer?»

«Victor und ich. Camille hat in dem Bett von Victor geschlafen.»

«Und hat es ihm nichts ausgemacht, ihr sein Zimmer zu überlassen?»

«O nein, Victor ist sehr nett. Nur dass es lange gedauert hat, bis ich einschlafen konnte, weil er die ganze Zeit geredet hat.»

Und ich denke mir, dass ich in diesen ganzen Lügen sicher den Überblick verlieren werde, vor allem wenn Madame Papineau Raymond die gleichen Fragen stellt.

Ich darf nicht vergessen, ihn anzurufen und ihm einzuschärfen, dass er auch lügt.

«Was hat er dir erzählt?», fragt Madame Colette.

«Dass er Camille und mich beim Nintendo ausgetrickst hat.»

«Beim Nintendo?», sagt Rosy so angeekelt, als ginge es um Kalbskopf.

«Das ist normal in ihrem Alter», sagt Madame Papineau.

«Normal vielleicht, aber diese Spiele sind nicht gut. Die Kinder verlieren den sozialen Kontakt.»

«Rosy! Sie sind zu konservativ! Wenn man die Kinder einen ganzen Abend damit spielen lässt, dann haben Sie vielleicht Recht, aber ansonsten ist es gut für ihr Reaktionsvermögen.»

«Was heißt konservativ?», frage ich, um sie daran zu erinnern, dass ich auch noch im Zimmer bin.

«Altmodisch», antwortet Rosy.

«Altmodisch?» Ich verstehe nur Bahnhof.

«Ja, mein Pfläumchen. Die Direktorin will damit sagen, dass ich nicht mehr durchblicke.»

«Das habe ich nicht gesagt, Rosy.»

«Doch, Geneviève, das haben Sie. Aber ich schäme mich nicht, dass ich Wiegen- und Schlummerlieder diesen schwachsinnigen Spielen vorziehe. Und die Kinder haben sich noch nie beschwert. Stimmt's, Pflaume?»

«Ja, Rosy.» Auf eine Lüge mehr oder weniger kommt es jetzt auch nicht mehr an …

«Zurück zu unseren Schäfchen. Und was habt ihr am Sonntag gemacht?» Die Stimme von Madame Colette ist so hart wie eine alte Brotkruste.

«Wir waren im Monsterpark», sage ich, «und Camille hat sich in der Russischen Bergbahn ein bisschen gefürchtet, und deshalb habe ich sie beschützt, und hinterher habe ich mit dem Gewehr geschossen und einen Riesenteddybären gewonnen.»

«Raymond hat dich mit einem Gewehr schießen lassen?», fragt Madame Papineau, und sie sieht aus, als hätte man sie mit einer Nadel gepiekt.

Ich habe nicht lange genug überlegt.

«Das war nicht seine Schuld», sage ich. «Victor wollte noch einmal fahren, und da hat er uns Geld gegeben, damit Camille und ich uns Eis kaufen.»

«In so einem großen Vergnügungspark darf man zwei Kinder nicht allein lassen!», sagt Rosy. «Ihr hättet euch verlaufen oder sogar entführt werden können!»

«Ich bin doch nicht doof. Wenn ein Unbekannter zu mir sagt, ich soll ihm folgen, dann tue ich das nicht. Und mit dem Judokurs vom Mittwoch lege ich ihn aufs Kreuz.»

Und ich verpasse dem Kissen von Rosy einen Hieb.

Die Direktorin muss lachen, und die Heimwehstreuerin fährt zusammen.

«Und was hat Raymond gesagt, als er erfahren hat, dass du mit dem Gewehr geschossen hast?», fragt die Psychologin.

Ich lüge, dass sich die Balken biegen: «Oh, er war schrecklich wütend, schrecklich wütend! Er hat zu mir gesagt, dass ich solche Dummheiten nicht machen darf und dass er uns nie wieder aus den Augen lässt.»

«Und wie ist er zu dir und Camille, wenn er nicht wütend ist?»

«Supernett! Er hat uns Zuckerwatte gekauft und Hamburger und ganz viele Fahrten und hat uns auf seinen Schultern sitzen lassen und an der Hand gehalten, und am Abend hat er uns ganz fest gedrückt, bevor wir eingeschlafen sind.»

«Und Victor?»

«Er hätte gern einen Bruder und eine Schwester wie uns, aber ich weiß nicht, wo er sich die besorgen kann. Vielleicht gibt es Supermärkte für Kinder, wo die Mamas einkaufen gehen, aber Victor hat ja keine Mama mehr, und deshalb glaube ich, dass er da keine Chance hat.»

«Gut», sagt die Heimleiterin lächelnd, «am nächsten Samstag kannst du Raymond besuchen, aber diesmal ohne Camille.»

«Warum?», frage ich ganz enttäuscht.

«Weil ihre Tante sie besuchen kommt.»

«Kann die Hexe uns nicht in Ruhe lassen?»

«So spricht man nicht über Erwachsene, Icare.»

«Die hat nichts von einer Erwachsenen, Madame Papineau, denn so, wie sie mit Camille spricht, sprechen Erwachsene nicht mit Kindern. Und sie können Monsieur Paul und Raymond fragen, was die von der Hexe halten, da werden Sie staunen!»

«Das muss ich sie nicht fragen, sie haben es mir von sich aus gesagt. Aber das geht dich alles nichts an, und schließlich bist du nicht dabei, wenn die beiden miteinander reden.»

«Ich bin nicht dabei, aber Camille erzählt es mir hinterher, und dann ist es kein Unterschied. Rosy sagt, dass Kindermund Wahrheit kundtut. Die Hexe ist kein Kind, und aus ihrem Mund kommen nur Lügen, und das tut Camille weh. Und was Camille wehtut, das tut mir auch weh.»

Madame Papineau steht auf und geht zum Fenster. Ich habe keine Ahnung, wohin sie schaut, und man könnte fast meinen, sie wäre gar nicht mehr da.

Rosy zwinkert mir zu, und ich lächle sie an.

Die Psychologin liest die Papiere auf dem Tisch der Direktorin; es gehört sich nicht, so etwas heimlich zu tun.

«Darf ich gehen?», frage ich.

Die Direktorin dreht sich um. «Ist dir an Simon nichts aufgefallen?»

Misstrauisch sage ich: «Nein.»

«Wunderst du dich nicht, dass er so vieles weiß?»

«Ich verstehe Sie nicht.»

«Hast du dich nie gefragt, woher Simon alles über euch andere weiß?»

Und weil ich keine Petze bin und Simon nichts einbrocken will, antworte ich: «Nö, weil wir ihm ja alles erzählen.»

«Gut, du kannst jetzt gehen», sagt Madame Papineau. «Aber ich möchte dich bitten, Simon nichts von unserem Gespräch zu sagen. Kann ich mich auf dich verlassen?»

«Klar», sage ich und kreuze die Finger hinter dem Rücken.

Und ich laufe bis zu unserem Zimmer und erzähle Simon alles, auch dass ich es ihm nicht sagen darf.

«Das ist nicht in Ordnung, dass du nicht gehorchst», sagt Ahmed.

Simon sagt gar nichts, und sein Schweigen ist komisch.

«Warum sagst du nichts?», frage ich beunruhigt.

«Das geht dich nichts an», antwortet Simon.

Und er schmeißt den Schlafhasen von Ahmed aus dem Fenster.

«Scheiße, Scheißdreck», sagt er, bevor er die Tür zuknallt.

Aber der Knall ist nicht so laut wie das Geheul von Ahmed.

Am Mittwoch wird Béatrice neun Jahre alt.
Camille malt den Geburtstagskuchen mit Kerzen in allen Farben, und wir schreiben unsere Vornamen auf den Kuchen und kleben das Bild mit Tesafilm in der Küche an die Wand und schauen es bei jeder Mahlzeit an, und wir können kaum erwarten, dass es Mittwoch wird und den Schokoladenkuchen von Ferdinand, dem Koch, zu essen gibt.

Manchmal, wenn wir mindestens eine Woche lang brav waren (was nicht leicht ist, weil wir, wie Pauline es ausdrückt, «hysterische Blagen» sind), dürfen wir Ferdinand dabei helfen, den Salat zu waschen oder Erdbeeren vom Stiel zu zupfen oder grüne Bohnen zu putzen.

Einmal nimmt Boris das Messer mit den Zacken, das zum Kartoffelschälen da ist, und Ferdinand ruft: «Das ist gefährlich, du schneidest dir in die Hand», und Boris antwortet: «Das macht nichts, ich habe noch eine zweite», und er killt die Kartoffel mittendurch, und Ferdinand droht ihm mit dem Finger und sagt: «Gib mir sofort das Messer», und Boris wirft das Messer mit den Zacken, und es fliegt Ferdinand dicht an den Ohren vorbei und bleibt in der Wand stecken. Seitdem darf Boris nicht mehr in die Küche gehen, und wenn wir hingehen, schimpft er uns «falsche Brüder», als wüssten wir nicht, dass der echte Antoine ist.

Jujube kann sich nicht zurückhalten und isst alles, sogar die

Stiele von den Erdbeeren. Kuchenteig hat er auch verdrückt, und danach ist er zwei Tage lang im Bett geblieben, und Simon hat gesagt, das wäre alles nur, damit er nicht in die Schule gehen muss. Manchmal lässt Jujube den Verstand vor der Tür, wenn er in die Küche geht. Einmal wollte er aus dem kochenden Wasser Nudeln nehmen, weil er irre Hunger hatte, und ausnahmsweise war das Pflaster keine Attrappe.

Simon sagt: «So was wie Jujube gibt es kein zweites Mal», und Béatrice zieht die Finger aus der Nase und sagt: «Das ist ein Glück, denn sonst würden die beiden uns nichts zu essen übrig lassen.»

Boris tut Ketchup auf seine Pommes frites. Ich flüstere ihm ins Ohr: «Was heißt impotent?»

Und Boris verschüttet den ganzen Ketchup auf seinen Pommes frites, und Rosy schimpft, und Boris sagt: «Es war nicht meine Schuld», und Ende.

Ich habe ganz schön geschwitzt: Ich dachte, er würde mich verpetzen.

Ich esse den Karamelpudding, als Boris mir ins Ohr zurückflüstert: «Impotent ist, wenn du keinen hochkriegst», und ich verstehe kein Wort und warte, bis wir im Bus von Gérard sind, wo ich Boris leise frage: «Und was heißt hochkriegen?»

«Einen hochkriegen heißt, dass dein Schniepel so hart wird, als wäre er aus Holz.»

«Oh», sage ich, «tut das weh?»

«Keine Ahnung.»

«Und warum wird der Schniepel so hart, als wäre er aus Holz?»

«Weil du eine Erektion hast.»

«Und was heißt Erektion?»

«Manchmal sollte man meinen, du kämst direkt vom Mars. Hast du noch nie einen schweinischen Film gesehen?»

«Nein, aber Schweine kenne ich, auf dem Land habe ich schon viele gesehen, aber was soll das mit dem Schniepel zu tun haben, der hart wird?»

«Simon hat Recht, du hast nicht alle Tassen im Schrank.»

«Das hat Simon gesagt?»

«Also, willst du jetzt wissen, was schweinische Filme sind, oder nicht? Sonst höre ich Walkman.»

«Nein, sag es mir bitte.»

«Schweinische Filme sind für die Papas, wenn die Mamas einkaufen gehen oder ihre Freundinnen besuchen oder wenn sie nachts schlafen. Dann langweilen sich die Papas, und sie schauen sich schweinische Filme an. Das ist total öde. Es gibt keinen Bruce Willis und keine Verfolgungsjagden und keine Planeten, die gerettet werden müssen, sondern nur Leute, die sich die ganze Zeit ausziehen und sich aufeinander drauflegen. Antoine und ich, wir haben uns das angeschaut, als unsere Eltern bei anderen Leuten zum Kartenspielen waren und unsere Babysitterin auf dem Sofa eingeschlafen war. Wir sind in Papas Büro gegangen und haben uns die Kassette angesehen, die Antoine gefunden hat, als er die Fernbedienung des Videorecorders gesucht hat. In dem schweinischen Film sind die Mädchen irre geschminkt und haben riesige Dutten und wollen sich immer auf den Schniepel eines Monsieurs setzen, der dauernd ein anderer ist, und manchmal essen sie ihn wie eine Süßigkeit.»

«Sie essen den Monsieur?»

«Nein, du Schwachkopf, sie essen den Schniepel, der irre groß ist und am Ende Milch verspritzt, und dann legen sich alle schlafen oder rauchen eine Zigarette, und wir haben eine andere Kassette eingelegt, weil die Babysitterin aufgewacht ist. Statt *Lüsterne Hündinnen* haben wir zur Abwechslung *Krieg der Sterne* oder *Armageddon* angeschaut.»

«Dein Film ist total doof. Warum soll einer Milch aus seinem Schniepel spritzen, wenn es die Milch von der Kuh in jedem Supermarkt gibt? Und was Hündinnen in dem Film zu suchen haben, ist mir auch nicht klar, außer sie lecken die Milch auf oder beißen dem Monsieur den Riesenschniepel ab, um damit zu spielen. Auf jeden Fall kann ich Camille beruhigen, denn ihr Papa hat keine Milch gespritzt, weil sein Schniepel nicht so hart wie aus Holz war, und er wollte nicht, dass man ihn aufisst, weil er ihn gebraucht hat, um damit Pipi zu machen. Das wird sie beruhigen.»

Wir sind alle im Bus von Gérard, nur Béatrice nicht, die im Büro von Madame Colette malt. Simon sagt, ihr schönstes Geschenk wäre, wenn ihre Mama sich endlich dazu durchringen könnte, ins Flugzeug zu steigen. Madame Papineau hat uns Taschengeld gegeben, und ich vergewissere mich alle fünf Minuten, dass ich meine zwanzig Francs noch habe.

Jujube steckt sich seine Münzen in die Augen und spielt Monster, aber das Geld hält nicht. Eine Münze fällt auf den Boden und rollt zu Pauline, die mit Gérard spricht, und weil Jujube zu dick ist, um unter den Sitz zu kriechen, fängt er an zu heulen, und Pauline dreht sich um und sagt: «Jujube, geh an deinen Platz zurück, du siehst doch, dass ich mit Gérard spreche», und Jujube antwortet: «Ist mir doch egal», und Pauline packt Jujube am Ohr: «Das sehen wir gleich, ob es dir egal ist», und Gérard sagt: «Lass den Jungen in Ruhe», und Pauline lässt das Ohr von Jujube los, als hätte sie sich die Finger verbrannt, und sie setzt sich brav auf ihren Sitz und ist sauer, weil Gérard Patrick Bruel superlaut gestellt hat.

Und Camille kriecht unter den Sitz von Pauline und sucht die Münze, und Jujube gibt ihr einen Kuss auf die Backe, und ich würde Jujube am liebsten das Gesicht zerkratzen, und ich weiß nicht, warum.

Im Dorf steigen wir alle aus, nur Gérard nicht, der sich eine Zigarette anzündet.

«Kommst du nicht mit?», fragt Pauline.

«Nein, Geschäfte kann ich nicht ausstehen.»

Wir lieben Geschäfte.

Camille probiert einen Ring an, der so rosa ist wie die Brille von Béatrice.

«Sehr hübsch», sagt Pauline, die eine Menge Schmuck anprobiert, den sie nicht kauft wegen der Etiketten, die an ihm drankleben.

Boris und Antoine schmieren sich den Mund mit Lippenstift voll und sehen sich kichernd im Spiegel an.

Die Verkäuferin und Pauline finden das gar nicht komisch.

«Es tut mir schrecklich Leid», sagt Pauline. «Kinder, Sie wissen ja ...»

«Ich weiß nur, Madame, dass ich von Ihnen hundertfünfzehn Francs bekomme.»

Pauline holt die Brieftasche aus ihrer Handtasche und gibt der Verkäuferin einen großen Geldschein und schaut die Brüder Chafouin an, die sich mit Papiertaschentüchern den Mund abwischen.

«Könnt ihr euch nicht ein einziges Mal benehmen? Aber das wäre wohl zu viel verlangt! Lippenstift für hundertfünfzehn Francs! Das sage ich der Heimleiterin, wenn wir zurückkommen, und dann werden wir schon sehen, ob ihr es immer noch zum Lachen findet!»

Die Verkäuferin zwinkert uns zu, als wollte sie sagen, dass mit Pauline offenbar nicht gut Kirschen essen ist.

«Das tust du besser nicht», sagt Simon.

«Wie bitte?»

«Ich hab gesagt, tu das nicht, sonst erzähle ich der Heimleiterin von deinem Verlobten.»

«Von welchem Verlobten?», fragt Pauline, als hätte sie tonnenweise Verlobte.

«Von dem, der an dir rumknutscht, wenn wir im Schwimmbad sind.»

Und da macht Pauline den Mund ganz weit auf, und kein Ton kommt raus.

Die Brüder Chafouin geben ihr ganzes Geld für eine Puppe aus, die lacht, wenn man ihr auf den Bauch drückt. Jujube kauft zwei Schachteln Schokoladenkekse, eine für sich und eine für den Geburtstag von Béatrice, und er isst beide leer, bevor er die Kasse erreicht.

Ahmed weint, als der Verkäufer sagt: «Dieser Hase? Der kostet hundert Francs, junger Mann.»

Eine Dame, die daneben steht, sagt: «Schämen Sie sich, ein Kind zum Weinen zu bringen», und sie schaut den Verkäufer an, als wäre er ein Ungeheuer, und sie schenkt Ahmed den Hasen, und wir schauen sie alle an, als wäre sie eine Fee, mit Ausnahme von Pauline, die immer noch beleidigt ist.

Die Geschenke sind auf ihrem Teller zu einem Berg gestapelt, und Béatrice kann nicht mehr stillsitzen. Sie windet sich auf ihrem Stuhl, als wäre er mit Reißzwecken gespickt, und weil sie hinter den Geschenken verschwindet, steigt sie auf ihren Stuhl, die Finger in der Nase, und lacht, und man sieht ihre rosa Zunge und ihre weißen Zähne, und sie sieht nichts, weil sie ihre Schokoladenfinger an ihren rosa Brillengläsern abgewischt hat.

Wir finden es super, mit Monsieur Paul zusammen im Heim zu essen. Das ist mal eine Abwechslung zu seinem «stieben, stob, gestoben».

Camille zieht Béatrice am Rock: «Pack deine Geschenke aus.»

Béatrice nimmt die Finger aus der Nase und steckt sie sofort in den Mund.

Sie sieht aus, als wollte sie weinen.

«So viele Geschenke habe ich noch nie zum Geburtstag bekommen.»

«Fang mit dem da an», sagt Jujube und zeigt auf seines.

«Jujube, du nervst», sagt Simon.

«Keinen Streit, Kinder», ruft Rosy.

«Ich bin nicht schuld», heult Ahmed.

Béatrice kauert sich hin, und Camille nimmt ihr die Brille ab. Jetzt sieht sie die Geschenke, und wir sehen ihre Tränen.

«Wein doch nicht», sagt Camille und nimmt ihre Hand, aber das nützt nichts.

Béatrice ist der reinste Wasserhahn.

Rosy nimmt sie auf ihre Knie, und das kleine schwarze Mädchen versteckt seinen Kummer an Rosys Hals.

«Na, na, mein Kätzchen, das geht vorbei», sagt Rosy und tätschelt ihr den Kopf, und dabei kann man sehen, dass Rosy selber total gerührt ist, denn ihre Stimme zittert und ihr Mund auch, und wenn das so weitergeht, wird sie gleich mitweinen.

«Mir geht es auch nicht gut», sagt Jujube und zeigt sein Pflaster.

«Geh uns nicht auf den Wecker, Jujube», sagt Boris, «das ist fast zwei Wochen her, und es ist komplett verheilt.»

Jujube sagt nichts mehr, weil er beleidigt ist, aber das sind wir gewohnt, sogar Monsieur Paul, und alle verdrehen die Augen zur Decke. Und dann trocknet Béatrice sich mit ihren kleinen Fäusten die Tränen, und sie packt sich das größte Geschenk, das ganz unten im Haufen liegt, und der Haufen stürzt ein, und darüber lachen Béatrice und Rosy und Monsieur Paul und sogar Jujube, der nicht mehr den Beleidigten spielt.

Das größte Geschenk ist das von Rosy; es ist ein Kleid mit roten und weißen Karos, eingepackt in schönes weißes Papier, das Béatrice sich auf den Kopf legt, so dass sie aussieht, als würde sie heiraten, nur dass man nicht weiß, wen. Jetzt ist ihr gar nicht mehr nach Weinen zumute; ihre Finger reißen das Geschenkband und das bunte Papier auseinander, als hätte sie eine dringende Verabredung. Wir sind alle gespannt wie die Flitzebogen, und Rosy schreit keinen von uns an, und mit den Augen reißen wir auch Bänder und Papier auseinander, und wir versuchen, das Geschenk zu sehen, bevor Béatrice es sieht, aber da hält sie es schon in den Händen, und es ist der Stoffhase von Ahmed. Sie sagt etwas in das Plüschohr, was wir nicht hören können, und legt den Hasen vorsichtig auf das Kleid mit den roten und weißen Karos, und dann reißt sie ein anderes Päckchen auf, und da ist die Puppe von den Brüdern Chafouin drin, die lacht, wenn man ihr auf den Bauch drückt, und Béatrice, die das nicht weiß, steckt ihr die Finger in den Bauch, und die Puppe lacht, und Béatrice erschrickt und traut sich nicht, sich zu rühren, und versteckt ihre Finger in der Nase, und ihre Augen werden riesengroß, als Alice den Bauch der Puppe berührt.

Schnell reißt sie Alice die Puppe aus der Hand.

«Die gehört mir», ruft sie.

Alice zittert, als wäre hier drinnen plötzlich Winter, wie ein Blatt, das sich vom Baum lösen will, und dann fällt sie hin, und man sieht nur noch Stoff und Haare.

«Das ist nicht nett von dir», sagt Rosy und lässt die kleine Schwarze auf ihrem Stuhl stehen, um sich um Alice zu kümmern.

Béatrice schaut Monsieur Paul an, der sie mit ernstem Blick ansieht, und sie will zu heulen anfangen, doch da flüstert Camille ihr etwas ins Ohr.

Sofort steigt Béatrice vom Stuhl und geht zu dem Häufchen Elend, das Rosy an den Busen gedrückt hält, und sie schaut Rosy an, die so tut, als sähe sie sie nicht, und sie stellt sich auf die Zehenspitzen und schüttelt Alice ein bisschen, und Alice dreht ihr den Kopf mit den Haaren im Gesicht zu, und Béatrice schiebt die Haare mit den Fingern beiseite und streichelt die Sommersprossen, und dann zeigt sie den Augen, die voller Angst sind, die Puppe.

«Da, die ist für dich.» Und das Lächeln von Rosy sieht sie nicht. Nur das von Alice, so winzig wie ein Streichholz.

«Danke schön», sagt der Mund, bevor er die Puppe küsst.

Und alle klatschen in die Hände, bis auf Jujube: «Ich hätte mein Geschenk nicht hergegeben», und Simon sagt: «Nein, du hättest es aufgefressen», und da muss sogar die Puppe lachen.

Béatrice steckt sich den rosa Ring an den Finger, setzt sich die Mütze auf, die Monsieur Paul ihr geschenkt hat, und faltet das Bild von Jujube auseinander: ein Strand mit Bäumen, die Federn haben, und mit einer riesengroßen Sonne über einem kleinen schwarzen Mädchen im rosa Badeanzug, das im Sand liegt.

«Rosy hat mir ein bisschen geholfen», gesteht Jujube.

Béatrice hört ihm nicht zu. Sie schaut das Bild an, als wäre sie hineingetreten.

«So sieht es bei mir zu Hause aus», sagt sie und streichelt den Strand mit dem Finger, und wieder kommen die Tränchen, und wieder ist die Geburtstagsstimmung im Eimer.

«Ich habe Hunger!», ruft Jujube, ausnahmsweise im richtigen Moment.

Niemand denkt mehr daran, traurig zu sein. Der Hunger ist viel wichtiger. Geraspelte Karotten, Fisch mit Nudeln und zuletzt der Schokoladenkuchen von Ferdinand, dem Koch, auf dem Rosy und Camille neun Kerzen anzünden, und dann singen wir total falsch: «Happy Birthday», und Béatrice pustet die Kerzen aus und pustet so stark, dass das Kakaopulver vom Kuchen Ahmed bestäubt.

Er ist jetzt genauso schwarz wie Béatrice.

Jujube verschlingt seine Portion mitsamt dem Kerzenwachs und hinterher die von Alice, die lieber mit der lachenden Puppe spielt, und dann ist ihm übel, und er geht mit Rosy auf die Krankenstation.

Wir anderen bleiben bei Monsieur Paul.

Béatrice schläft an seiner Schulter ein, und wir hören die Puppe lachen und die Brüder Chafouin ihr Wörterbuchspiel spielen.

«Ataxie.» «Lymphatisch.» «Nephritis.»

Und danach höre ich nichts mehr, denn ich schlafe auch, den Kopf auf den Knien von Camille.

Mit meinen Fragen löchere ich Rosy bis zum Gehtnichtmehr. «Wann fahren wir?»

«Kommt Pauline auch mit?»

«Was nehmen wir im Koffer mit?» «Was essen wir in den Bergen?»

Und Rosy sagt: «Nicht auszuhalten, du bist ja die reinste Fragenstreubüchse.»

«Was ist eine Streubüchse?», frage ich.

Und Rosy verdreht die Augen, und ich sage: «Das habe ich nur zum Spaß gesagt», und Ahmed schnieft, und keiner weiß, warum, und Rosy sagt: «Ihr wollt mich offenbar zu Tode martern», und Antoine antwortet: «Du bist wohl nicht bei Trost, Rosy! Wie sollten wir ohne dich zurechtkommen?»

Und das war alles, bevor wir in den Zug gestiegen sind mit unseren Skiern und unseren großen Koffern, bis auf den von Jujube, der ihn stehen lassen hat, als er im Bahnhof Kuchen gekauft hat. Ich habe mein Gesicht an das Zugfenster gedrückt und habe das Foto von Rosy angeschaut, die nicht mitfährt, und es war, als würde ich sie wenigstens ein bisschen mitnehmen.

Rosy sagt, dass die Berge sehr hoch sind und dass sie sich schon davor fürchtet, auf einen Stuhl zu steigen oder nur aus dem Fenster zu schauen: Davon wird ihr ganz komisch, als hätte sie Lust, sich ins Leere fallen zu lassen. Ich habe gesagt, dass ich aufpassen würde, dass sie keine solchen Dummheiten macht, und sie hat mir geantwortet, dass sie sowieso zu alt für Schneeballschlachten ist.

Gegen das Alter nützt mein Aufpassen nichts.

Ich bin mit schwerem Herzen abgefahren, und Simon hat zu mir gesagt, dass wir Rosy auf jeden Fall anrufen können, und da ist mein Herz leichter geworden, und dann sind wir in den Bergen angekommen, und ich habe völlig vergessen, dass ich Rosy anrufen wollte.

Pausenlos wälze ich mich im Bett hin und her.

Deshalb stehe ich ganz leise auf, um die anderen nicht zu wecken, und besuche Eierkopf, der in einem anderen Zimmer schläft.

«Schläfst du?», frage ich.

Und ich mache das Licht an und schüttle den Heimwehstreuer.

«Was ist, Pflaume, was machst du denn hier?»

Ich setze mich auf die Bettkante und sage: «Ich kann nicht einschlafen.»

«Geh in dein Zimmer und zähle Schäfchen», antwortet dieser Trottel und dreht sich zur Wand.

Ich warte ein bisschen und sage dann: «In meinem Zimmer gibt es keine Schäfchen, und außerdem ist es zu dunkel zum Zählen.»

Eierkopf sagt nichts, und das ärgert mich.

Ich schreie ihm ins Ohr: «In meinem Zimmer gibt es keine Schäfchen!»

Und der Erzieher springt wie mit der Nadel gepiekst auf: «Spinnst du komplett?» Und er reibt sich die Augen und schaut mich an, als hätte ich gewonnen. «Okay, erzähl mir, warum du nicht schlafen kannst», und er gähnt mit seinen ganz gelben Zähnen.

Und ich erzähle von der Kälte, durch die einem die Zehen in den dicken Schuhen zu Eis gefrieren, und von den in Fäustlinge eingepackten Händen (die Fäustlinge sind unpraktisch, wenn man Süßigkeiten auswickeln will). Sie sind zu nichts zu gebrauchen als dazu, Skistöcke zu halten, und das über dem Kopf, weil wir die meiste Zeit auf unseren vier Buchstaben im Schnee sitzen.

Auf den Skiern kommt man sich vor, als würde man auf Orangen gehen.

Man fällt dauernd hin.

Und es gelingt mir nicht, im Pflug zu fahren, denn stattdessen falle ich nach vorne oder nach hinten oder zur Seite, genau wie Camille. Simon dagegen hält sich auf seinen Skiern und fährt im Pflug hinunter, und er sagt, es wäre superklasse, und der Skilehrer ist zufrieden und sagt, wir sollten es so machen wie Simon, und wir fallen wieder hin, als wären wir sogar zum Gehen zu dumm.

Und es tut weh, nur Boris und Antoine nicht, denen nie etwas wehtut und die immer weitermachen wollen, aber wir anderen wollen uns ausruhen und legen uns in den Schnee und schauen den Skilehrer an, als wäre er ein Ungeheuer, vor allem Jujube, obwohl jemand, der so kugelrund ist, sich beim Fallen nicht besonders wehtun kann.

Wir machen nur Spaß. Der Skilehrer ist kein Ungeheuer.

Er heißt Balthazar, aber wir nennen ihn Bataza, weil Béatrice den Namen nicht besser aussprechen kann.

Mich nennt sie Pflaume.

Und Bataza ist sehr nett zu uns: Dauernd muss er sich bücken, um uns aufzusammeln, statt uns zu erklären, wie sein bescheuerter Pflug funktioniert.

Seine Lippen glänzen und riechen nach Erdbeere. Seine Haut ist ganz braun, weil er die ganze Zeit mit Kindern zum Faulenzen in der Sonne ist. Und seine Brillengläser sind Spiegel, in denen wir uns sehen können.

Was mir gut gefällt, ist, mit den Skiern den Hang hochzusteigen. Ich bewege mich wie auf einer Treppe, und wenigstens das ist superklasse. Nur dass man leider runter muss, wenn man oben angekommen ist, und runter komme ich meistens auf dem Hintern.

Ahmed heult so schrecklich, dass der Skilehrer ihn sich zwischen die Beine klemmt, so dass Ahmed nicht mehr hinfallen kann, und er ruft: «Supercool!», aber einmal lässt der Skilehrer ihn los, und Ahmed umarmt einen Tannenbaum, aber es ist nicht so schlimm.

Die anderen wollen auch alle zwischen den Beinen von Bataza fahren, bis auf Jujube, der sich in den Schnee legt, um seine Plätzchen zu essen, und mich, weil ich den Tannenbaum nicht umarmen möchte.

Das erinnert mich an Mamas Unfall und an die gefällte Eiche, aus der ein Tisch und ein Bett gemacht worden sind. Und daran möchte ich nicht denken.

Camille sagt ganz außer Puste, wie toll es war, und weil ich auf keinen Fall von ihr für einen Feigling gehalten werden möchte, drücke ich beide Augen zu und tue alles, was Bataza mir befiehlt.

Ich knicke die Beine ein und beschreibe mit meinen Skiern ein umgekehrtes V.

Schließlich öffne ich die Augen, und Bataza sagt, ich hätte das Zeug zu einem Champion, und Camille drückt mir einen

Kuss auf die Backe, und mir wird so warm, als wäre ihr Mund eine Heizung.

Manchmal schaue ich den Erwachsenen zu, die versuchen, sich an dem komischen Kleiderbügel festzuhalten, um die Piste hochzukommen, aber der Kleiderbügel gleitet ihnen aus den Händen und fährt ganz allein hoch und schlägt gegen den Schnee, und ich denke mir, dass wir nicht dümmer sind als die Erwachsenen, die immer so tun, als wüssten sie über alles Bescheid.

Wenn ich groß bin, werde ich jedenfalls die ganze Piste Schritt für Schritt hochsteigen.

Nach dem Skiunterricht nehmen wir eine Gondel, um oben auf dem Berg essen zu gehen, und Eierkopf kann nicht verstehen, was wir daran so komisch finden, und wir müssen furchtbar lachen.

Michel vergeht das Lachen gründlich, als Ahmed seinen Skistock in das große Loch unten in der Gondel fallen lässt, als wäre es dafür gedacht.

Ich bin froh, als wir beim Restaurant ankommen, weil ich dringend Pipi machen muss. Und für die Toilette braucht man ein Zwei-Francs-Stück, das ich nicht habe. Ich tanze auf einem Fuß und halte mir den Wasserhahn zu, und Eierkopf rettet mich in letzter Sekunde.

Hinterher essen wir Pommes frites und Fleisch auf einer Terrasse, wo uns die Sonne rundum wärmt. Michel erscheint mit Ahmeds Skistock; an dem harten Schnee hat er sich die Hand verstaucht.

Ich höre nicht richtig zu. Ich schaue Camille an. Und mir ist ganz komisch zumute, als würde mein Herz mit meinem Magen Fußball spielen.

Aber das erzähle ich diesem Trottel Eierkopf nicht, auch wenn ich es ihm verdanke, dass ich mich nicht nass gemacht habe.

«Schon gut, Pfläumchen», sagt Eierkopf. «Geh jetzt wieder ins Bett, sonst schläfst du morgen auf deinen Skiern ein.»

Und er dreht sich zur Wand, als ich sage: «Ich habe dir nicht erzählt, was am Nachmittag war.»

«Das kannst du mir morgen erzählen», sagt Eierkopf gähnend.

«Nein, jetzt», sage ich superwütend.

Bei den Erwachsenen heißt es immer morgen, morgen. Das ist wirklich nervtötend.

«Ich schlafe», sagt Eierkopf.

«Nein, du schläfst nicht, sonst könntest du es nicht sagen.»

«Komm jetzt, sei brav, oder ich werde böse.»

«Das ist gar nicht nötig. Ich wollte nur, dass du dich für mich interessierst, aber ich sehe, dass du mich nicht lieb hast.»

«Das stimmt nicht, und das weißt du genau.»

«Nein, ich weiß gar nichts.»

«Gut», seufzt Eierkopf. «Ich höre.»

Manchmal sind die Erwachsenen schlimmer als wir. Sie kaufen einem den größten Blödsinn ab.

Ich fange mit dem Sessellift an. Ich habe schreckliche Angst und halte mich mit aller Kraft fest, damit ich nicht runterrutsche. Wenn ich die Leute unten anschaue, kribbelt es mich sogar an den Beinen. Und dann hält der Sessellift mitten am Berg an, und der Wind pfeift uns um die Ohren wie auf einer Achterbahn.

«Wir stürzen ab», sage ich, und mir ist ganz mulmig.

Und Camille drückt meinen Fäustling, und ich habe keine Angst mehr.

Oben auf dem Berg prüft Bataza nach, ob wir unsere Skier

und unsere Skischuhe richtig festgemacht haben, und ich schaue einer Dame zu, die das Gleiche bei einem kleinen Jungen tut, und ich bin nicht der Einzige, der ihnen zuschaut.

Simon sagt: «Der hat es gut.»

Boris: «Vielleicht ist es gar nicht seine Mama.»

Jujube: «Natürlich ist es seine Mama, sie interessiert sich nur für ihn.»

Ahmed: «Die Dame ist hübsch.»

Béatrice: «Meine ist noch viel hübscher.»

Camille: «Okay, aber das ändert nichts daran, dass du vergessen hast, den Knopf da zuzumachen.»

Alice: «Mamas gibt es für uns sowieso keine mehr.»

Unsere Alice hat Recht.

Ich schaue ein letztes Mal zu der Dame, die mit ihren Fingern ohne Fäustlinge dem kleinen Jungen den Anorak zumacht und seine Mütze herunterzieht, damit seine kleinen Ohren geschützt sind.

Ich habe mich immer allein angezogen, und wenn ich die falschen Knopflöcher erwischt habe, hat es niemanden interessiert. Nicht mal Mama, die vor dem Fernseher saß.

Sie war als Mama nie so zu mir gewesen wie diese hier mit ihrem kleinen Jungen.

«Ferien, das ist was für die Reichen», sagte sie immer.

In der Schule wurde ich von Grégory und Marcel ausgelacht, weil ich noch nie am Meer oder in den Bergen war.

Sie hatten schon auf dem Campingplatz im Zelt geschlafen, und ich wollte nichts mehr davon hören, weil die Geschichten von den Reiche-Leute-Ferien mich ganz verrückt gemacht haben.

Jetzt muss ich selber reich sein, wenn ich Ferien mache.

Wenn ich Mama nicht erschossen hätte, wäre ich nie in die Berge gekommen.

In den Bergen haben die Pisten Farben.

Wir fahren die grüne Piste hinunter, die Erwachsenen die schwarze.

Simon sagt, die grüne wäre waagerecht und die schwarze senkrecht, und deshalb würden wir nie auf der schwarzen fahren. Wenn man dort hinfällt, steht man nicht so schnell wieder auf. Und dann kommt der Hubschrauber, um die Stücke einzusammeln, in die man zerbrochen ist.

Ich finde, dass die grüne schon superschwer ist.

Seit Simon das mit dem Hubschrauber gesagt hat, schaue ich zum Himmel, wenn ich hinfalle, aber ich sehe nur Bataza, der sich über mich beugt und mir beim Aufstehen hilft.

Auf dem Rückweg in die Berghütte machen wir eine Superschneeballschlacht.

Alice und Ahmed schauen uns von weitem zu. Ahmed lutscht lieber am Ohr von seinem Stoffhasen, und Alice mag keine Rangeleien. Sie sagt, dass es ihr ganzes Leben lang so bleiben wird.

Wir anderen lieben Rangeleien.

Hinterher bauen wir einen Schneemann, da können Alice und Ahmed auch mitmachen. Als Augen bekommt er zwei Steine, als Nase eine Karotte und als Lächeln etwas Stroh.

Und ich höre auf, Eierkopf davon zu erzählen. Es nützt nichts mehr.

Er schnarcht. So ein Trottel.

Am letzten Tag unserer Ferien, sagt Michel, der Bärtige, werden wir «die gute Bergluft» atmen gehen, als gäbe es in Fontaines nur Abgase zu riechen.

Ich denke mir, dass die Bergluft vor allem seiner einbandagierten Hand gut tun wird.

In unseren dicken Pullovern und Anoraks sehen wir alle wie Michelin-Männchen aus.

Die Sonne lässt den Schnee auf den Tannenzweigen schmelzen, und wenn man an den Zweigen rüttelt, fällt er in dicken Packen runter, und wer drunter steht, der hat Pech gehabt.

Camille und ich ziehen jeder einen von unseren Fäustlingen aus, damit wir uns an der Hand halten können, und ab und zu stecke ich unsere beiden Hände in meine Anoraktasche, um sie ein bisschen aufzuwärmen.

Es ist lustig, auf dem Schnee zu gehen: Mit jedem Schritt hinterlässt man ein Souvenir. Und manchmal knirscht und knackt es unter den Füßen, und Camille und ich stellen uns vor, es wären Knochen von Gerippen, und es gruselt uns, aber lieber zertreten wir Knochen als die Blumen, die unter dem großen weißen Teppich zu wachsen versuchen. Manchmal ist der Weg ganz eng, und wir müssen im Gänsemarsch gehen, und ich lasse Camille vor mir gehen.

«Vorsicht, geht nicht zu nah an den Rand der Schlucht! Ihr könntet ausrutschen und runterfallen», sagt Eierkopf.

Man sollte meinen, wir hätten Lust, ins Leere zu springen, um auszuprobieren, wie das ist.

Die weiß angezogenen Tannenbäume und die weiß angezogenen Häuserdächer sehen hübsch aus, genau wie der ganze Schnee, auf dem nie jemand gehen wird und unter dem Gräser und Blumen auf den Sommer warten, um zu wachsen.

Die Kälte konserviert Gräser und Blumen wie ein Tiefkühlschrank.

«Komm, Pflaume, sonst verlieren wir die anderen aus dem Blick», sagt Camille.

Ich schaue sie an mit ihren langen, ganz weißen Haaren, die unter der Mütze hervorlugen, und sie sieht aus, als würde sie beim Gehen alt.

Ich kenne kein zweites Lächeln, das so hübsch ist: Es erleuchtet ihr ganzes Gesicht wie eine Lampe über ihrem Kopf, und es ist noch schöner als die Berggipfel und die weißen Tannenbäume, die bis ins Tal hinunterreichen.

«Was ist los?», fragt Camille.

«Ich kenne nichts, was so hübsch ist wie du», sage ich.

Sie verzieht das Gesicht. «Unmengen Mädchen sind schöner als ich.»

«Ach, ja? Und wo?»

Und ich stelle mich dumm und sehe mich in alle Richtungen um.

«Findest du mich wirklich hübsch?» Camille kreuzt die Füße und schaut auf den Boden, als könnte die Antwort aus dem großen weißen Teppich kommen.

«Ja, am hübschesten von allen.»

Ich küsse sie auf die Backe und schaue den Weg entlang, und da ist niemand mehr zu sehen – «Schnell, sonst werden wir ausgeschimpft» –, und wir beeilen uns, aber nicht zu sehr, damit wir uns kein Bein brechen, und die ganze Gruppe sitzt unter einem großen Baum, und der Bärtige schimpft uns aus.

Wir marschieren weiter, und die Sonne verschwindet, und dicke weiße Wolken fressen das ganze Blau vom Himmel auf.

«Beeilt euch, Kinder, wir sind schon fast bei der Hütte angelangt», sagt Michel.

Wir sitzen alle in dem Holzhaus und essen unsere Brote, als es blitzt und donnert, dass wir alle erschrecken, vor allem Alice und Ahmed, die sich sofort unter dem Tisch verstecken.

«Das hört bald wieder auf», sagt Eierkopf.

«Übernachten wir hier?», frage ich ganz aufgeregt.

«Dafür ist die Hütte nicht eingerichtet», antwortet Michel.

«Sagst du das wegen Zahnbürsten und Seife?», fragt Simon kichernd.

«Wir haben nicht genug zu essen dabei, und es gibt keine Betten, in denen ihr schlafen könnt.»

«Müssen wir verhungern?», fragt Jujube mit vollem Mund.

«Aber nein. So ein Schneesturm dauert nicht lange», sagt Michel.

«Wir hätten den Wetterbericht hören sollen», sagt Eierkopf.

«Hör auf zu jammern», sagt Michel. «Boris, hilf mir Feuer machen.»

«Au ja, super!»

«Darf ich auch helfen?», frage ich.

«Ja, knüll die alten Zeitungen hier zusammen.»

«Und was mache ich?», fragt Boris.

«Das Gleiche.»

«Und ich?», fragt Simon.

«Nimm das Kleinholz und leg es auf die Zeitungen im Kamin. Ja, so ist es richtig.»

Michel reißt ein Streichholz an, und alle scharen sich um das Feuer, bis auf Alice und Ahmed, die nicht aus ihrem Versteck rauskommen wollen.

Michel schlägt uns ein Spiel vor.

Das Spiel mit dem Satz, der immer länger wird.

Es geht so, dass jeder alle Wörter wiederholen muss, die schon gesagt worden sind, und ein neues Wort hinzufügt, so dass ein ganzer Satz entsteht.

Béatrice hat nichts verstanden, und als sie dran ist, vergisst sie, die anderen Wörter zu wiederholen, und scheidet aus.

Dann fliegt Eierkopf raus, der das Wort «anorektisch» von Boris vergisst, und Jujube, der den «Badeanzug» von Béatrice und Simon unterschlägt, und dann Michel wegen dem Wort «anstelle».

Bisher haben wir: «Madame Papineau hat einen anorektischen Bulimiekranken im lila Badeanzug aufgefressen, der damit beschäftigt war, Pflaumen anstelle von Zwiebeln zu schälen, weil der Briefträger vergessen hatte, seine Mütze in den Briefkasten einzuwerfen.»

Camille und ich sehen einander an.

Ich warte darauf, dass sie aufsagt: «Madame Papineau hat einen anorektischen Bulimiekranken im lila Badeanzug aufgefressen, der damit beschäftigt war, Pflaumen anstelle von Zwiebeln zu schälen, weil der Briefträger vergessen hatte, seine Mütze in den Briefkasten einzuwerfen, denn Monsieur Paul hat die Tomaten im grünen Speicher des roten Pfaus versteckt», und dann vergesse ich absichtlich das «grün» vor Camilles Speicher, und Camille hat gewonnen und ist die Beste, und ich bin stolz auf das, was ich getan habe.

«Der Sturm hat sich gelegt», sagt Eierkopf zufrieden.

Mit dem Ärmel von meinem Pullover wische ich die beschlagene Fensterscheibe ab. Draußen ist alles weiß, sogar den Weg hat der Schneesturm zugeweht. Ich spüre, dass sich eine Hand in meine stiehlt, und drehe mich um.

«Können wir nach Hause gehen?», fragt Alice leise.

«Ja, Alice, wir können nach Hause gehen.»

Und ich spüre, dass ihre kleine Hand meine Hand ganz fest drückt.

Es ist ein komisches Gefühl, nach den Ferien im Schnee wieder in Fontaines zu sein. Vor allem mit dem Regen, der den großen weißen Teppich ersetzt, und weil wir nicht mehr im Wald spazieren gehen dürfen wegen der Löcher, in denen wir «ertrinken» könnten, wie dieser Angsthase Eierkopf behauptet.

Als hätten wir keine Ahnung vom Schwimmen, obwohl wir

jeden Dienstag im Schwimmbad sind, bis auf Ahmed natürlich, der immer seinen Schwimmgürtel anhat, damit er nicht untergeht.

Außerdem fürchten wir uns kein bisschen vor irgendwelchen blöden Löchern, aber Eierkopf hat keine Lust, seine schönen neuen Schuhe schmutzig zu machen, und seinetwegen können wir nicht spazieren gehen, und das ist gemein.

Und deshalb klauen Simon und ich Ferdinand, dem Koch, den Ketchup und gießen ihn Eierkopf über die Turnschuhe, und das geschieht ihm recht.

Aber Eierkopf verpetzt Simon und mich bei der Heimleiterin, und zur Strafe bekommen wir die ganze Woche keinen Nachtisch, aber das macht uns nichts aus, denn Ferdinand kann Eierkopf nicht leiden und steckt uns heimlich Äpfel zu.

Aber dann erleben wir alle unser blaues Wunder, und schuld daran ist Pauline.

Sie lässt in Fontaines ihre Unterlagen liegen und überrascht Simon um zwei Uhr nachts dabei, dass er ihre Aufzeichnungen liest.

Pauline weckt das ganze Haus, als hätte Simon versucht, sie umzubringen – oder was auch immer – und ihr die Unterlagen zu stehlen.

«Ich habe diesen Lausebengel dabei erwischt, wie er in meinen Sachen gestöbert hat.»

Das stimmt gar nicht, denn er hat nur in ihren bescheuerten Heften gelesen.

Die Brieftasche hat er nicht einmal angerührt.

Was sollte er auch mit den Fotos von Paulines Verehrern anfangen?

Rosy ist völlig aus dem Häuschen.

Sie macht sich Vorwürfe, dass sie Simon nicht gesehen hat, als sie den Schlüssel versteckt hat.

Sie sagt: «Wenn ich den Schlüssel in meiner Tasche behalten hätte, wäre das alles nicht passiert.»

Jetzt wissen war, wie es kommt, dass Simon alles über uns weiß.

Ich kann keine Geheimnisse für mich behalten. Ich muss sie immer sofort loswerden, als würden sie mir die Zunge verbrennen.

Aber diesmal geht es nicht um «Treppendienst» oder keinen Nachtisch, selbst wenn es für ein ganzes Jahr wäre. Simon kommt mit einem ganz schrecklichen Gesichtsausdruck aus dem Büro der Direktorin und sagt: «Ich bin gefeuert.»

Ich gehe zu Madame Papineau, um für Simon zu bitten.

«Geneviève, das können Sie nicht tun. Simon ist ein lieber Junge, und die Brieftasche von Pauline hat er nicht einmal angerührt.»

«Ich freue mich, dass du mich zum ersten Mal Geneviève nennst, aber so ein Verhalten kann ich nicht straflos durchgehen lassen. Simon kommt in ein strengeres Heim, und ich hoffe, dass ihm das eine Lehre sein wird. Die Notizen über euch sind vertraulich. Ich weiß, dass er nichts aus der Brieftasche genommen hat – zum Glück, kann ich nur sagen!»

«Aber Sie haben Simon doch gern, ich weiß, dass er zu Ihnen nach Hause kommt, um Monsieur Mozart zuzuhören.»

«Was du nicht alles weißt, mein Kleiner!»

«Sagen Sie nicht Kleiner zu mir, schon gar nicht, wenn Sie uns Simon wegnehmen wollen. Ich lese nicht in den Unterlagen, aber ich habe gute Ohren. Und wenn Sie nicht so herzlos wären, dann würden Sie so etwas nicht tun. Pauline gehört bestraft, weil sie jeden Dienstag, wenn wir im Schwimmbad sind, den Monsieur an sich rumknutschen lässt.»

«So, so.»

«Ja, sie schämt sich nicht, ihren Rock hochzuheben und den

Mund ganz weit aufzureißen, damit der Monsieur mit seiner Zunge rein kann.»

«Schon gut, darum kümmere ich mich später. Icare, du musst verstehen, dass Simon ein Kind wie ihr alle ist. Seine Eltern sind beide tot. Ich war mit Simons Mama gut befreundet, und ich habe ihr versprochen, dass ich mich um ihren Sohn kümmere, wenn ihr ein Unglück widerfährt. Und die Drogen, mein Kleiner, sind ein großes Unglück.»

«Das große Unglück ist, wenn Sie ihn wegschicken. Wenn er nicht mit Ihnen zusammen ist, Geneviève, dann wird er unglücklich sein und wir noch mehr.»

«Das werden wir überleben. Ich darf Simon nicht anders behandeln als euch alle. Dich hätte ich auch in ein anderes Heim geschickt, wenn Pauline dich und nicht Simon erwischt hätte.»

Mir läuft es kalt den Rücken runter, als sie das sagt. Camille und meine Freunde für immer verlieren!

Allein der Gedanke daran macht mich ganz unglücklich.

«Komm, Icare, schau mich nicht so an, es geht nicht um dich, sondern um Simon. Und an meiner Entscheidung wird sich nichts ändern.»

Ich gehe mit einem Herzen, das so schwer ist wie ein Stein, den man ins Wasser werfen will. Camille hat hinter der Tür auf mich gewartet, und sie muss mich nicht fragen, wie es bei Madame Papineau war, denn das sagt mein Gesicht deutlicher, als Monsieur Paul sein Diktat diktiert.

Rosy, die gerade vorbeikommt, lächelt uns liebevoll an. «Meine Kinder», sagt sie. Mehr nicht. Sie weiß auch, dass es für Simon keine Chance mehr gibt.

Sie setzt sich auf die Bank im Flur. Sie sieht aus, als wäre sie hundert Jahre alt.

«So ein dreckiges kleines Flittchen, diese Petze», sage ich. «An unserem Leben ändert das doch nichts, dass Simon über alles Bescheid weiß, Rosy, oder?»

«Nein, das ändert daran nichts», sagt Rosy.

«Du kannst nichts dafür», sagt Camille. «Du hast uns alle lieb. Du würdest nie einen von uns verraten.»

«Das letzte Wort ist noch nicht gesprochen! Und diese Pauline wird schon noch ihre Strafe bekommen, das könnt ihr mir glauben!»

Voller Strom steht sie auf und geht zur Tür von Madame Papineau und klopft an.

Man hört keine einzige Mücke summen, nur das Besteck auf den Tellern, aber Jujube ist der Einzige, dem es nicht den Appetit verdorben hat.

Ich muss an mein erstes Frühstück denken, als Simon mir gedroht hatte, mir das Leben zur Hölle zu machen, wenn ich ihm nicht die Brote schmiere.

Das ist schon fast acht Monate her.

Von dem stolzen kleinen Hahn ist jetzt nicht mehr viel übrig.

Er schaut niemanden an und dreht lauter kleine graue Kügelchen aus seinem Weißbrot.

Ferdinand hat seinen Lieblingskuchen gebacken, Schokoladenmeringue, aber Simon lässt ihn links liegen, als wäre es Kalbskopf.

«Simon, diese Köstlichkeit hat Ferdinand extra für dich gebacken!», sagt Rosy.

Aber ihre Stimme klingt nicht fröhlich. Sie will nur ein Lächeln auf Simons Gesicht zaubern.

«Ist mir scheißegal.»

«Mir aber nicht», sagt Jujube und nimmt sich ein großes Stück.

«Weg mit den Pfoten!», ruft Rosy.

Und sie schlägt Jujube mit der Gabel auf die Finger.

«Aua! Du hast mir den Finger gebrochen!»

«Ganz genau, Jujube», sagt Simon. «Und wie steht's mit dem Kopf, ist der noch ganz?»

«Sicher nicht», sagt Alice.

«Na gut, dann gehe ich auf die Krankenstation, wenn ihr hier alle gegen mich seid.»

«Ja, richtig, geh Yvonne besuchen», sagt Simon. «Dann haben wir unsere Ruhe vor dir.»

«O ja», ruft Jujube, «aber wir haben bald unsere Ruhe vor dir!»

Und er rennt wie ein Hase, den der Fuchs verfolgt.

«Das ist nicht nett von ihm», sagt Ahmed und schnieft. «Ich will nicht, dass du weggehst.»

«Aber Schätzchen, da muss man doch nicht weinen», sagt Rosy und fängt an zu schluchzen und steckt Béatrice und die Brüder Chafouin an, und mich kitzelt es in der Kehle und Camille auch, und Alice verschwindet unter dem Tisch, und Simon legt den Kopf zwischen seine Arme.

Alle Mücken der Welt könnten jetzt herumsummen, aber unser Geschniefe würde sie übertönen.

«Ich habe eine Idee», schluchzt Camille.

Und schon sind wir auf dem Kriegspfad unterwegs, bereit, Pauline zu skalpieren, sollte sie uns über den Weg laufen. Wir trocknen uns die Tränen mit den Händen, und das hinterlässt Spuren auf unseren Backen, die wie die Kriegsbemalung der Sioux aussehen, und wir klopfen gar nicht erst an die Tür, sondern stürmen alle miteinander in das Büro der Direktorin.

«Rosy, erklären Sie mir bitte, was das soll!»

«Geneviève, wir wollen Sie bitten, Simon nicht wegzuschicken.»

«Rosy!»

«Ich weiß. Das geht mich nichts an, und in den dreißig Jahren, die ich hier bin, habe ich mich nie eingemischt. Aber auch wenn es nicht meine Kinder sind, ist es doch so, als wären sie es, und ich kann es nicht ertragen, ihren Kummer mit anzusehen.»

«Aber Sie wissen doch genau, dass Simon das, was er getan hat, nie und nimmer hätte tun dürfen.»

«Frau Direktorin», jammert Ahmed, «wenn Simon weggeht, will ich auch nicht hier bleiben. Ich gehe dann mit dem Monsieur nach Amerika und bin der unglücklichste Junge der Welt, und das ist dann deine Schuld.»

«Ahmed, was redest du denn da, es ist doch nicht schlimm, bei seinem Vater zu sein.»

«Das ist nicht mein Papa», sagt Ahmed trotzig.

«Ich habe niemanden», sagt Alice, «und wenn Sie Simon rauswerfen, werde ich nie mehr lächeln. Aber wenn Simon bleiben darf, dann binde ich meine Haare zurück und zeige Ihnen mein allerschönstes Lächeln.»

«Bitte, Madame», bettelt Boris. «Und wir schwören, dass wir nie mehr Dummheiten machen.»

«Und ich würde Ihr Büro putzen», sagt Antoine. «Schauen Sie nur, wie staubig es ist.»

Er fährt mit dem Finger über eine Etagere, und der Finger ist ganz schwarz.

«Simon weiß mehr, als in den Unterlagen steht», sagt Camille. «Aber mit dem, was er von uns weiß, tut er uns doch nicht weh. Wenn uns ein Bruder weggenommen wird, das tut uns weh. Als wären wir nicht schon unglücklich und verwaist genug.»

«Das stimmt», sage ich. «Das darfst du nicht tun, Geneviève, und vor allem musst du nicht glauben, dass wir darüber hinwegkommen würden. Wir werden alle todkrank, und das ist dann deine Schuld.»

Und alle unsere Stimmen vereinen sich zu einem «Bitte, bitte!», und es ist eigenartig, dass unsere Münder alle dasselbe rufen und dann tiefe Stille das Büro erfüllt.

Madame Papineau dreht einen Bleistift zwischen den Fingern.

Wir schauen alle den Bleistift an, und das dauert endlos lange.

Dann sagt Madame Papineau: «Gut, ich denke darüber nach.»

Und wir stürzen uns alle auf die Direktorin, um sie mit unseren Küssen zu ersticken, und Rosy drückt Simon fest an sich, und ich glaube, dass sie weint, weil ihre Schultern zucken.

Rosy sagt, ich hätte mich erkältet, als ich im Regen Fußball gespielt habe.

Simon und Ahmed und alle anderen sind in der Schule.

Ich muss im Bett bleiben, und wenn ich aufzustehen versuche, wird mir ganz komisch, und alles dreht sich wie beim Karussell, und ich muss mich am Tisch festhalten, um nicht hinzufallen.

Yvonne, die Krankenschwester, sagt, ich soll mir ein Thermowasweißich zwischen die Lippen klemmen, und hinterher sagt sie, ich hätte Fieber, während sie das Stäbchen im Lampenlicht anschaut, und ich frage sie, ob ich sterben muss, und sie sagt: «Du lieber Himmel, wie kommst du denn auf so eine Idee! Du bist bloß erkältet», aber ich glaube ihr kein Wort.

Ich denke mir: So, das war's, jetzt muss ich in den Himmel, obwohl ich gar nicht Harfe spielen kann, und Bierchen mag ich auch keine, und vor allem will ich nicht von Camille weg.

Hinterher stürze ich ein Glas Wasser mit irgendwas drin runter und verziehe das Gesicht und lege meinen Kopf auf das

Kopfkissen und schaue zur Zimmerdecke und sehe dort Engel mit großen schwarzen Flügeln, und dann weiß ich nichts mehr.

Ich muss wohl ein bisschen gestorben sein, denn ich habe nicht gesehen, wie Rosy sich mit einem Buch in den Händen auf meine Bettkante gesetzt hat.

«Wie geht es dir, mein Schatz?»

«Ich dachte, ich wäre gestorben.»

«So etwas darfst du nicht sagen. Du hast dich nur erkältet.»

«Ja, und Fieber habe ich auch.»

«Die Medikamente senken das Fieber, warte nur ab. Mach dir keine Sorgen.»

Ich weiß nicht, ob es an ihrer Stimme liegt oder an ihren Augen, aber wenn Rosy bei mir ist, habe ich keine Angst mehr zu sterben.

Mit Yvonne und ihrem ganzen Brimborium verhält es sich anders. Ihre Wassergläser mit irgendwas drin mag ich nicht besonders, denn sie riechen nicht mal nach Sirup, und hinterher geht sie weg, weil sie woanders tausend andere Leute betreuen muss, und ich bleibe ganz allein mit meiner Erkältung und meinem Fieber, und das ist nicht in Ordnung. Man sollte meinen, ich würde bestraft, und meine Freunde und Camille sind auch nicht da.

Das einzig Gute, wenn man krank ist, das ist, dass man sich beklagen kann, ohne ausgeschimpft zu werden, und dass alle supernett zu einem sind. Sogar Madame Papineau hat mich besucht und wollte wissen, wie es mir geht, und ich habe sie traurig angeblickt, und Madame Papineau hat gesagt: «Armes Schätzchen» und hat eine Hand voll Süßigkeiten auf den Tisch gelegt, und ich habe den Schüchternen markiert, und als sie gegangen ist, habe ich mich auf die Süßigkeiten gestürzt, als würde man sie mir sonst wegnehmen, und hinterher war mir ein bisschen übel, und das hat gut zu der Erkältung und dem Fieber gepasst.

«Was hast du da für ein Buch?», frage ich Rosy und richte mich in den Kissen auf, die ein bisschen streng riechen, weil ich mich seit vorgestern nicht gewaschen habe.

«Es ist die Geschichte eines kleinen Tuaregjungen, der in der Wüste lebt.»

«Was ist ein Tuareg?»

«Die Tuareg sind ein Nomadenvolk, das in Afrika in der Saharawüste lebt.»

«Was ist ein Nomade?»

«Ein Nomade ist jemand, der nie lange an einem Ort bleibt.»

«So ähnlich wie wir?»

«Wenn man so will, ja», sagt Rosy und lächelt.

Und sie erzählt mir die Geschichte von dem Tuareg Hassan, einem kleinen Jungen in meinem Alter, der seine Tage damit verbringt, auf einem Kamelrücken unter einer sengenden Sonne, die heißer brennt als meine Stirn, die Wüste zu durchstreifen. Hassan würde gern zu Fuß gehen, aber der Sand ist zu heiß, und außerdem würde er darin einsinken und auf Nimmerwiedersehen verschwinden. Deshalb wartet er ab, bis es Nacht ist. Er macht ein paar Schritte im Zelt, aber da kann er nur im Kreis gehen wie eine Katze in ihrem Käfig. Wenn die ganze Familie schläft und so laut schnarcht, als wollte sie die wilden Tiere wecken, geht er nach draußen. Als er sich in der Wüste verliert, malen die Sterne einen Pfeil an den Himmel, und der noch immer warme Sand verhärtet sich, damit Hassan nicht einsinkt, und die wilden Tiere verstecken sich im Dunkeln, um ihn nicht zu erschrecken, und Hassan kann seinen Traum verwirklichen und stundenlang gehen, ohne Angst haben zu müssen. Als er zurückkehrt, um sich schlafen zu legen, weiß er nicht, dass die Zeit stehen geblieben ist, damit er am nächsten Tag nicht zu müde ist. Er kann ruhig schlafen, während die Engel der Wüste über ihn wachen, denn er besitzt nichts als seinen Traum.

«Aber seine Familie hat er doch», sage ich.

«Ja, aber seine Familie muss das Lager errichten, die Routen festlegen, darüber wachen, dass die Kamele nicht ausreißen, und niemand hat Zeit, sich um den kleinen Tuareg zu kümmern.»

«Deine Geschichte ist nicht schön. Da ist ein kleiner Junge, der das Glück hat, eine ganze Familie zu haben, und er träumt davon, auf dem Sand zu gehen, weil er den ganzen Tag auf einem Kamel sitzt.»

«Es ist eine Geschichte, Pflaume.»

«Dann mag ich keine Geschichten. Wir haben auch nichts Besonderes. Wir wohnen vielleicht nicht in der Wüste und gehen oft im Wald spazieren, außer Eierkopf will seine neuen Schuhe nicht schmutzig machen, aber wir haben kein Zuhause und sind wie die Nomaden, weil wir alle hoffen, eines Tages wegzugehen, und die von uns, die eine Familie haben, sind genauso unglücklich wie Hassan. Wozu soll eine Familie gut sein, wenn sie keine Zeit hat, einen lieb zu haben und sich um einen zu kümmern?»

«Wir können nicht wissen, ob Hassans Familie ihn nicht lieb hat. Das Leben in der Wüste ist hart, viel härter als auf dem Land oder in den Städten, und Hassans Familie hat keine andere Wahl. Hassan ist glücklich, weil er seinen Traum verwirklichen kann, und er weiß nicht, dass die Engel ihm dabei geholfen haben.»

«Glaubst du, dass die Engel auch über uns wachen und dass die Sterne einen Pfeil malen, wenn wir uns verlaufen, und dass die Zeit stehen bleibt, wenn wir nachts im Wald spazieren gehen?»

«Aber sicher, mein Pfläumchen.»

«Ich glaube, dass ich heute Morgen Engel mit großen schwarzen Flügeln gesehen habe.»

«Und wo?», fragt Rosy ein bisschen beunruhigt.

«Über meinem Kopf, nach den Medikamenten von Yvonne.»

«Da hast du sicher geschlafen, mein Kleiner, oder du hast Schatten hinter den geschlossenen Jalousien gesehen.»

«Nein, es waren Engel mit großen schwarzen Flügeln», sage ich ein bisschen wütend.

Wozu soll es gut sein, Geschichten zu erzählen, in denen Engel über Kinder wachen, wenn man gar nicht daran glaubt?

Manchmal müsste man die Erwachsenen richtig schütteln, um das Kind wachzurütteln, das in ihnen schläft.

Das verdirbt einem jede Lust auf das Größerwerden.

Ich bin überzeugt davon, dass Feen und Engel über mich wachen, denn wie hätte ich sonst Camille begegnen können?

Die Engel entführen mich in Hassans Wüste, aber ich rutsche auf ihren Federn aus und stürze und drehe mich in den Sonnenstrahlen, und ich spüre etwas, als würde man meine blonden Haare streicheln, und ich mache die Augen auf und sehe meinen eigenen Engel.

«Ich habe Licht angemacht», sagt Camille. «In deinem Zimmer ist es stockfinster.»

«Pass auf, dass Rosy dich nicht sieht. Wenn sie dich erwischt ...»

«Kein Problem, sie sind alle in der Küche. Ich habe gesagt, mir wäre nicht gut.»

«Ist das wahr?»

«Nein», sagt Camille lächelnd. «Und wie geht es dir? Du hast es vielleicht gut, den ganzen Tag im Bett zu bleiben!»

«Ich weiß nicht, ob es so schön ist, dich nicht zu sehen.»

Und Camille küsst mich behutsam auf den Mund.

«Vorsicht!», sage ich. «Nicht dass du dich ansteckst!»

«Feigling! Du hast doch nur Angst vor Rosy!»

«Ja», sage ich.

Wenn man uns beide hier erwischt, gibt es gewaltigen Ärger. Und gleichzeitig möchte ich ihren Mund essen, und wir schauen uns mit weit aufgerissenen Augen an. Ich nehme ihr Gesicht zwischen die Hände, als wäre es eine Salatschüssel, die ich nicht fallen lassen darf. Ich öffne die Augen ganz weit, als wir uns küssen. Mein Herz muss gleich explodieren, und ich denke mir, dass ein Heimwehstreuer uns so umarmt erwischen wird, und das macht mir Angst und ist super, und ich habe das Gefühl, dass die Zeit aus der Geschichte stehen geblieben ist, um diesen Kuss andauern zu lassen, und dann springt Camille vom Bett.

«Ich habe was gehört.»

«Das war mein Herz.»

«Nein, es klang eher wie Rosys Schritte.»

«Wer ist denn der Feigling?», frage ich lachend, und dann höre ich das Geräusch auch und rufe Camille zu: «Versteck dich hinter dem Bett», und Rosy kommt herein, und das war verdammt knapp.

«Geht es dir gut, mein Kleiner?»

«Ja, ich bin nur ein bisschen müde.»

Sie bückt sich, um das Tablett aufzuheben, und ich halte den Atem an, für den Fall, dass sie Camille atmen hören sollte.

Sie sagt: «Ich bringe dir gleich deinen Nachmittagskakao.»

Und sie geht, und mir ist, als würde ich vor Angst oder was auch immer sterben.

«In Ordnung, sie ist weg», sage ich.

Aber hinter dem Bett ist keine Camille.

Sie ist also doch ein Engel. Sie muss weggeflogen oder verschwunden sein.

Simon sagt: «Manchmal ist es, als würde alles in Zeitlupe vor sich gehen. Das nennt man Langeweile.»

Ich bin nicht seiner Meinung.

Ich wache auf. Ich putze mir die Zähne. Ich wasche mich. Rosy prüft nach, ob ich beim Waschen auch nicht die Seife vergessen habe. Ich frühstücke. Ich schaue Camille an. Ich laufe zum Bus. Ich lerne, dass Wörter mit gleichen Endungen in der Einzahl ganz verschiedene Endungen in der Mehrzahl haben. (Das muss man wissen, damit man nicht denkt, die Endungen würden einem weiterhelfen.) Dann ist Pause. Ich spiele mit den anderen Jungen Schussern oder Verstecken. Nicht mit Camille. Der Unterricht geht weiter. Monsieur Paul erklärt uns die Elektrizität. Ich verstehe kein Wort. Pauline ist gegangen, ohne sich von uns zu verabschieden. Niemand weint ihr nach. Rosy schon gar nicht. Ich erzähle Madame Papineau, wie ich mir bei den Experimenten von unserem Lehrer einen Stromschlag geholt habe. Ich darf mir von ihren Süßigkeiten nehmen. Beim Nachmittagskakao schaue ich Camille an. Ich feiere den Geburtstag von Jujube. Den von Boris. Und den von Alice. Zusammen mit Simon und Ahmed mache ich meine Hausaufgaben. Am Montagabend sehe ich fern. Am Dienstag gehe ich schwimmen. Und am Wochenende mit Camille zu Raymond.

Und das ist alles schon vorbei, und Simon will mir weismachen, dass sich das alles in Zeitlupe abspielt?

Außerdem ist Simon immer gerade da, wo er nichts zu suchen hat. Man könnte fast meinen, dass er es mit Absicht tut. Wenn Madame Papineau mit Pauline über den Monsieur spricht, der dienstags an ihr herumknutscht, wenn wir im Schwimmbad sind, geht er den Flur entlang und versteckt sich hinter der offenen Tür.

«Das haben Sie alles von Rosy», sagt Pauline. «Ich wette, dass Sie das alles von ihr haben.»

«Woher ich es habe, ist völlig nebensächlich», sagt die Direktorin. «Ihre Aufgabe ist es, auf die Kinder im Schwimmbad aufzupassen.»

«Immer mit der Ruhe, Michel war bei ihnen, schließlich ist niemand ertrunken!»

«Was Sie in Ihrer Freizeit tun, geht mich nichts an. Aber ich lege keinen Wert darauf, dass alle Kinder Ihrem Techtelmechtel mit einem Fremden zusehen können.»

«Er ist kein Fremder. Sie kennen ihn selber, es ist ...»

«Das interessiert mich überhaupt nicht. Ihr Betragen ist nicht das einer verantwortungsbewussten Erzieherin.»

«Ach! Und wenn ich auf mein Verantwortungsbewusstsein höre und Monsieur Clerget den Vorfall mit meinen Unterlagen erzähle?»

«Diesen Vorfall gibt es nicht», antwortet Madame Papineau. «Und ich kann Ihnen nur raten, den Mund zu halten, denn sonst knöpfe ich Sie mir persönlich vor, und dann werden Sie tatsächlich Ihr blaues Wunder erleben.»

«Es war nur ein Scherz, Frau Direktorin», sagt Pauline und knallt die Tür zu. Aber ihre Schritte, die klingen alles andere als scherzhaft.

Ich weiß nicht, was Rosy erzählt hat, aber ich weiß genau, was ich erzählt habe, um Simon aus der Patsche zu helfen, und deshalb hatte ich ein richtig schlechtes Gewissen, als Pauline abgerauscht ist, ohne sich von uns zu verabschieden.

Rosy hat zu mir gesagt: «Schätzchen, du musst dir keine Vorwürfe machen. Dieses dreckige kleine Flittchen wollte alles dem Richter verpetzen, und dann wären Madame Papineau die Hände gebunden gewesen und sie hätte Simon nicht helfen können.»

Aber noch wichtiger: Unsere Sioux-Kriegslist hat geklappt. Und die Hexe ist uns in die Falle gegangen.

Camille kommt in das Zimmer, das Tonband von Boris in der Tasche.

Die Hexe schließt das Zimmer ab.

«So kann uns niemand versehentlich stören. Du denkst wohl, ich wäre dir letztes Mal auf den Leim gegangen, du Vollidiotin?»

«Wie geht es dir?», fragt Camille, als hätte sie nichts gehört.

«Was kümmert dich das?»

«Ich wollte nur wissen, wie es dir geht, Tante.»

«Nenn mich nicht Tante. Ich muss mir nicht von dir unter die Nase reiben lassen, dass wir verwandt sind.»

«Warum kommst du mich dann überhaupt besuchen?»

«Bilde dir bloß keine Schwachheiten ein! Ich bin eine Frau, die von ihrer Hände Arbeit lebt, und ich habe dich hier abgegeben, damit du mir nicht auf der Tasche liegst. Das kann ich mir nämlich nicht leisten. Ich verdiene meinen Lebensunterhalt mit ehrlicher Arbeit. Ich will mir gar nicht erst ausmalen, was du mich kosten würdest, wenn ich dich versorgen müsste. Wenn du größer bist, werden wir sehen, dann habe ich Verwendung für dich. Hier sollen sie dir in der Zwischenzeit die Flötentöne beibringen, aber ich sehe, dass sich in dieser Hinsicht bisher nicht viel getan hat. Deshalb spiele ich mit dem Gedanken, dich wegzubringen.»

«Warum?»

«Weil das, was du brauchst, nicht sinnloses Verwöhnen ist, sondern eine strenge Hand, die dir die Flausen austreibt.»

«Was für Flausen?»

«Stell dich nicht dümmer, als du bist. Hier kannst du tun und lassen, was du willst, und wirst nicht auf das Leben vorbereitet, das dich draußen erwartet. Wie stellst du dir das eigentlich vor? Dass du von der Luft leben wirst? Wenn ich deine Mutter wäre ...»

«Dann wärst du jetzt tot.»

«Werde bloß nicht frech. Wofür hältst du dich eigentlich? Du bist nichts als ein hässliches, ungezogenes Waisenmädchen und angezogen wie eine Nutte. Aber dass du so missraten bist, ist ja kein Wunder bei einer Mutter, die es mit jedem getrieben hat, und bei einem Vater, der von morgens bis abends blau war.»

«Warum bist du so gemein? Ich habe dir nichts getan, ich habe nichts von dir verlangt, und vielleicht bin ich missraten, aber wenn Papa noch leben würde, dann hätte er nicht zugelassen, dass du mich so behandelst.»

«Natürlich nicht, er hätte mir ein Veilchen verpasst. Das war ja alles, was er konnte! Deine Mutter war der lebende Beweis. Und du bist jetzt schon ihr Ebenbild. Eine Nutte, weiter nichts, das wird aus dir werden.»

«Tante, was ist eine Nutte? Bist du auch eine?»

«Aha, solche Manieren lernst du hier, aber warte nur, das wird bald ein Ende haben.»

«Ich werde nie zu dir zurückgehen, und wenn du mich woanders hinbringen willst, sage ich es dem Gendarmen.»

«Dein Gendarm kann gegen mich gar nichts ausrichten, weil die Gesetze auf meiner Seite sind.»

«Und wenn die Leute wüssten, wie du jetzt mit mir redest, wären sie dann auch auf deiner Seite, Tante?»

«Glaubst du an Märchen? Siehst du irgendwelche versteckten Kameras in diesem Zimmer oder irgendwelche ungezogenen Blagen, die am Schlüsselloch lauschen? Niemand würde dir glauben. Dein Wort gegen meines hätte nicht viel zu bedeuten. Ich habe deine Heimleiterin bereits darauf aufmerksam gemacht, dass du ein gestörtes Verhältnis zur Realität hast, du armes Kind, und bei deinen Familienverhältnissen ist das auch kein Wunder.»

«Was soll das heißen?»

«Das soll heißen, dass du lügst wie gedruckt und dir alles Mögliche ausdenkst.»

«Aber das tust du, nicht ich!»

«Die Welt ist sehr viel grausamer, als du in deinem kleinen Köpfchen denkst. Wem würden sie glauben, dem gestörten Waisenkind oder der anständigen Bürgerin?»

«Du bist kein bisschen anständig!»

«Das wissen nur wir beide, du Oberidiotin.»

Gern wäre ich ein Mäuschen gewesen – und da bin ich nicht der Einzige –, als Madame Papineau, Rosy und Madame Colette sich das Tonband von Camille angehört haben. Wir haben gesehen, wie der Richter aus dem Büro kam und ganz wütend sagte: «Hat man noch Töne? Aber die wird sich wundern!»

Camille hat uns alles erzählt, und ich habe Raymond mit dem Telefon angerufen, und er ist sofort nach Fontaines gekommen, um mit Madame Papineau zu diskutieren.

«Auf jeden Fall müssen wir vor der Hexe auf der Hut sein», sagt Raymond. «Sie ist trotz allem ihre Tante. Der Richter hat die Jugendbehörde benachrichtigt, und ich könnte mir vorstellen, dass das ziemlich unangenehm für sie wird. Ich kenne den Beamten, mit dem ist nicht gut Kirschen essen, schon gar nicht, wenn man mit Kindern so umspringt wie sie.»

Und als wäre das nicht alles schon aufregend genug, ist auch noch die Mama von Béatrice ihre Tochter in Fontaines besuchen gekommen.

Béatrice sagt die ganze Zeit, dass sie die Sonne im Herzen hat, und wir anderen freuen uns, dass sie so fröhlich ist, wir freuen uns über ihr hübsches Lächeln mit den weißen Zähnen, zwischen denen kein Daumen steckt. Seit sie weiß, dass ihre Mama wirklich kommt, benutzt sie die Gabel und isst alles auf, und Rosy ist ganz stolz auf die Veränderung.

Aber dann stellt sich heraus, dass die Mama von Béatrice nicht allein gekommen ist. Sie hat einen Revolver in der Handtasche.

Sie denkt, Rosy hätte sie aus dem Herzen ihrer Kleinen verdrängt.

Und als Béatrice aus dem Büro gelaufen kommt und Rosy zuruft: «Versteck dich, Mama will dich erschießen!», da ist von Sonne nichts mehr zu merken.

Im Heim ist es ganz still, weil die Kinder mit den Heimwehstreuern in den Asterix-Park gefahren sind. Sogar Madame Papineau hat sich zwei Tage frei genommen, um eine Freundin auf dem Land zu besuchen, und die Familien, die in der Nähe wohnen, haben ihre Kinder nach Hause geholt oder sind mit ihnen aufs Land gefahren.

Camille und ich sind bei Raymond.

Nur Simon ist in Fontaines, weil er seine Hausaufgaben nicht gemacht hat. Er hört Béatrice schreien und geht zu ihr, denn das ist immer noch lustiger, als Zeitwörter zu konjugieren.

Er versteckt sich im Büro der Sekretärin. Ab und zu steckt er den Kopf zur Tür hinaus, aber niemand beachtet ihn.

Das ist typisch Simon.

Rosy baut sich vor einer dicken schwarzen Dame auf, die so wütend ist, dass ihre Augen vorstehen, und die einen Revolver in der Hand hat.

Sie ruft: «Ich bin die Mama von Béatrice, niemand sonst!»

Und Rosy: «Aber gewiss, Madame, daran gibt es keinen Zweifel», mit ganz ruhiger Stimme, als würde der Revolver sie gar nichts angehen.

«Du willst mir mein Kind stehlen, gib es zu!», brüllt die dicke schwarze Dame, und von überall hallt es wider, als würden die Wörter gegen die Wände prallen und vom Boden zurückgeworfen.

«Nein, das Einzige, was ich will, ist, dass diese armen Kinder glücklich sind. Seien Sie vernünftig, Madame, und geben Sie mir die Waffe.»

«Wo ist meine Kleine? Ich bin ihretwegen hier.»

«Sie ist in Sicherheit. Sie fürchtet sich vor dem Revolver.»

«Ich will nicht, dass sie sich fürchtet, ich will ihr nur sagen, dass sie mir fehlt.»

Rosy tritt zwei Schritte vor. «Mit einem Revolver in der Hand?»

«Bleib stehen, oder du hast ein Loch im Bauch!»

«Madame, bedenken Sie bitte, was Sie tun. Denken Sie an Béatrice. Wollen Sie sie für immer verlieren? Wenn Sie mich erschießen, wird sich niemand für Sie einsetzen.»

«Ich will nur meine Kleine sehen.»

«Dann geben Sie mir den Revolver, und alles andere wird sich finden.»

«Ich kann nichts dafür, dass ich sie nie besuchen komme. Ich habe kein Geld, und ihr Vater lässt mich nicht aus dem Haus.»

«Ich verstehe, Madame.»

«Nein, Sie verstehen überhaupt nichts. Sie faseln mich mit Madame hier und Madame da voll, aber ihre Mutter bin ich, ich!»

«Niemand hat etwas anderes behauptet.»

«Ich bin so schrecklich müde», sagt die dicke schwarze Dame, und sie lässt ihre Waffe sinken, und Tränen laufen ihr aus den Augen.

«Ich komme jetzt zu Ihnen», sagt Rosy.

Die dicke Dame antwortet nicht.

Rosy geht langsam zu ihr hin und nimmt der dicken Dame ganz behutsam den Revolver aus der Hand und legt ihn auf den Boden. Mit einem Fußtritt schickt sie ihn zu Simon, der ihn schnell aufhebt.

«So, jetzt ist es vorbei», sagt Rosy und nimmt die Mama von

Béatrice an der Hand. «Ich sage kein Wort weiter, das verspreche ich Ihnen.»

«Darf ich sie sehen?», fragt die Mama schluchzend.

«Ja, kommen Sie mit mir.»

Die beiden Frauen machen sich auf die Suche nach Béatrice. Simon folgt ihnen mit dem Revolver in der Tasche.

«Für den Fall des Falles», erklärt mir Simon.

Ein Glück, dass es zu keinem Fall des Falles gekommen ist.

Béatrice fürchtet sich immer noch und will nicht mit ihrer Mama allein sein. Rosy bleibt bei ihnen und macht sich ganz klein, damit die Liebe zu der echten Mama wieder wachsen kann.

«Da hast du aber Glück gehabt, dass dich niemand erwischt hat», sage ich. «Man sollte meinen, dass du ohne Anschisse nicht leben kannst. Du wirst noch mal Ärger kriegen, wenn sie dich dabei ertappen, wie du es dir in Madame Papineaus Büro gemütlich machst.»

«Ich hatte mir Sorgen um Béatrice und um Rosy gemacht, aber ich hätte sowieso nur in die Luft gezielt!»

«Jedenfalls war es klug von dir, ihn zurückzulegen und in dein Zimmer zu gehen, um so zu tun, als würdest du lernen.»

«Aber ich habe nicht so getan als ob!»

«Simon!»

«Was heißt hier Simon? Ich habe gelernt, das kann ich schwören. Als Rosy mich zum Nachmittagskakao geholt hat, habe ich ihr die Zeichensetzungsübung aufgesagt: ‹Guten Tag, Komma, sagt der Wolf, Punkt. Draußen ist es kühl, Punkt. Die Wolle kratzt, Komma, nicht wahr, Fragezeichen?›»

«Und Béatrice?»

«Sie hat den Nachmittagskakao von Rosy nicht angerührt. Platz hätte sie dafür im Mund sowieso nicht gehabt wegen ihrem Daumen. Ihre Mama hat versucht, sie zu füttern, mit einem Marmeladenbrot, aber Béatrice hat den Kopf geschüttelt, und die Mama sah ganz traurig aus. Ich habe gar nicht richtig hingeschaut, weil ich Angst hatte, dass sie alles in meinen Augen lesen kann. Als sie gegangen ist, habe ich auf Wiedersehen gesagt, und Rosy hat mich ganz giftig angeschaut, obwohl ich die Dame mit dem Revolver schließlich nicht abgeküsst habe. Béatrice hat sich von ihr in die Arme nehmen lassen, aber außer dem eigenen Daumen hat sie selber nicht viel umarmt. Ein Luftküsschen auf die Backe, mehr nicht. Und als die Dame gegangen ist, wollte sie nicht mit Rosy spielen. Sie hat ihre Puppe geholt, die im Badeanzug, und hat sie angezogen wie im tiefsten Winter.»

Ich wache auf, weil Licht an ist, und ich sage: «Was soll die Scheiße?», und Simon stöhnt, und Ahmed sagt nichts, was in Ordnung ist, denn sein Bett ist leer.

«Simon», sage ich ganz leise, «Ahmed ist weg.»

«Er ist pinkeln gegangen, schlaf weiter.»

«Nein, pinkeln tut er ins Bett, er ist nachts noch nie aufs Klo gegangen.»

«Hmm.»

«Du kannst ja liegen bleiben, aber ich gehe die neue Erzieherin wecken.»

«Du nervst total, Pflaume», sagt Simon, der mit ganz verklebten Augen in seinem Bett sitzt.

Die neue Heimwehstreuerin heißt Charlotte, und ihre Haare sehen aus, als stünden sie in Flammen, und sie scheint einen gesunden Schlaf zu haben, obwohl wir sie zu zweit zu wecken versuchen.

«Was? Wie? Oh! Was macht ihr denn hier?», und schon steht

sie vor uns in einem weißen Nachthemd, das ihr viel zu groß ist.

«Es ist wegen Ahmed», sage ich. «Sein Bett ist leer.»

«Okay, ich ziehe mich schnell an und komme zu euch.»

Charlotte ist super.

Simon hat gehört, wie Rosy zur Direktorin gesagt hat: «Sie ist zu jung für diese Arbeit. Sie hat nicht genug Erfahrung», und Madame Papineau hat geantwortet: «Ihnen kann man es nie recht machen, Rosy. Wissen Sie eigentlich, wie schwierig es ist, heutzutage einen Erzieher zu finden? Offenbar wollen Sie mir beweisen, dass Sie keine anderen Frauen neben sich ertragen können.»

«Ich?», hat Rosy gesagt, die Hand auf ihrem dicken Busen.

«Ja, Sie. Und wenn ich Ihnen einen Rat geben darf, dann empfehle ich Ihnen, sich die neue Mitarbeiterin zur Verbündeten zu machen.»

Es ist nicht schwer, sich mit Charlotte anzufreunden, auch wenn sie manchmal die Stirn runzelt, wenn man eine Dummheit macht. Sie bringt uns alle möglichen Spiele bei und geht mit uns stundenlang im Wald spazieren und kennt alle Namen der Blumen und Bäume und zeigt uns die essbaren Pilze und zertritt die giftigen. Sie hat immer ein freundliches Wort für uns oder für Rosy, die sich schließlich mit ihr anfreundet. Man muss gesehen haben, wie sie sich stolz wie die Pfauen vor Michel und François präsentieren. Simon hat mir erzählt, dass Michel versucht hat, sich mit Charlotte anzufreunden, und dass es keine gute Idee war, ihr an den Hintern zu fassen und dafür eine Ohrfeige zu kassieren. Seitdem hält er sich auf Abstand, und Eierkopf, der sich sowieso vor Frauen fürchtet, steckt dauernd mit Michel zusammen, und Rosy sagt: «Ach, diese Männer!», und Charlotte antwortet: «Männer? Wo?», und wir lachen und lassen unsere Muskeln spielen, die wir nicht haben außer Simon, der viel Sport treibt, und der Bärtige spuckt auf den Boden, und François sagt: «Ist schon gut», und Rosy: «Und benehmen tun sie sich wie die Schweine, diese Lumpenkerle!»

«Ich habe eine Taschenlampe dabei», sagt Charlotte zu uns. «Und ich glaube, wir sollten Rosy wecken, damit wir zu viert nach Ahmed suchen können.»

«Super!», sagen wir, Simon und ich, weil wir schon Angst hatten, dass sie verlangt, dass wir wieder ins Bett gehen, obwohl wir uns extra angezogen haben.

Wir gehen auf Zehenspitzen mit ihr zu Rosy, um die anderen Kinder nicht zu wecken.

Ich denke an Camille, aber ich denke mir auch, dass ich es mir mit Charlotte nicht verderben darf.

Und außerdem kann ich Camille in meinen Gedanken mitnehmen.

Simon und Charlotte und ich müssen lachen wie die Irren, als wir Rosy mit ihrer Schlafmütze und ihrer Gesichtsmaske sehen und ihr Schnarchen hören, das durch die Tür dringt. Sie ist noch schwerer zu wecken als Charlotte und braucht noch länger, um sich anzuziehen, und wir müssen noch mehr lachen.

Zuerst suchen wir Ahmed in Fontaines. Wir machen alle Türen auf und finden niemanden.

«Das kann doch nicht wahr sein», sagt Rosy. «Wo kann der Kleine nur hingegangen sein?»

Sie dreht sich zu uns um und streckt den Zeigefinger wie einen Pfeil aus. «Oder habt ihr ihn etwa in einem Schrank versteckt?»

«Dann hätten wir Charlotte nicht geholt», sagt Simon.

«Ach so, ich dachte nämlich …», sagt Charlotte.

«Das erkläre ich dir gleich», unterbricht sie Rosy. «Aber wie ist er zur Tür hinausgekommen? Die ist immer abgeschlossen.»

«Da», sage ich und zeige auf das große offene Fenster, und wir stürzen nach draußen.

«Großer Gott», stöhnt Rosy. «Wenn Ahmed in den Wald gelaufen ist, müssen wir die Polizei rufen.»

«Das kann ich mir nicht vorstellen», sage ich. «Er fürchtet sich doch immer davor, in eine Pfütze zu fallen, oder davor, dass die Zweige sich wie in einem Film um ihn legen.»

«Welcher Film ist das?», fragt Charlotte.

«Ach, irgend so ein Film, den wir mal montags gesehen haben, als wir das falsche Programm erwischt hatten, aua!», sage ich, weil Rosy mich am Ohr zieht.

«Das ist der Dank dafür, dass ich euch die Zeichentrickfilme allein anschauen lasse, aber es wird mir eine Lehre sein. Wo kann der Kleine nur stecken ... Oh! Da drüben, ganz nah am Wasser, da sehe ich etwas! Schnell!»

Aber Rosy täuscht sich. Es ist nur ein großer Holzklotz, und wir können suchen, so viel wir wollen, Ahmed finden wir nicht.

«Er war sicher nicht in der Nähe vom Wasser», sagt Simon, «dafür hat er viel zu viel Angst. Ich glaube, dass er auf der Straße unterwegs ist.»

Und schon sind wir auf der ganz dunklen Straße mit Charlottes Taschenlampe, die kaum unsere Füße beleuchtet, und das auch nur, wenn sie gerade funktioniert, und uns ist ganz schön mulmig zumute. Am Wasser hat uns wenigstens der Mond als Licht geleuchtet, aber hier ist es «so finster wie nachts im Kohlenkeller», wie Simon sagt. Wir gehen unter der Brücke durch, wo wir mit dem Bus zur Schule fahren.

«Hier finden wir ihn nicht», jammert Rosy. «Wir sollten lieber zurückgehen und die Polizei anrufen. Wir verlieren nur Zeit. Es ist zu gefährlich auf der Straße mit den Autos, die uns nicht sehen.»

Niemand antwortet. Wir sind damit beschäftigt, aufzupassen, wohin wir gehen, damit wir nicht mitten auf der Straße landen oder im Straßengraben und in den Brennnesseln.

«Vorsicht!», ruft Charlotte. «Ein Auto! Kinder, geht zur Seite!»

Man sollte meinen, wir wären wild darauf, uns überfahren zu lassen.

Das Auto fährt an uns vorbei, und Simon schreit mir ins Ohr: «Da drüben, schaut nur, Ahmed im Scheinwerferlicht!»

Und es ist tatsächlich Ahmed im Schlafanzug und mit gewaltigem Vorsprung. Aber da er uns weder hört noch sieht und langsam geht, holen wir ihn bald ein. Im letzten Augenblick dreht er sich um und will weglaufen, den Schlafhasen in der Hand, aber Charlotte ist schneller und hebt ihn hoch. Ahmed sträubt sich, und der Schlafhase fällt runter, und Ahmed will ihn aufheben.

«Da», sagt Simon, der sich nach dem Schlafhasen gebückt hat.

«Wo wolltest du hin, Schätzchen?», fragt Rosy und streichelt ihm den Kopf.

«Weit weg. Ich will den Monsieur nicht sehen, der am Samstag wiederkommt.»

«Sein Vater», sagt Rosy zu Charlotte.

Wir gehen schweigend im Dunkeln nach Fontaines zurück.

Nur Ahmed hört man schniefen, weil er Angst hat, bestraft zu werden.

«Nein, mein Schätzchen», sagt Rosy, «niemand wird dich bestrafen, aber du darfst nie wieder nachts weglaufen. Wenn wir dich nicht gefunden hätten, hätte dir weiß Gott was passieren können. Ich bin jetzt noch ganz aus dem Häuschen.»

«Ich wollte nicht, dass du dir Sorgen machst», schluchzt Ahmed. «Ich wäre fast umgekehrt und habe mich hingesetzt, um zu überlegen, aber weil ich Angst hatte, dass ich Ärger bekomme, bin ich weitergegangen.»

«Und du wusstest gar nicht, wohin du wolltest?», fragt Charlotte.

«Doch, ich wollte zu unserem Lehrer gehen. Monsieur Paul ist sehr nett zu mir. Manchmal sprechen wir in der Pause von dem Monsieur, und er hat mir gesagt, dass ich nicht nach Amerika mitgehen muss, wenn ich es nicht will.»

«Und weißt du denn, wo er wohnt?», fragt Charlotte.

«Ja, ich war schon samstags bei ihm, bevor der Monsieur mich besuchen kam.»

«Das ist ein weiter Weg, mein Kleiner», sagt Rosy.

«Ach, das macht nichts», antwortet Ahmed. «Ich hätte einfach gewartet, bis es hell wird, und dann hätte ich ein Auto angehalten, damit ich zu Monsieur Paul mitgenommen werde.»

«Mein Gott, und das bei all diesen Kindesentführungen!», ruft Rosy. «Aber hast du denn nicht mehr Verstand als eine Erbse?»

«Nein, nein, Erbsen mag ich nicht!», heult Ahmed. «Aber manchmal kommt es mir vor, als wäre da drin ein Riesendurcheinander.» Er deutet auf seinen Kopf.

Simon sagt: «Ich glaube, der Schlafhase wäre nicht einverstanden, wenn du noch mal weglaufen würdest.»

«Meinst du?», fragt Ahmed. «Er hat aber nichts gesagt.»

«Natürlich nicht, Stofftiere können ja nicht sprechen. Aber man sieht es an seinen Augen, dass der Schlafhase nicht einverstanden war.»

«Oh!», sagt Ahmed, der vor Tränen nicht klar sehen kann.

«Ich habe doch Recht, Rosy, oder?»

«Ja, Simon. Der Hase sieht wirklich nicht sehr glücklich aus.»

Und ich schaue den Schlafhasen an und sehe nichts als Glasaugen und Schmutz. Am besten steckte man ihn erst mal in die Waschmaschine.

Rosy holt ihre Schlüssel aus der Tasche und wartet, bis wir

alle im Haus sind. Charlotte macht das Licht im Flur an. Ahmed drückt seinen Schlafhasen an sich. Simon gähnt, genau wie ich.

Morgen Früh muss ich Camille alles haarklein erzählen.

Rosy und Charlotte begleiten uns bis in unser Zimmer, wo wir uns umziehen, nur Ahmed nicht, denn er hat seinen Schlafanzug schon an. Sie drücken uns ganz fest, vor allem, finde ich, Ahmed.

Ich strecke den Arm aus, um das Licht auszumachen, und da sagt Ahmed: «Rosy, singst du mir das Lied vom weiten roten Mantel?»

An den Fingern zähle ich die Tage bis zu meinem zehnten Geburtstag ab.

Es ist ein Samstag; Camille und ich werden bei Raymond sein.

Ich beobachte Camille, die sehr geheimnisvoll tut, vor allem seit sie mit Charlotte im Dorf war.

Madame Colette hat mich in ihrem Büro mit ihren Tintenbildern festgehalten, und ich konnte nicht nach draußen gehen, als das rote Auto von Charlotte knirschend auf dem Kies von Fontaines gebremst hat.

Und ich stelle mich dumm: «Was für ein Geschenk bekomme ich denn?», und Camille schaut mich an, als hätte ich nichts gesagt: «Komm, wir gehen wippen», und ich nehme sie an der Hand und flüstere ihr ins Ohr: «Was bekomme ich geschenkt?», und sie antwortet: «Du hast dir den Rücken verrenkt, dann wippen wir lieber nicht», und sie tanzt einen wilden Discotanz, als wäre sie von einer Wespe gestochen worden. Ich probiere es bei Charlotte, die sagt: «Ich weiß von gar nichts», als hätte ich mich getäuscht beim Abzählen der Tage an meinen Fingern oder als hätte ich die beiden nicht in ihrem roten Auto weggefahren sehen.

Deshalb markiere ich ein bisschen den Beleidigten, weil ich mir denke, dass sich niemand darüber im Klaren ist, dass ich am Samstag alt werde.

Sogar Simon, dem ich alles erzählt habe, hat gesagt: «So ein Geburtstag ist doch nichts Besonderes, eine Kerze mehr auf dem Kuchen, und manchmal gibt es nicht mal ein Geschenk, weil die Erwachsenen andere Sorgen haben, weil der Papagei krank ist und eine Spritze braucht oder die Großmutter, was weiß ich», und ich verstehe nicht, was mein zehnter Geburtstag mit der Großmutter und ihrer Spritze zu tun haben soll, und Simon sagt: «Kümmere dich lieber um deine Hausaufgaben, du hast als Mehrzahl Papageie statt Papageien hingeschrieben», und ich bin die Hausaufgaben leid, ich würde lieber Geschenke schreiben und nicht Papageie oder Papageien oder was auch immer.

«Ich verstehe das nicht», sage ich zu Simon. «Wenn Jujube oder Alice Geburtstag haben, malen wir das Bild eine Woche im Voraus und kleben es in der Küche an die Wand, und wir gehen ins Dorf und kaufen tonnenweise Kuchen für Jujube oder Schmuck für Alice, und bei mir ist nichts los, kein einziges Bild, und alle tun so, als würde ich mein ganzes Leben lang neun Jahre alt bleiben.»

«Ist dein Geburtstag am Samstag?», fragt Simon. Ich könnte ihn schlagen.

«Ja», antworte ich ziemlich wütend.

«Na also.»

«Also was?»

«Am Samstag ist niemand da. Du gehst mit Camille zu deinem Gendarmen, und wir fahren nach Paris.»

«Was macht ihr da?»

«Wir besichtigen Gerippe im Museum.»

«Was für ein öder Ausflug», sage ich neidisch.

«Ja, total öde», sagt Simon, der sein Schulbuch anschaut, als wäre es ein Hamburger mit Pommes frites.

«Ich will keine Gerippe besichtigen», schnieft Ahmed. «Simon hat gesagt, dass sie sich manchmal einen Spaß daraus machen, Leute zu erschrecken.»

«Simon sagt jede Menge Blödsinn. Die Gerippe haben nicht genug Kraft, um dich zu erschrecken, weil sie schon lange tot sind.»

«Bist du sicher?», fragt Ahmed.

«Nein.» Und ich wedle als Schlabbergerippe mit den Armen und stürze mich auf Ahmed, der losschreit, bevor er den Kopf unter der Bettdecke versteckt.

«Icare!», ruft Charlotte, die ein Lineal in der Hand hält. «Verstehst du das unter Hausaufgaben?»

Die Erwachsenen sagen einem nie Bescheid, bevor sie ins Zimmer kommen. Sie könnten doch an die Tür klopfen oder sich Glöckchen an die Schuhe binden, oder was weiß ich, damit wir Zeit hätten, schnell in unseren Heften herumzukritzeln.

«Einzahl: Papagei, Mehrzahl: Papageie, so, so», sagt sie, und ihr Lineal saust auf das Heft, als läge die Schuld bei ihm. «Kannst du dir nicht merken, dass die Mehrzahl von Papagei Papageien lautet und nicht Papageie, wie ich es dir schon mehrmals erklärt habe und Monsieur Paul vor mir sicher auch schon?»

«Aber Monsieur Paul schlägt das Heft nicht mit dem Lineal», sage ich.

«Wäre dir lieber, es träfe deine Finger?»

«Ööh, nein, aber Geschenk, das heißt doch in der Mehrzahl auch Geschenke und nicht Geschenken, oder kriegt die Großmutter eine Spritze?»

«Die was? Was soll das denn heißen? Manchmal verstehe ich

dich wirklich nicht. Selbstverständlich heißt es Geschenke, aber Spritzen und Großmütter.»

«Was hat diese ganze Grammatik mit der Wirklichkeit zu tun?», sage ich ein bisschen eingeschnappt.

«Ach, jetzt spielt der kleine Mann die beleidigte Leberwurst, wenn ihm etwas erklärt wird!»

«Von Samstag an bin ich nicht mehr klein», sage ich ganz stolz.

«Tja, dann wirst du mir bis dahin hundertmal das Wort Geschenke schreiben. Die anderen gehen jetzt bitte draußen spielen, und du, Ahmed, tust mir den Gefallen und nimmst die Decke vom Kopf, denn darunter wirst du die Mehrzahl ganz sicher nicht finden.»

Und da sitze ich und muss als Strafarbeit hundertmal das Wort Geschenke schreiben, während meine Freunde draußen spielen, und so viele Geschenke bekomme ich am Samstag garantiert nicht, und vielleicht vergisst Raymond am Ende auch noch den Kuchen und die Kerzen wegen der Spritze für seine Großmutter, und das finde ich ganz und gar nicht in Ordnung.

Ich sitze im Büro von Madame Papineau, die so tut, als würde sie irgendwelche Unterlagen lesen.

Ab und zu schaut sie zu mir und lächelt.

Raymond ist am Telefon.

«Freust du dich, dass du am Samstag zu mir kommst?»

«Ja. Raymond, sag mal, hast du eine Großmutter?»

«Eine Großmutter? Nein, leider nicht, mein Junge, sie ist schon im Himmel. Aber wie komisch, dass du mich das fragst, denn Victors Großmutter kommt uns für eine Woche besuchen. Du musst wissen, dass sie ein bisschen schwerhörig ist; man muss ihr ganz laut ins Ohr schreien.»

«Und deshalb kriegt sie eine Spritze von euch?»

«Eine Spritze? Sie ist doch kein Hund. Wer hat dir denn diesen Bären aufgebunden?»

«Simon hat gesagt, dass die Erwachsenen die Kindergeburtstage vergessen, weil sie den Hunden und den Großmüttern Spritzen geben müssen.»

«Simon hat zu viel Phantasie, mein Junge. Und die Erwachsenen vergessen keine Geburtstage, schon gar nicht die ihrer Kinder, das kannst du mir glauben.»

«Aber ich bin nicht dein Kind. Das ist Victor. Vergisst du dann meinen Geburtstag?»

«Für Victor und mich bist du wie mein eigenes Kind, und vergessen werde ich deinen Geburtstag keineswegs, ganz im Gegenteil. Das wirst du am Samstag sehen, aber jetzt gib mir bitte Madame Papineau, mein Junge.»

«Geneviève, für dich», sage ich und gebe ihr den Hörer und gehe schnell aus dem Zimmer, als wollte ich zu meinen Freunden laufen.

Das ist eine Sioux-Kriegslist.

Ich bleibe hinter der Tür stehen und höre nur, was die Direktorin sagt.

Sie sagt: «Ja?»

«Wie geht es Ihnen?»

«Danke, ausgezeichnet.»

«Monsieur Clerget schlägt Montag um fünf Uhr nachmittags vor.»

«Ja, sicherlich, er wird da sein.»

«In seinen Amtsräumen.»

«Gut.»

«Das wird ihn überglücklich machen.»

«Auf Wiedersehen, Raymond.»

«Ja, gewiss, am späten Vormittag, denke ich.»

Ich frage mich, wer überglücklich sein wird und warum Raymond und Madame Papineau sich mit dem Richter verabredet haben.

Natürlich sieht Monsieur Clerget nicht so aus wie die Richter im Film. Er hat keinen Hammer, blickt nicht streng und schickt niemanden ins Gefängnis, denn schließlich hat er mit Kindern zu tun.

Ich fürchte mich ein bisschen vor ihm, vor allem, wenn er wütend ist. Obwohl es nur um die Hexe geht, würde ich nicht wollen, dass er mich so anschreit wie sie. Mit uns, den Kindern aus Fontaines, spricht er, als wären wir lauter Unschuldsengel, und deshalb erzählen wir ihm alles, und manchmal kommt er auf einen Satz oder ein Wort zurück, und seine Warums dringen wie Nadeln in uns ein, und nur Boris und Antoine macht das nichts aus. Boris sagt, dass Monsieur Clergets Name «im Dienst der Kirche» bedeutet, und es stimmt, dass Monsieur Clerget etwas vom lieben Gott hat. Er entscheidet darüber, wie lange wir hier bleiben, und er kann Ahmed nach Amerika schicken oder der Mama von Béatrice verbieten wiederzukommen oder uns in ein anderes Heim bringen lassen, wenn wir zu viele Dummheiten machen. Manchmal spielen wir oder trinken gerade den Nachmittagskakao, und Madame Colette kommt uns holen, weil der Richter mit uns sprechen will, und dann hat keiner von uns mehr Lust auf den Kakao oder auf das Spielen, und alle warten supertraurig darauf, dass der Übeltäter zurückkommt, als hätten wir Angst, ihn nicht wiederzusehen. Ich weiß, dass der Richter uns zuhört und nicht gegen uns ist. Und wenn er etwas tut, was uns nicht gefällt, dann ist es etwas «zu unserem Besten», wie er findet.

Und ich frage mich, warum die Erwachsenen alles für uns entscheiden müssen und ob es daran liegt, dass wir weniger als andere Kinder wissen, was uns erwartet, wenn wir einmal sehr alt sein werden. Rosy sagt, dass der Richter Ahmed nicht nach Amerika schicken wird, wenn Ahmed es nicht will. Und sie hat nichts von dem Revolver von der Mama von Béatrice gesagt, und Béatrice hat auch nichts gesagt, weil sie ihre Mama zu lieb hat. Und als Monsieur Clerget sie wie einen Unschuldsengel behandelt hat, da hat Béatrice einfach am Daumen gelutscht, als die Warums des Richters ihr wehgetan haben, und Monsieur Clerget hat nur gemerkt, dass es «brenzlig» wurde, wie Simon sagt, der selber einer «brenzligen» Lage entwischt ist.

Beim Aufwachen schließt sich meine Faust, und das ist logisch, denn es ist Samstag, und ich muss keine Tage mehr abzählen, bis ich Geburtstag habe.

Jetzt bin ich zehn Jahre alt, und alles ist wie immer, und das finde ich enttäuschend.

Keiner spricht mit mir, weder Simon noch Ahmed, noch Rosy, nicht einmal Camille, und ich hätte zu weinen angefangen, wenn nicht Ferdinand, unser Koch, mir ins Ohr geflüstert hätte: «Stimmt es, dass du heute Geburtstag hast?»

«Woher weißt du das?», frage ich ihn.

«Das hat mir mein kleiner Finger erzählt.»

«So ein Blödsinn, dein kleiner Finger kann doch nicht sprechen.»

Ferdinand lacht und sagt: «Aber Pflaume, jeder weiß, dass du heute Geburtstag hast. Hier, das ist für dich, aber sag es nicht weiter.»

Und er gibt mir einen ganz kleinen Schokoladenkuchen, den ich auf der Stelle aufesse.

«Und warum darf ich das nicht weitersagen?», frage ich, als ich mir den Mund abwische.

«Das wirst du schon sehen. Meine Frau und meine Kinder warten. Adieu, Pfläumchen, bis Montag.»

Und Ferdinand, der Koch, umarmt mich und fährt mit seinem Lieferwagen weg, und ich frage mich, warum er gelogen hat.

Jeder weiß, dass Ferdinand keine Frau hat und keine Kinder außer uns.

Dann steigen die Freunde in den Bus, und ich schaue ihnen neidisch nach. Die Gerippe sind sicher superinteressant; so etwas gibt es bei Raymond nicht zum Spielen, auch wenn ich mich freue, den Gendarmen und seinen Sohn wiederzusehen. Ich wundere mich nur, dass die ganzen Heimwehstreuer mit einsteigen, sogar Rosy, die sich normalerweise am Samstag in ihrem Zimmer ausruht. Und normalerweise fährt nur ein Erzieher oder der Lehrer mit, wenn wir einen Vergnügungspark oder ein Museum besuchen oder in den Wald gehen. Die anderen bleiben zu Hause, wo sie sich «einen saugemütlichen Vormittag mit Fernsehen, Hamburger und einem Bierchen machen», wie mir Michel, der Bärtige, erklärt hat.

«Kein Wunder bei diesen ganzen Schweinereien, dass es saugemütlich ist», hat Rosy gesagt, die mitgehört hat.

Und seitdem will Jujube auch einen «saugemütlichen Vormittag» erleben und ist beleidigt, dass man ihn ausschlafen lässt, so dass ihm die ganzen guten Sachen entgehen, auch wenn seine Träume sowieso voll davon sind.

Allmählich glaube ich, dass der Gendarm Camille und mich vergessen hat, doch da fährt das Auto mit der blauen Büchse knirschend im Kies vor.

Wir haben wie wild gewippt und waren fast allein; nur die Sekretärin von Madame Papineau hat aus dem Fenster gesehen und ab und zu gerufen: «Vorsicht, Kinder, nicht so wild, ihr brecht euch noch die Beine», als wären wir wild darauf, uns die Beine zu brechen.

Und was hat sie hier überhaupt an einem Samstag zu suchen außer uns nachzuspionieren?

Als wären wir zu blöd, uns ohne die Erwachsenen zurechtzufinden, und würden den Pfauen die Federn ausreißen oder mit dem bissigen Esel spielen oder in die Küche von Ferdinand rennen, um uns mit Mehl zu bewerfen oder uns auf die heißen Herdplatten zu setzen.

«Tut mir Leid, Kinder», sagt Raymond.

«Gehen wir in die Kirche?», frage ich, als ich von der Wippe springe.

«Aber nein, mein Junge, wie kommst du denn darauf?»

«Weil du so angezogen bist.»

«Ach so … Gefällt es dir nicht?»

«Doch», sagt Camille und springt ihm in die Arme. «Sagen wir es ihm?»

«Sagt ihr mir was?»

«Nichts, mein Junge. Ach ja, alles Gute zum Geburtstag, mein Pfläumchen.»

«War es das, was du mir nicht sagen darfst?»

Und ich bin ein bisschen enttäuscht, als hätte ich hunderte von Geschenken erwartet.

Wir fahren am Fluss entlang, als ich frage: «Und warum ist Victor nicht mitgekommen?»

«Er ist heute bei seiner Großmutter geblieben.»

«Die schwerhörige Dame, der man ins Ohr schreien muss?», schreie ich Raymond ins Ohr.

«Vorsicht, mein Junge, ich muss mich konzentrieren.»

«Gut, ich halte den Mund.» Und ich bin eingeschnappt.

«Warum auf einmal so schweigsam?», fragt Raymond.

«Er spielt nur die beleidigte Leberwurst», sagt Camille, und sie kitzelt mich, und ich muss lachen.

Vor dem Haus von Raymond sagt Camille zu mir, dass ich die Augen zumachen soll.

«Warum?», will ich wissen. Und ich mache die Augen zu. Es ist schwer, Camille etwas abzuschlagen.

«Du wirst schon sehen. Ich verbinde dir jetzt die Augen, so. Und jetzt nimmst du meine Hand, und ich sage dir, wie du gehen musst, damit dir nichts passiert.»

Von Camille geführt, steige ich aus.

«Halt! Vorsicht, jetzt kommen Stufen.»

Und ich hebe die Füße, um das Haus zu betreten, und ich gehe langsam durch das Haus bis zum Garten, und Camille hält dabei meine Hand. Trotzdem stoße ich mit einem Möbel zusammen.

«Aua!»

«Ich habe nicht gesagt, dass du nach links gehen sollst. Du gehst immer in die falsche Richtung.»

«Ich gehe normalerweise nicht mit verbundenen Augen spazieren, und wo ist Raymond?»

Und je weiter ich gehe, desto deutlicher höre ich Flüstern und Kichern.

«Wir sind fast da. Einen Schritt noch ... Halt! So, jetzt kannst du die Binde abnehmen.»

Und ich mache meine Augen auf und sofort wieder zu.

Ich bin ganz aus dem Häuschen und kann mir die Tränen nicht verbeißen.

Camille lässt meine Hand los, und ich stehe ganz allein vor meinem Geschenk, und es ist das schönste Geschenk meines Lebens.

Und dieses Geschenk will ich nicht verderben. Ich balle die Fäuste und reibe mir die Augen und schaue sie alle an, und sie singen alle: «Happy Birthday, unsere Pflaume!»

Alle sind da. Sogar Ferdinand, der Koch. Sogar der Richter und Madame Papineau. Und alle meine Freunde und die Heimwehstreuer, die gar nicht zum Gerippebesichtigen gefahren sind. Und Monsieur Paul und Madame Colette. Und Yvonne, die Krankenschwester, und Gérard, der Fahrer. Und Victor, der Camille an der Hand hält. Und Raymond, der hinter einem Kuchen verschwindet, wie ich noch nie einen gesehen habe. Es ist ein riesengroßes Schokoladenherz, in das ich am liebsten sofort hineinbeißen würde.

Aber das ist noch nicht alles: Es gibt Unmengen Geschenke, alle schön eingewickelt, an denen Luftballons festgemacht sind.

Und mitten in meiner großen Familie sitzt eine kleine Dame mit lächelnden blauen Augen in einem Rollstuhl, und ich kenne sie nicht, denke mir aber, dass sie die Großmutter von Victor sein muss, und ich weiß nicht, ob es an ihren lächelnden blauen Augen liegt oder an den Armen, die sie ausstreckt, aber ich schmiege mich in ihre Arme und küsse sie auf die Backe, und ich spüre, dass die Arme sich um mich schließen, und ich sehe, wie die Luftballons davonschweben, und mir ist, als würde ich auch davonfliegen, wenn ich die Dame mit den blauen Augen losließe.

Die sehr alten Leute sind genau wie Kinder, nur älter, und abends kommen ihre Zähne in das Glas mit Wasser.

Simon sagt auch, das Alter wäre wie ein Gummiband, an dem die Kinder und die sehr alten Leute ziehen, jeder an einem Ende, bis der Gummi reißt, und jedesmal kriegen dabei die alten Leute den Gummi ins Gesicht, und danach sterben sie.

Die Dame mit den blauen Augen heißt Antoinette, und Victor ist ein echter Glückspilz.

Als ich klein war, war meine eigene Großmutter schon im Himmel, wo sie für die Engel Pullover strickt.

Ich kenne sie nur von einem Foto.

Alle warten auf den kleinen Vogel, der gleich rauskommt, nur meine Großmutter nicht, weil sie an einem Pullover strickt.

Aber auf der Erde kann sie den nicht fertig stricken: Sie kriegt eine «Herzattacke» und stirbt kurz nach dem Foto.

Antoinette strickt nichts als ihre Sätze, aber die kriegt sie nicht immer zu Ende gestrickt. Das ist nicht ihre Schuld, denn sie ist stocktaub, auch wenn man ihr in die Ohren schreit. Manchmal denkt man fast, sie würde sich nur taub stellen, weil es ihr ganz gut passt, nichts zu hören. Außerdem kann sie Lippen lesen, genau wie wir. Ihre Haut ist so gelb wie Quittenpaste. Ihre Haare sind weiß, und ich ziehe daran, um zu sehen, ob es vielleicht falsche Haare sind, und Antoinette schreit, und ich sage: «Entschuldigung.» Sie redet nicht viel, aber sie sieht die Leute an, als könnte sie durch sie hindurchsehen. Sie summt immer ein Lied, aber sie weiß nicht mehr, welches.

Sie sagt: «Ein Lied, das älter ist als ich.»

Sie wohnt in einem Haus, das ein bisschen an Fontaines erinnert, nur dass die Heimwehstreuer hier Alpenpfleger sind und die Kinder alte Leute wie Antoinette.

Das nennt man «Altersruhesitz».

Sie sagt: «Ich habe mich schon lange zur Ruhe gesetzt, aber dafür brauche ich nicht die Gesellschaft anderer Tattergreise. Ach, mein Kind, du wirst sehen, das Leben ist grausam und … Was wollte ich gerade sagen?»

Und sie summt vor sich hin.

Alle Kinder von Fontaines wollen mit Antoinette spielen, und ich kann sehen, dass sie genauso zu schummeln versucht wie ich, um zu gewinnen. Sie ist sogar sauer, wenn sie verliert, und Raymond sagt: «In deinem Alter!», und sie schaut ihn an, als wäre er ein Ungeheuer. Schussern kann sie besser als Simon. Und Simon kann es von uns Kindern am besten. Aber das Spiel mit dem Satz, der immer länger wird, kann sie überhaupt nicht. Sie vergisst dauernd das Wort, das man ihr gesagt hat, und dann erfindet sie einfach ein anderes und behauptet, es hätte «Tomate» geheißen und nicht «Abführmittel», und manchmal sagen wir dann: «In Ordnung, Antoinette», damit sie nicht wegen den Wörtern von Boris ewig lange beleidigt ist. Und beim Mensch-ärgere-dich-nicht dreht sie die Würfel mit den Fingernägeln um und sagt: «Das ist gelogen!», wenn Jujube sie verpetzt, weil der Gewinner ein Extrastück Schokoladenkuchen bekommt.

Im Schmusen ist sie Weltmeister, und jeder von uns hat schon auf ihrem Schoß gesessen außer Jujube.

Sie hat gesagt: «Du bist leider zu schwer.»

Und Jujube hat sich an einem Glas Marmelade schadlos gehalten, das er mit dem Kaffeelöffel leer gegessen hat, und hinterher war ihm übel, und er hat den ganzen Nachmittag den Kranken markiert, obwohl Yvonne ihm eine von ihren Tabletten gegeben hat, und niemand hat ihm geglaubt.

«Soso, diesen großen Tölpel, den ich zum Sohn habe, den magst du wohl?», fragt Antoinette mich ins Ohr.

«So groß ist Victor doch gar nicht», sage ich.

«Nicht Victor, der große Raymond.»

«Ja, das stimmt, aber er ist doch nicht Ihr Sohn.»

«Wieso Baron?»

«Er ist nicht Ihr Sohn!», schreie ich ihr ins Ohr.

«Ach, das macht keinen Unterschied. Meine Tochter habe ich verloren, aber stattdessen habe ich einen Sohn und sogar einen Enkel, also habe ich Glück gehabt.»

«Und wie sieht es dort aus, in deinem Altersruhesitz?»

«Aber nein, ich leide keineswegs an Altersblödsinn, ich bin geistig völlig klar, mein Kind, ich bin nur sehr alt.»

Und sie summt vor sich hin.

«Nicht Altersblödsinn, Altersruhesitz mit U wie Uhu», mache ich mit den Lippen.

«Ach das. Groß und voll mit alten Leuten, die überhaupt nicht komisch sind, mmmmm.»

«Was ist das für ein Lied, das du da summst?»

«Strafarbeiten haben sie dir aufgebrummt?»

«Du bist lustig, weißt du.»

«Ja, das ist alles, was ich noch kann. Geh jetzt mit der Kleinen da drüben spielen.»

«Mit Camille?»

«Wenn du groß bist, wirst du sie heiraten.»

«Woher weißt du das?»

«Die alten Leute sehen sehr viel weiter, als man denkt.»

Wir liegen im Gras, Camille, Victor, Alice, Béatrice und ich.

Madame Colette, Charlotte, Rosy, Yvonne und Madame Papineau trinken unter dem Sonnenschirm Rotwein.

Die anderen spielen mit Raymond und dem Richter Fußball.

Ich fürchte mich noch immer ein bisschen vor Monsieur Clerget, obwohl ihm das Hemd aus der Hose hängt wie bei Raymond und sie mit Feuereifer bei der Sache sind. Aber bei meinem Glück würde ich ihm den Fußball ins Gesicht schießen, und hinterher würde er sich dafür rächen und mich in ein Heim verfrachten, wo die Fenster vergittert sind und ich mich nicht mit meinen Kameraden ins Gras legen könnte.

Alice hat ihr Versprechen gehalten. Seit Simon dableiben durfte, hat sie einen Pferdeschwanz, und ihre Lippen zittern nicht mehr, wenn man mit ihr spricht.

Béatrice lutscht noch immer am Daumen und hat lauter Gras in den Haaren. Sie hat sich lachend im Gras gewälzt, die Arme nach hinten ausgestreckt, bevor sie an den Blumen gerochen hat, als würde sie sich vor ihnen fürchten.

Victor versucht auf einem Grashalm zu pfeifen, den er zwischen Daumen und Zeigefingern straff gespannt hält, und es klingt wie ein Furz, und wir schauen die Erwachsenen an, die nicht zu uns hersehen, und wir lachen uns kaputt.

«Oha», sagt Victor, «der Richter ist hingefallen und streckt die Hufe in die Luft.»

«Wo siehst du Hufe?», frage ich. «Der Richter ist doch kein Pferd.»

«Natürlich ist er kein Pferd, Pflaume! Das ist nur eine Redensart. Manchmal bist du wirklich doof. Noch dümmer als der Dicke, wie heißt er doch gleich?»

«Jujube», prustet Béatrice.

«Wo steckt er eigentlich?», frage ich.

«In meinem Bett. Ihm ist schlecht», antwortet Victor.

«Ach, Quatsch. Jujube markiert immer nur den Kranken. Er wollte nur dein Bett ausprobieren, und hinterher ist es voll mit Krümeln.»

«Simon hat gesagt, dass Jujubes Eltern ihn bald in Fontaines besuchen wollen», sagt Camille.

«Woher weiß Simon das? Liest er immer noch die Unterlagen?»

«Nein, er hat vor dem Büro der Heimleiterin gelauscht.»

«Typisch Simon!», sage ich. «Dann war die Mama von Jujube gar nicht in Peru?»

«Peru, wo ist das?»

«In der Nähe von Russland», sage ich aufs Geratewohl.

«In der Zwischenzeit hatten sie jedenfalls genug Zeit für hundert Weltreisen», sagt Camille.

«Waren sie auch bei mir zu Hause in Martinique?», fragt Béatrice.

«Sicher», sagt Camille und grinst.

«Aber Jujube hat nie ein Wort von seinem Papa gesagt»,

sage ich, «und auf der Postkarte ist nur die Schrift von seiner Mama.»

«Die Papas schreiben nie was auf die Postkarten», sagt Béatrice. «Es sind immer die Mamas, die schreiben: ‹Papa und Mama haben dich lieb›. Die Papas haben einen nur auf den Postkarten lieb, denn in Wirklichkeit schlagen sie die Mamas und sperren die kleinen Mädchen in den Schrank ein.»

«Soso», sage ich. «Und was stellen sie mit den kleinen Jungen an? Fressen sie die?»

«Das weiß ich nicht, ich habe keinen Bruder. Papa sagt immer, dass er so schon genug Probleme hätte.»

«Manchmal sind die Papas auch nett», sagt Camille. «So wie Raymond zu Victor.»

«Der Papa von Jujube sicher nicht», sage ich. «Der hat doch vergessen, dass er einen Sohn hat.»

«Aber jetzt hat er sich daran erinnert», sagt Victor. «Und deshalb kommt er mit.»

«Ich möchte nicht, dass meine Eltern mich besuchen kommen», sagt Alice zitternd. «Ich würde vorher weglaufen, und niemand würde mich wiederfinden.»

«Wo sind deine Eltern?», frage ich.

«Weiß ich nicht.»

«Und wann hast du sie das letzte Mal gesehen?»

«Weiß ich nicht.»

«Lass sie in Ruhe!», sagt Camille. «Du siehst doch, dass du ihr Angst einjagst.»

«Nehmt ihr ein Sonnenbad?», fragt Charlotte, die ein bisschen beschwipst ist. «Passt auf, dass ihr keinen Sonnenbrand bekommt, das tut weh.»

Und sie legt sich ins Gras und schläft sofort ein.

«Eure Erzieherin ist besoffen», sagt Victor.

«Sie ist vor allem hübsch», sagt Camille und streichelt die karottenroten Haare.

Ferdinand und Yvonne gehen die Kuchen holen. Rosy schenkt Orangensaft in die Gläser ein. Simon kaspert herum. Der Richter lässt sich auf einen Stuhl sinken, und er schwitzt wie Raymond und hat große dunkle Flecken unter den Armen. Michel schiebt das Glas weg und fragt, ob es kein Bier gibt. Eierkopf trinkt die Wasserflasche leer, ohne sie abzusetzen. Madame Papineau fordert Simon auf, Ruhe zu geben, und Simon gibt Ruhe. Antoinette nimmt Alice auf den Schoß. Madame Colette sagt zu dem Lehrer: «Das Meer ist mir lieber als die Berge», und sie sagt es ganz umsonst, denn Monsieur Paul sieht Charlotte an, und man kann sehen, dass er auf das Meer und auf die Berge pfeift, und Charlotte auch. Sie gähnt, und Madame Papineau schaut sie streng an.

«Verzeihung», sagt Charlotte und hält sich schnell die Hand vor den Mund.

Boris und Antoine teilen sich den Walkman, so dass jeder einen Stöpsel im Ohr hat. Alle klatschen, als Ferdinand und Yvonne mit den Tabletts voller Kuchen erscheinen, dicht gefolgt von Jujube, den der Geruch geweckt hat. Camille streicht Béatrice das Gras aus den Haaren. Beide sitzen auf den Knien von Gérard, dem Fahrer.

«Was für ein schöner Tag!», sagt der Richter.

«Nehmen Sie doch noch ein Stück Kuchen», sagt Raymond.

«Welches Jahr haben wir?», fragt Antoinette.

«Das Jahr, in dem ich zehn geworden bin», antworte ich.

Rosy gibt Michel ein Glas Orangensaft.

«Nein, danke», sagt Michel.

«Das ist gesünder als Bier, und es macht nicht so dick», sagt Rosy und drückt ihren Finger in den dicken Bauch des Bärtigen.

«Sieht gut aus und schmeckt gut», sagt Gérard, der das Bier aus der Flasche trinkt.

«Simon!», sagt Monsieur Paul. «Wenn Madame Papineau

dich bittet, Ruhe zu geben, dann tut sie das nicht, damit du weitermachst, kaum dass sie dir den Rücken kehrt!»

«Sie kehrt mir nicht den Rücken zu.»

«Simon, Widerworte sind ungehörig», sagt Madame Papineau.

«Nicht zu antworten ist unhöflich, Madame Papineau.»

«Ich hätte nichts gegen ein Stückchen Kuchen», sagt Madame Colette mit hungrigem Blick und bedient sich selbst.

«Na, Jujube, es sieht ganz so aus, als wärst du wieder gesund», sagt Yvonne lächelnd.

«Mmm», antwortet Jujube mit vollem Mund.

«Ich schlage vor, dass wir alle das Glas auf die Gesundheit von Pflaume erheben», sagt Raymond.

«Aber mit meiner Gesundheit ist alles in Ordnung!»

Alle erheben trotzdem das Glas und verschütten den Inhalt.

«Auf die Gesundheit von Pflaume! Hipp, hipp, hurra!»

Antoinette ist mit zurückgelegtem Kopf eingeschlafen, und dann müssen alle über ihr Schnarchen lachen, und davon wacht sie auf.

«Was sagte ich gerade, ach ja, es heißt nicht Tomate, sondern Abführmittel, mein Kind.»

Und sie summt vor sich hin.

In Fontaines schleicht sich die Katze in die Küche, als Rosy gerade mit Camille den Salat anrichtet. Béatrice hat sie als Erste gesehen und ruft: «Miezekatze, Miezekatze», und Rosy dreht sich um und ruft: «Raus mit dir, du Flohbeutel, verschwinde», und sie verjagt sie mit der großen Salatkelle, und Béatrice fängt an zu weinen.

«Herzchen, du musst doch nicht weinen», sagt Rosy. «Solche

Tiere verbreiten alle möglichen Krankheiten. Wir wissen nicht einmal, wem diese Katze gehört, und du weißt doch, dass die Vorschriften keine Tierhaltung erlauben.»

«Mir sind die Vorschriften schnuppe», sagt Boris und nimmt Béatrice an der Hand. «Komm, wir gehen die Katze suchen.»

«Boris! Béatrice!», schimpft Rosy. «Kommt sofort zurück!»

Aber sie laufen zu schnell für Rosy, die sich auf einen Stuhl setzen muss, um zu verschnaufen. Sie sieht aus, als würden die Jahre den Kalender so schnell umblättern, dass sie im Handumdrehen alt wird, ohne ihre Geburtstage zu erleben.

Camille schaut mich an, und in ihren Augen lese ich: «Gehen wir?», und wir gehen, und Rosy versucht gar nicht, uns zurückzuhalten, und dann ist sie ganz allein in der Küche, und wir Kinder sind draußen und suchen nach der Katze.

«Da!», ruft Jujube und zeigt mit dem Finger auf sie, ohne sich ihr zu nähern.

Die Katze und der Pfau haben Angst voreinander. Die Katze macht einen Buckel, die Haare stehen ihr zu Berge, und sie beäugt den Pfauen, der sein Rad schlägt.

Béatrice nähert sich: «Miezekatze, Miezekatze», und die Miezekatze gibt ihr ihre Krallen zu spüren und rennt mit großen Sprüngen weg. Camille geht mit Béatrice auf die Krankenstation, und wir anderen laufen hinter der Katze her, die sich auf die Wiese verdrückt, wo der bissige Esel wohnt.

«Katze, Katze!», ruft Alice. «Geh da nicht hin!»

Aber das kleine Tier hört schlecht, und schon ist es bei dem Esel angelangt, der im Gras weidet. Es umrundet den Esel, und der Esel beäugt es, ohne nach ihm zu treten, wie er es schon bei vielen Kindern getan hat. Wir halten uns alle superweit von ihnen entfernt und rufen «Miezekatze» und «Kätzchen», aber nichts zu machen, die Katze interessiert sich nicht für uns und rollt sich im Gras direkt unter dem großen Maul des Esels und streckt ihm eine Pfote zum Spielen hin, und der

Esel schubst die Pfote mit seinem Schädel, und die Katze dreht ihren Kopf hin und her und kriecht dann unter den Bauch des Esels, der zu grasen aufhört. Er schüttelt seinen Kopf zwischen den Vorderbeinen und macht: «I-ah», so laut, dass die Katze aufspringt.

Antoine geht zu dem Esel und streichelt ihn. Der Esel versteckt den Kopf im Gras. Dann kommen wir hinterher und legen die Hand auf sein graues Fell, das so kratzig ist wie der Bart von Michel. Und die Katze streicht Alice zwischen den Beinen hindurch.

Alice hebt die Katze hoch, die sich nicht wehrt. Sie liegt in Alice' Arm auf dem Rücken. Ihr Kopf hängt herunter, und sie streckt die Pfoten in die Luft.

«Komm, Miezekatze», sagt Alice. «Wir geben dir Milch.»

Die Katze legt ihre Pfoten Alice auf die Schulter, Alice hält den Hintern der Katze mit ihren kleinen Händen, und wir gehen nach Fontaines zurück, gefolgt von dem Esel, der ab und zu «I-ah», macht, bis ihn der Holzzaun aufhält, unter dem wir wieder hindurchschlüpfen.

«Auf Wiedersehen», sagen wir und winken, und der Esel streckt den Hals vor, als würde er Karottenduft erschnuppern, und mit dem Blick begleitet er uns bis zum Ende des Weges.

«Er ist gar nicht bissig», sagt Jujube, der sich nicht getraut hat, ihn zu streicheln.

«Vielleicht haben die anderen Kinder ihm wehgetan», sagt Simon. «Ihn gezwickt oder geschlagen, und er hat sich gewehrt.»

«Kommt endlich, Rosy schimpft uns sicher aus», schnieft Ahmed.

Als wir in die Küche marschieren, sitzt Béatrice mit einem Pflaster auf dem Arm zwischen Rosy und Camille am Tisch.

«Schimpf nicht, Rosy», sagt Boris. «Wir wollen ihr nur ein bisschen Milch geben.»

Antoine macht die Türen vom Kühlschrank und vom Küchenschrank auf und gießt etwas Milch in eine Schale.

«Du könntest wenigstens die Türen wieder zumachen», sagt Rosy mit einer Handbewegung.

«Ich war gerade dabei», antwortet Antoine und stupst den Kühlschrank mit dem Hintern zu.

«Ich kann sowieso reden, bis mir der Mund fusselig ist, euch ist das schnuppe, ihr tut ja doch, was ihr wollt.»

«Rosy hat Fusseln am Mund?», fragt Ahmed.

«Nein, du Trottel, das ist eine Redensart», antwortet Boris.

«Das ist uns nicht schnuppe, Rosy», sage ich. «Wir wollten nur der Katze Milch geben und sie streicheln.»

«Und Béatrice ist von dem Scheusal gekratzt worden», sagt Rosy mahnend.

«Das ist nicht so schlimm», sagt Béatrice. «Die Katze hat sich gefürchtet und wollte mir sicher nicht wehtun, stimmt's, Katze?»

Die Katze hört ihr nicht zu. Sie ist mit der Milch beschäftigt.

«Sie hat mit dem Esel gespielt», petzt Ahmed.

«Heißt das, dass ihr obendrein auf die Wiese mit dem Esel gegangen seid?», sagt Rosy seufzend. «Seid ihr völlig wahnsinnig geworden, meine armen Lämmchen? Er hätte euch treten können. Ich verbiete euch, dort hinzugehen, habt ihr verstanden?»

«Der Esel ist nicht mehr böse», sagt Alice. «Wir haben ihn sogar gestreichelt.»

«Was habe ich bloß angestellt, dass der liebe Gott mich mit solchen schwachsinnigen Kindern straft? Auf der Wiese ist es gefährlich!», schreit Rosy uns an.

«Wir sind aber nicht schwachsinnig», sage ich. «Und du musst uns nicht anschreien, weil du dir Sorgen gemacht hast. Keinem von uns ist was passiert, und der Esel hat sich ganz friedlich streicheln lassen. Der liebe Gott weiß Bescheid, weil er alles sieht. Du musst ihn nur fragen, dann wirst du schon sehen.»

«Ich habe mir Sorgen gemacht, weil ich euch lieb habe und weil ich nicht will, dass ihr euch in Gefahr bringt. Im letzten Jahr hat es die kleine Françoise auf der Wiese böse erwischt.»

«Vielleicht war sie nicht nett zu dem Esel», sagt Simon.

«Nett oder nicht nett, sie musste für mehrere Wochen ins Krankenhaus», sagt Rosy. «Dieses Tier ist gefährlich, glaubt mir!»

«Essen wir jetzt?», fragt Jujube.

«Rosy, stell dir vor, das kleine Mädchen würde dich zwicken oder mit einem Stock nach dir schlagen. Dann würdest du dich doch wehren, oder?»

«Ja, aber ich würde nicht auf ihr herumtrampeln, Simon.»

«Der Esel kann nicht sagen, dass sie kein Dessert bekommt oder Treppendienst machen muss», sagt Simon hartnäckig.

«Ich habe Hunger!», ruft Jujube.

«Sie hat alles aufgeleckt», sagt Alice und streichelt die Katze.

«Ich verbiete euch, die Wiese zu betreten, ob euch das passt oder nicht, und wenn ich einen von euch dort noch einmal erwische, bekommt er es mit mir zu tun!»

«Dann komm nächstes Mal mit», sagt Simon. «Dann kannst du selber sehen, dass der Esel nicht böse ist.»

«Es gibt kein nächstes Mal.»

«Ja dann», ruft Jujube, und er macht sich über das Brot her, als hätte er seit Jahren nichts zu essen bekommen.

«Liebe Rosy», sagt Simon ganz verzweifelt, «dann geh mit Gérard hin oder mit Michel und Eierkopf oder mit wem du willst. Bitte, tu es, wenn du uns lieb hast! Bitte, Rosy!»

Und wir rufen alle: «Bitte, bitte, Rosy!»

«Na gut, ich überlege es mir bis morgen. Zu Tisch jetzt, sonst gibt es bald kein Brot mehr, stimmt's, Jujube?»

«Wie?», fragt Jujube mit offenem Mund, in dem es ganz eklig aussieht.

Am nächsten Tag begleitet uns Rosy auf die Wiese, zusammen mit Michel, Gérard, Charlotte und Eierkopf, der schon zum zweiten Mal sagt: «Ist das wirklich nötig, dass ich mitkomme? Ich habe schließlich zu tun.»

«Gleich müssen wir weinen», sagt der Bärtige.

«Ja, gleich müssen wir weinen», wiederholt Ahmed, und darüber müssen alle lachen außer Eierkopf, der seine beleidigte Miene aufsetzt.

«Auf jeden Fall ist strengstens verboten, das Tor im Zaun aufzumachen, verstanden?», schärft uns Charlotte ein.

«Verstanden», sagen wir.

Es ist sowieso nicht nötig, das Tor aufzumachen, weil wir unter dem Zaun durchschlüpfen können. Aber das behalten wir für uns.

Die Katze weicht uns nicht mehr von den Fersen und schlängelt sich zwischen unseren Beinen hindurch.

Sie hat noch immer keinen anderen Namen als «Katze» oder «Miezekatze». Und man sollte meinen, dass sie uns verstehen kann, vor allem beim Essen.

Letzte Nacht hat sie in der Küche in einem Korb geschlafen, und beim Frühstück hat es nicht gut gerochen wegen ihrer «natürlichen Bedürfnisse», wie es der Bärtige ausdrückt. Rosy hat Gérard ins Dorf geschickt, und er ist mit einem Katzenklo zurückgekommen. Wir müssen es jeden Tag sauber machen, und heute war Boris dran, als er aus der Schule kam. «Puh!», hat er gesagt und sich die Nase zugehalten.

Wir hätten die Katze gern in die Schule mitgenommen und Monsieur Paul gezeigt, aber das hat Rosy nicht erlaubt, und als sie gesagt hat: «Sonst setze ich diesen Flohbeutel an die Luft», haben wir sie in Ruhe gelassen.

Manchmal muss man das tun, was die Erwachsenen von uns verlangen. Das ist eine Sioux-Kriegslist. Wir tun so, als wären wir einverstanden, und später, wenn Rosy supergute Laune hat, fangen wir wieder mit unserer Bettelei an. Und wenn sie die Katze an die Luft setzen sollte, dann würde es mich sehr wundern, wenn die Katze nicht zurückkäme wegen der Milch, dem Käse und den Schokobärchen, die sie frisst und nach denen sie sich das Maul leckt.

Wir stehen alle hinter dem Zaun, aber wir Kinder können nicht viel sehen, nur ich, weil ich einen Kopf größer bin als die anderen.

Der Esel schaut uns an und wedelt mit seinem Schwänzchen.

Ich weiß nicht, was ich davon halten soll, denn Charlotte hat mir einmal erzählt: «Im Unterschied zu den Hunden wedeln die Katzen mit dem Schwanz, wenn sie wütend sind.»

«Freut er sich, dass wir da sind?», frage ich Charlotte.

«Vielleicht, oder er will die Mücken verscheuchen.»

Rosy holt die Karotten aus dem Plastikbeutel und wirft sie auf die Wiese. Der Esel riecht an den Karotten, bevor er sie frisst. Zufrieden wendet er den Kopf hin und her, und schon bald liegt keine einzige Karotte mehr auf der Wiese, und der Esel kommt zu Rosy und beschnuppert die Plastiktüte, und Rosy macht einen Satz zurück.

«Du musst keine Angst haben», sagt Boris. «Er wollte nur nachschauen, ob du noch mehr Karotten hast.»

Und keiner von uns verrät, dass wir heute Morgen im Vorratsraum stibitzen waren, obwohl Jujube die Karotten aus der Tasche herausschauen.

Antoine schlüpft als Erster unter dem Zaun hindurch.

«Antoine! Komm sofort zurück!», rufen Charlotte und Rosy, während Michel und Gérard über den Zaun springen.

Der Esel weicht ein paar Schritte zurück.

Antoine hält ihm die Karotte hin und nähert sich langsam.

Rosy will über den Zaun klettern, aber sie ist nicht sportlich genug, und alle müssen lachen, als sie runterfällt.

Charlotte springt über das Gatter und geht zu Gérard, und Gérard hält sie zurück: «Lass ihn. Schau nur.»

Der Esel taucht sein großes Maul in die Hand von Antoine, und hinterher ist nur noch die Hand da.

Wir anderen nutzen das aus und kriechen unter dem Zaun hindurch, und Rosy kann die vielen kleinen Beine nicht festhalten, bis auf die von Jujube, die unförmig und langsam genug sind. Der Esel weiß nicht, wie ihm geschieht mit all den Karotten, und er frisst sie alle auf und tut niemandem etwas Böses und geht dann in den Schatten eines Baums. Alice nimmt die Katze auf den Arm, und dann springt die Katze plötzlich runter und fällt auf ihre Pfoten und läuft zu ihrem Freund, dem Esel.

«Miezekatze!», ruft Alice, aber die Katze hört sie nicht, denn sie liegt an den Esel geschmiegt, und Rosy ordnet an, dass wir den Rückzug antreten.

«Die Katze wird uns besuchen, wenn sie Hunger hat. Mach dir keine Sorgen, mein Schatz.»

«Siehst du», sagt Simon zu Rosy, «der Esel ist gar nicht bissig.»

«Das stimmt. Aber ganz beruhigt bin ich trotzdem nicht.»

«Mach dir keine Sorgen, wir passen schon auf dich auf», sagt Simon und legt seine Hand in Rosys Hand.

«Für den Löwen im Zirkus wäre die nur ein Bissen», sagt Charlotte.

Die Katze hat nichts gehört; sie versucht mit der Pfote den Sonnenstrahl zu erwischen.

Wir freuen uns, dass wir in den Zirkus gehen, aber wir wollen die Katze nicht allein lassen.

«Und wenn wir ihr eine Leine um den Hals legen?», fragt Boris.

«Wir können sie doch in deiner großen Tasche verstecken», sage ich.

«Nein. Tiere haben einen ausgeprägten Geruchssinn. Es würde der Katze nicht gefallen, eine Leine um den Hals zu haben oder in der Tasche eingesperrt zu sein und den Geruch der wilden Tiere zu riechen. Und die Zirkustiere würden die Katze riechen und verrückt spielen. Der Zirkus ist für Kinder gedacht, nicht für Katzen. Und dass ihr mir bloß nicht mit einer eurer Sioux-Kriegslisten kommt, verstanden? Auch du, Pflaume?»

«Ich habe nichts getan», sage ich.

«Das ist auch besser so.»

Wir streicheln trotzdem die Katze, der das egal ist.

Sie vergnügt sich mit ihrem Sonnenstrahl, und als wir aus dem Zimmer gehen, läuft sie nicht einmal hinter uns her.

Im Park steht ein dickes weißes Auto und vor dem Auto eine Dame in Sonntagskleidung, die eine Zigarette raucht. Sie klopft mit ihrem Finger dagegen, damit die Asche runterfällt, aber sie tut es zu oft, und die rote Spitze fällt runter, und die Dame hat nichts mehr zu rauchen außer der guten Luft von Fontaines. Ich kann gerade noch sehen, dass am Steuer ein Monsieur sitzt, als Charlotte mich ruft.

Ich steige in den Bus und gehe nach hinten, und es ist schwierig, einen Platz zu finden. Alle anderen sitzen auf ihren Knien, bis auf Jujube, der nicht da ist, und schauen das dicke weiße Auto an.

«Warum ist die Dame so angezogen?», fragt Ahmed.

«Weil sie in die Kirche geht», antworte ich.

«Unsinn, Pflaume», sagt Simon. «Heute ist Samstag, und am Samstag ruht der liebe Gott sich aus. Die Dame geht mit uns in den Zirkus.»

«Mit ihrem Parfum wird sie den Löwen ärgern», sagt Béatrice. «Wenn die Tiere einen ausgeprägten Geruchssinn haben, dann gute Nacht.»

«Wer ist die Dame?», frage ich.

«Das ist die Mama von Jujube», antwortet Simon. «Ich finde, er ist ein Glückspilz mit so einer hübschen Mama, und das Auto ist auch nicht von Pappe. Ein Mercedes! Die Eltern von Jujube haben ganz schön Zaster.»

«Zaster, was ist das?», frage ich Simon.

«Pflaume! Manchmal sollte man meinen, dass du dich mit Absicht so dumm stellst. Zaster ist das, was keiner hier hat. Das ist Geld, und zwar in rauen Mengen, so dass man nicht weiß, was man damit anfangen soll.»

«Ich wüsste es», sagt Béatrice. «Ich würde Mama besuchen, und wir würden dorthin fahren, wo Papa ganz weit weg ist.»

«Kann man mit dem Zaster von der Dame viele Stofftiere kaufen?», fragt Ahmed.

«Ja, so viele, dass man dich darunter gar nicht wiederfinden würde», sagt Simon.

«Ich würde mit meinem Bruder für immer ans Meer ziehen. Stimmt's, Boris?»

«Das wäre nicht dasselbe wie früher.»

«Vielleicht, aber wir haben den Zaster ja sowieso nicht.»

«Kinder!», ruft Charlotte. «Setzt euch sofort auf eure Plätze!»

Gérard legt eine Kassette ein, und Sheila singt: *L'école est finie*.

Wenn das nur wahr wäre.

Ich sitze neben Camille. Sie schaut aus dem Fenster und betrachtet die Landschaft, als wäre sie dort.

«Woran denkst du?», frage ich.

«An die Kinder, die richtige Eltern haben und jetzt gerade mit ihnen zusammen sind.»

Und sie schaut mich an, und mir wäre es lieber, sie wäre wieder in der Landschaft.

«Richtige oder falsche, das ist uns egal, Camille. Wichtig ist doch nur, dass man uns lieb hat, oder?»

«Das ist nicht dasselbe.»

«Weißt du, manchmal träume ich, dass ich noch bei Mama bin. Ich habe nicht in ihrer Schublade geschnüffelt und keinen Revolver gefunden. Sie redet immer nur mit dem Fernseher, und ich bin ganz allein. Ich kann mit dem dicken Marcel oder mit Grégory schussern, und ich kann den Sohn vom Nachbarn beneiden, der mit den Schweinen redet, aber es dauert nicht lange, und ich langweile mich, wenn ich zu Hause bin. Und wenn ich später erwachsen bin, gehe ich in der Fabrik arbeiten, und wenn ich heimkomme, bringe ich der Mama ihre Bierchen, und dann schauen wir fern bis spät in die Nacht und legen uns nicht ins Bett zum Schlafen, sondern schlafen auf dem Sofa, und dann bin ich froh, wenn ich aufwache und weiß, dass ich in ihrer Schublade geschnüffelt habe.»

«Ich träume nicht, Pflaume. Und ich weiß, dass Papa so oft verreist ist, weil es zu Hause immer Streit gab. Mama war immer mit ihren Nadeln und den Herzen, die geflickt werden mussten, beschäftigt, weil sie nicht wusste, wie man sagt, dass man den anderen lieb hat. Aber sie war trotzdem meine Mama, und ich hatte einen Papa und ein Zuhause mit einem eigenen Zimmer, und wenn ich zum Frühstück die Treppe runterkam, war das meine Treppe, und wenn ich meinen Kakao getrunken habe, hatte ich meine Lieblingstasse mit dem kleinen grünen Henkel, auf die mein Name geschrieben war, und ich bin mir sicher, dass es allen Kindern so geht, die hier wohnen. Auch wenn ihre Eltern sich verprügeln oder die Kinder an die Heizung binden oder wenn sie im Gefängnis sind oder versuchen, mit dem Trinken aufzuhören, oder was auch immer, sind es trotzdem ihre Eltern, und es ist ihr Zuhause, und das ist immer noch besser, als in Fontaines zu sein.»

«So kannst du das nicht sagen, Camille. Hier haben wir alles. Bei mir zu Hause gab es immer nur Nudeln mit Ketchup oder Kartoffeln oder Hackfleisch oder Aufstrich. Von Spinat hatten wir noch nie gehört. Hier gehen wir schwimmen, wir spielen Fußball, wir lernen Skifahren, und die Heimwehstreuer kümmern sich um uns. Hier sind wir doch glücklicher, und ich habe dich, ich habe Simon und die anderen.»

«Du siehst alles immer von der Sonnenseite. Manchmal beneide ich dich richtig. Ich kann die Hexe nicht so leicht vergessen, und eines Tages werden Simon und deine anderen Freunde groß und gehen weg, und du siehst sie nie wieder. Vielleicht sogar mich.»

«Nein, dich werde ich nie verlieren. Antoinette hat mir schon gesagt, dass ich dich heiraten werde. Und außerdem ist Raymond da. Er würde nie zulassen, dass uns jemand etwas antut, und er weiß, dass ich ihn nur mit dir zusammen besuchen gehe, und er hat dich so gern wie mich, sogar wie Victor, und es ist doch besser, das Leben von der Sonnenseite zu sehen als von der Regenseite.»

Camille nimmt meine Hand und drückt sie ganz fest: «Wenn ich mit dir zusammen bin, habe ich nicht so viel Angst.»

«Du wirst immer mit mir zusammen sein. Mach dir darüber keine Gedanken.»

Raymond, Victor und Antoinette erwarten uns am Zirkuseingang, und ich bin superstolz, als Raymond mich fragt, ob ich Lust habe, den Rollstuhl von Antoinette zu schieben.

«Ein richtiger kleiner Muskelprotz», sagt Antoinette, die mir trotzdem hilft, die Richtung zu halten, und Raymond hilft mir auch, vor allem, als wir den Rollstuhl auf der Treppe festhalten müssen, und das ist auch gut so, denn sonst wäre er mir davongesaust, obwohl ich ein richtiger kleiner Muskelprotz bin.

Wenn man seine Beine nicht mehr benutzen kann, sind die vielen Treppen ganz schön unpraktisch.

Wir sitzen alle in der ersten Reihe unter dem riesengroßen Zirkuszelt, und sogar Antoinette hat einen eigenen Sitzplatz.

Jujube ist zwischen seinen Eltern eingepfercht, die seine Hände gekidnappt haben. Da wird er sich schwer tun, an seine Kekse heranzukommen.

Seine Mama sagt «Julien» zu ihm, und das klingt für uns ganz komisch: Wir hatten völlig vergessen, dass er einen richtigen Namen hat.

Sein Papa lockert sich die Krawatte und den obersten Hemdknopf. Sein Gesicht ist von der Sonne verbrannt, genau wie das der Mama, und sie sehen aus, als wären sie sehr glücklich, bei ihrem Sohn zu sein, den sie die ganze Zeit mit den Augen verschlingen. Jujube hat sich in seinen Sitz vergraben und sieht aus, als wäre er schlecht gelaunt.

Er reißt seine Hand aus der seines Papas und steckt sie in die Tasche. Dann fördert er einen Keks zutage und strahlt über das ganze Gesicht und lächelt sogar seine Eltern an, aber abgeben würde er ihnen keinen von seinen Keksen.

Typisch Jujube.

Außerdem sind seine Eltern ganz dünn und gehören sicher nicht zu den Leuten, die sich mit «Schweinereien voll stopfen», wie Rosy es ausdrückt.

Bis auf die Zigaretten der Dame.

Hier darf sie nicht rauchen, aber sie hat trotzdem eine zwischen den Fingern, die sie aus einer hübschen flachen Dose genommen hat, nur unangezündet, und ab und zu führt die Mama von Jujube sie an die Lippen und tut so, als würde sie sie rauchen, und so ist es für alle am besten: Sie kann sie ewig lange rauchen, und niemand muss husten.

Als der Vorhang aufgeht, sind wir schon ganz aufgeregt.

Es regnet Konfetti und Luftschlangen und Luftballons in allen Farben, und es ist schwer, in so einem Regen brav zu bleiben.

Und in dem Zirkus sind lauter Kinder, die durcheinander reden und rufen. Eines versucht sogar, auf die Bühne zu klettern, und sein Papa, der ganz rot im Gesicht ist, muss ganz schnell hinterherlaufen, um es einzufangen.

Charlotte und Rosy stehen die ganze Zeit auf, damit wir uns hinsetzen. Am besten würden sie stehen bleiben.

Als könnte man von uns erwarten, dass wir sitzen bleiben, wenn es Luftballons regnet, die man mit der Hand anstoßen kann, damit sie ganz weit fortfliegen! Und der Boden ist voll mit Popcorn, das man uns am Eingang geschenkt hat und mit dem wir uns eine Superschlacht liefern. Und Tonnen von Konfetti und Luftschlangen, die uns auf die Haare fallen, so dass Ahmed auf einmal Haare in allen Farben hat.

Ein Monsieur in einem Mantel aus Licht fragt uns in sein Mikrofon, ob es uns gut geht und ob wir uns freuen, dass wir da sind, und wir schreien: «Jaaa!», bevor er ausgesprochen hat, und er schaut uns an und sagt: «Ich sehe, dass die Kinder in der ersten Reihe gute Laune mitgebracht haben», und wir werden ein bisschen rot, als hätte man mit dem Finger auf uns gezeigt, aber gleichzeitig sind wir irre stolz.

Zwei Clowns machen Unsinn, während der Monsieur weiter in sein Mikrofon spricht, und sie laufen hinter ihn, um mit den Fingern Eselsohren hinter seinem Kopf aufzustecken, und wir hören: «Pass auf, hinter dir!», und das war Ahmed, der aufgestanden ist und mit ausgestrecktem Finger die Clowns verpetzt.

«Danke, mein Kleiner», sagt der Monsieur in sein Mikrofon, und er dreht sich um und hebt die Arme und macht: «Husch!» zu den Clowns, die rückwärts umfallen.

«Sind sie tot?», fragt Ahmed.

Und alle, die ihn hören können, müssen lachen.

«Ahmed, setz dich bitte hin», sagt Charlotte, «sonst kann der kleine Junge hinter dir nichts sehen.»

Dann stehen die Clowns wieder auf und zwinkern Ahmed zu, der sich sofort hinsetzt, und sie holen Bälle aus ihren großen Hosentaschen und drehen die Bälle ganz schnell auf der Fingerspitze, während sie mit der anderen Hand ab und zu an den Ball schlagen, und alle Zuschauer klatschen Beifall. Einer der Clowns geht auf uns zu, und der andere tritt ihm in den Hintern und läuft schnell weg bis ans andere Ende der Bühne.

«Willst du mit mir kommen?», fragt der Clown Ahmed und reicht ihm die Hand.

Ahmed schaut zu Rosy, die mit dem Kopf ja sagt, und er lässt sich von dem Clown mitziehen.

«Wie heißt du? Ahmed? Applaus für Ahmed, meine Damen und Herren!»

Und wir in der ersten Reihe klatschen, bis uns die Hände wehtun.

Der Clown sagt zu Ahmed, dass er seinen Finger hochhalten soll, und er dreht den Ball erst auf seinem eigenen Finger, bevor er ihn Ahmed auf den Finger setzt, und Ahmeds Finger knickt unter dem Gewicht und vor Schiss ein, und der Ball fällt auf den Boden.

«Du musst den Finger ganz fest und ganz gerade halten», sagt der Clown und macht alles noch einmal, und Ahmed lässt den Ball nicht fallen, und der Ball dreht sich wie ein Kreisel, und wir rufen: «Ahmed ist der Größte!»

Ahmed geht auf seinen Platz zurück, und die Clowns jonglieren mit Tellern und Gläsern und sogar mit Salatschüsseln, und ich denke mir, dass es keinen Sinn hätte, das in Fontaines nachzumachen, weil man alles zerbrechen würde und dafür ausgeschimpft würde, auch wenn man nur einen Clown spielen wollte.

Nach den Clowns kommt ein Paar, das ganz rot angezogen ist und die ganze Zeit lächelt. Man sollte meinen, dass ihnen das Lächeln am Mund festgeklebt ist. Sogar als der Monsieur über Feuer geht, lächelt er. Die Dame wirft Glassplitter auf den Boden, vielleicht von einer der Salatschüsseln der Clowns, und lächelt dabei. Und der Monsieur trampelt mit nackten Füßen darauf herum und lächelt dabei. Hinterher steckt er sich Nadeln in die Backen und lächelt dabei.

Jujube muss darüber kein bisschen lächeln.

Er versteckt das Gesicht an der Brust von seinem Papa, denn seine Hände sind wieder gekidnappt.

Und dann fordert der rotgekleidete Monsieur uns auf, auf die Bühne zu kommen, und wir machen uns vor Schiss schier in die Hosen.

Ich will nicht über Feuer oder über Glassplitter gehen oder über irgendwelchen anderen Quatsch.

Wir gehen trotzdem auf die Bühne und sind ziemlich kleinlaut, als der Monsieur uns in einer Reihe vom Kleinsten bis zum Größten aufstellt und uns Fackeln mit Feuer in die Hände gibt, die wir so hoch wie möglich halten müssen. Wir trauen dem Frieden nicht. Die Dame lächelt immer noch und macht mit ihrem Bein ein paar Tanzschritte und streift uns dabei, und ich denke mir, dass sie ausrutschen kann, und dann haben wir die Bescherung. Auch mit erhobenem Arm spüre ich die Hitze, und das finde ich gar nicht gemütlich. Und dann fordert Monsieur Grinsekopf uns auf, ihm die Fackeln zu reichen, und er löscht das Feuer in seinem Mund aus, und ich bin als Letzter dran und bin sehr froh, als er das Feuer von meiner Fackel aufisst, und ich denke mir, dass das Lächeln vielleicht vom Feuer gemalt ist, weil er den Mund immer so weit aufreißen muss.

Auf jeden Fall werde ich ganz sicher nie versuchen, so etwas nachzumachen.

Ich bin doch nicht bescheuert.

Der alte Zauberer, der gefällt mir besser.

Mit seinem großen spitzen Hut und seinem langen Umhang voller Sterne und Monde sieht er aus wie Merlin persönlich.

Die große Blondine, die mit ihm kommt, sieht ganz anders aus.

Sie hat ein Kleid mit rosa und weißen Karos an, und ihr Mund ist rosa angemalt, genau wie ihre Backen, und ihre Haare sind zu Rattenschwänzchen frisiert, und sie sieht ein bisschen dämlich aus wie alle Damen, die sich als kleine Mädchen verkleiden. (Antoinette hat mir gesagt, das läge daran, dass sie sich vor dem Alter fürchten und dass die alten Damen sich als kleine Mädchen verkleiden, weil sie glauben, die Zeit würde nicht merken, dass sie zu schummeln versuchen.)

Die große Blondine nimmt aus einem Korb alle möglichen Sachen, die sie uns von allen Seiten zeigt, als wären wir auf dem Markt und wollten die Sachen kaufen, und erst dann gibt sie dem Zauberer seinen Zauberstab, den Hut, das Konfetti oder den Schal. Und die große Blondine, die ein bisschen dämlich aussieht, freut sich, dass alles klappt, und ruft «Ah!» und «Oh», als der Zauberer ein Kaninchen aus dem Hut holt, und reißt die Augen auf, als das Konfetti sich beim Runterfallen in das Muster auf dem Schal verwandelt. Und dann kriecht sie ganz vergnügt in den Koffer, als wäre es der schönste Tag ihres Lebens, und der alte Zauberer macht den Koffer zu, und dann wird ein Trommelwirbel geschlagen, und als er den Koffer wieder aufmacht, ist die große Blondine verschwunden und Vögel fliegen heraus. Ein großer Lichtstrahl fällt quer durch das Zelt bis ans obere Ende der Treppe, und siehe da, dort oben steht die große Blondine, und sie hat sogar Zeit gehabt, sich als Rotkäppchen zu verkleiden, und sie lutscht an einer riesigen Zuckerstange, als sie die Stufen hinunterkommt. Auf der Bühne lässt sie den roten Umhang fallen, und Rosy sagt: «Das ist kein Anblick für Kinder.»

Aber das mit den Pailletten dauert nicht lange, denn der Zauberer lässt sie in eine Kiste steigen, aus der nur ihre Füße und ihr Kopf herausragen. Und die bewegt sie hin und her, als wäre es in der Kiste supergemütlich. Und als der alte Zauberer eine riesengroße Säge über ihr schwingt und wieder ein Trommelwirbel geschlagen wird, kichert sie, als wäre das alles furchtbar komisch. Der Zauberer schneidet sie seelenruhig in zwei Stücke, und ich denke mir, dass Raymond, der Gendarm, eingreifen wird, um der dummen Kuh zu helfen, aber er denkt nicht daran, sondern lacht auch, und ich bin fassungslos. Der Zauberer nimmt die zwei Kisten auseinander, in denen sich die Füße und der Kopf bewegen. Das, was von der großen Blondine übrig ist, rollt mit den Augen von rechts nach links, und alle klatschen Beifall, nur ich nicht.

Für so etwas werde ich nicht noch klatschen.

Und da schiebt der Zauberer die zwei Kisten wieder aneinander, wedelt mit dem Zauberstab und sagt dazu: «Abrakadabra», und die große Blondine, die ein bisschen dämlich aussieht, steigt quietschfidel aus der Kiste und hebt sogar ihren Paillettenanzug an, um uns zu zeigen, dass sie unverletzt ist, und ich denke mir, dass ich später einmal Zauberer werden will, weil das noch besser ist als der liebe Gott, der den Leuten nur zuhört, ohne ihnen ihre Wünsche zu erfüllen.

Ich mache ein Auge zu und dann das andere, als der Monsieur auf der Schaukel hin- und herschwingt und dabei eine Dame an den Händen hält und sie auf eine zweite Schaukel wirft. Ich habe das Netz unter ihnen gesehen, aber mir ist jetzt noch ganz anders zumute. Trapezkünstler ist ein komischer Beruf. Wer sein Leben damit verbringt, in der Leere herumzuturnen, damit ihm die Leute Beifall klatschen, der muss wirklich «Erbsen im Kopf haben», wie Rosy manchmal von uns sagt. Aber das war noch nicht das Schlimmste. Das Schlimmste war, dass sie sogar auf einem großen Stahlseil über dem Netz Fahrrad gefahren sind. Und um es noch schwieriger zu machen, ist die Dame dem Monsieur auf die Schultern geklettert und hat sich dann aufgerichtet.

Das ist mehr, als ich ertragen kann.

Ich mache die Augen zu.

Als ich sie aufmache, bin ich im Maul des Löwen. Oder so gut wie.

Der Peitschenknall hat mich geweckt.

Der Löwe weicht zurück und klettert auf das Sprungbrett.

Ich schaue meine Freunde an, und ihre Blicke sind voller Entsetzen.

Die Russische Bergbahn war mir lieber. Da mischen sich wenigstens Schrecken und Vergnügen.

Und jetzt verlangt der Monsieur mit seiner Peitsche vom Löwen, dass er springt, und ich an seiner Stelle würde es nicht riskieren, durch einen Feuerreifen zu springen. Der Löwe bewegt sich mit ganz langsamen Pfoten auf dem Sprungbrett, und man sollte meinen, dass er überlegt, ob er springen soll oder lieber nicht, und dann, hopp!, springt er so geschmeidig wie eine Katze durch den brennenden Reifen, ohne sein schönes Fell zu versengen, und die Nummer ist zu Ende.

Der Monsieur in dem Mantel aus Licht kommt mit den zwei Clowns wieder, und sie hoffen ins Mikrofon, dass wir uns gut amüsiert haben, und die Clowns machen Purzelbäume rückwärts, und der Monsieur winkt uns zum Abschied zu, und Ahmeds Stimmchen ist zu hören: «Ist es zu Ende?», und der Monsieur in der Kleidung aus Licht antwortet: «Nein, mein Kleiner, der Zirkus ist nie zu Ende.»

Und jetzt verstehe ich, warum Rosy manchmal zu uns sagt: «Was soll dieser Zirkus? Nimmt das denn nie ein Ende?»

Raymond will mir nicht sagen, wohin wir fahren.
Ich weiß, dass es sich um eine «Überraschung» handelt und dass Camille und ich früh in Fontaines abgeholt werden, «damit wir jeden Sonnenstrahl ausnutzen können».

Überraschungen mag ich nicht besonders. Manchmal sind es Enttäuschungen: Unten in der Wundertüte ist nur ein Plastikei mit einem Soldaten drin. Oder man kriegt zu starkes Herzklopfen und kämpft mit den Tränen und kann nichts mehr essen wie bei dem Schokoladenkuchen von Ferdinand bei meinem Geburtstag.

Ich lasse nicht locker am Telefon.

Raymond sagt: «Okay, es gibt ein Picknick mit einem Korb voller Leckereien.»

Und ich denke an nichts anderes mehr.

Im Wagen sitzt Antoinette vorne, und ihr Rollstuhl liegt im Kofferraum. Das weiß ich, weil ich hineingeschaut habe, bevor ich eingestiegen bin, aber von dem Picknickkorb war nichts zu sehen.

«Wo ist der Picknickkorb?», frage ich Raymond.

«Den hat Antoinette auf dem Schoß. Und pass auf beim Einsteigen, die Kühlbox steht hinter meinem Sitz.»

«Was ist eine Kühlbox?»

«Eine Kiste, in der es kalt bleibt. Mach den Kofferraum zu und steig ein, Pflaume.»

Ich stelle meine Füße auf die Kühlbox und lege das Kinn auf meine Knie.

Bevor Victor seinen Comic aufschlägt und mit Tim und Struppi zum Mond fliegt, flüstert er mir ins Ohr: «Antoinette sitzt auf dem Platz des Toten.»

Ich frage mich, welchen Toten er meint.

Bei Raymonds Beruf gibt es sicher genug Auswahl, aber ich kann mir nicht vorstellen, welcher Tote anstelle von Antoinette neben Raymond sitzen könnte. Außerdem können Tote nicht mehr reden, und Raymond lässt sich gerne alles Mögliche erzählen, während er fährt.

Antoinette redet nicht viel, das stimmt, aber sie summt, und das ist auch schon etwas.

Der Gendarm schläft nicht am Steuer ein, und wir landen nicht im Straßengraben, so wie der Wagen mit den ganzen Feuerwehrmännern drumherum, an dem wir vorhin vorbeikamen, obwohl wir nur den schwarzen Hintern von dem Mercedes zu sehen bekommen haben und ich froh war, dass er nicht weiß war wegen Jujubes Eltern, die beschlossen haben, nie mehr ohne ihren Sohn zu verreisen.

Camille hat nichts gesehen; sie schläft, an die Tür gelehnt, und wenn man ihr braves Gesichtchen sieht, denkt man nicht, dass der Tod in ihren Träumen etwas zu suchen hat.

Antoinette scheint nichts davon zu ahnen, dass sie auf dem Platz von einem Toten sitzt; sie hält den Korb so fest, als wollte man ihn ihr wegnehmen, und der Unfall hindert sie nicht am Weitersummen.

«Wer ist der Tote?», frage ich Antoinette, mit der Hand auf ihrer Schulter.

«Der Tote? Welcher Tote?», fragt sie, ein wenig erschrocken.

Victor kommt vom Mond zurück und verpasst mir einen Fußtritt. «He, du Arsch, was soll das?»

«Victor, keine Kraftausdrücke, wenn ich bitten darf», sagt Raymond zur Straße. «Und Icare, wie kommst du auf die Idee, so etwas zu sagen?»

«Das war nicht ich, das war Victor!»

«Das ist nicht wahr!»

«Doch, du hast zu mir gesagt, dass Antoinette auf dem Platz des Toten sitzt.»

«Aber nicht, damit du es weitersagst, du Petze.»

«Ich bin keine Petze.»

«Doch, bist du.»

«Nein.»

«Doch.»

«Ruhe da hinten», brummt Raymond, der uns in seinem Spiegel anschaut. «Der Platz des Toten, das ist nur eine Redensart, Pflaume. Das soll heißen, dass der Beifahrersitz im Fall eines Unfalls kein guter Platz ist.»

«Das ist keine schöne Redensart», sage ich.

«Nein, das ist es nicht», wiederholt Antoinette. «Und du achtest besser auf die Straße, Raymond. Ich habe heute nicht vor, die Redensart Realität werden zu lassen.»

«Dir sage ich nichts mehr», murmelt Victor, während er in seinem Comic blättert.

«Entschuldige, ich wollte keinen Streit», sage ich und nehme seine Hand.

«Okay», sagt Victor, ohne meine Hand loszulassen.

«Ist dein Buch gut?»

«Ja. Willst du mitlesen?»

«Einverstanden.»

Und mir wird schnell übel davon, die Abenteuer von Tim und Struppi auf dem Mond zu lesen, aber ich halte den Mund, um Victor nicht zu verärgern. Ich lasse das Fenster ein bisschen herunter, um Luft einzuatmen, aber ich muss es wieder zumachen, weil Antoinette sich «nicht den Tod holen» will, und ich denke mir, dass heute nicht ihr Glückstag ist.

Als könnte man sich den Tod durch das offene Fenster hereinholen! Dann hätte ich ihm schon endlos oft begegnen müssen bei den vielen Fenstern, die ich aufgemacht habe. Übersehen kann man ihn schließlich nicht mit seinem schwarzen Mantel und seinem krummen Schwert wie im Film.

Es ist nicht meine Schuld, wenn ich nicht alles verstehe, was man zu mir sagt.

Wenigstens frage ich, und es ist nicht meine Schuld, wenn die anderen mich für einen Idioten halten oder wie Simon denken, ich hätte «nicht alle Tassen im Schrank».

Bloß weil man nie fragt, weiß man noch lange nicht alles.

Simon zum Beispiel weiß alles über uns andere, aber nicht viel über sich selber, und die Antworten auf seine Fragen wird er nicht in den Unterlagen der Heimwehstreuer finden. Ich weiß, dass er viel zu stolz ist, um Madame Papineau zu fragen, die seine Mama gut gekannt hat.

Ich an seiner Stelle hätte sie mit Fragen gelöchert.

Aber für Simon kommt das nicht in Frage.

Es ist kein Kunststück zu sagen, Fontaines wäre ein Knast, wenn man sich nicht die Mühe macht, die Gitterstäbe zu durchsägen, um hinauszugelangen.

Und bei den Erwachsenen ist es auch so.

Lauter Fragezeichen ohne Antworten, weil alles im Kopf eingesperrt bleibt und nie zum Mund herauskommt. Und hinterher kann man auf den Gesichtern die ganzen Fragen lesen, die nie gestellt wurden, und das bedeutet nichts als Unglück und Traurigkeit.

Die Falten sind nichts anderes als eine Kiste voller ungestellter Fragen, die sich im Lauf der vergehenden Zeit gefüllt hat.

Antoinette fragt auch nie. Sie summt lieber.

Und ich kann sehen, dass ihr Gesicht von Zeit zu Zeit ganz grau wird, als würde die Sonne sich auf einmal hinter den Wolken verstecken. Wenn sie summt, ist sie anderswo, und ihr ganzes Gesicht strahlt, auch wenn es aussieht wie ein verschrumpelter Apfel.

Wenn ich einmal alt bin, dann werde ich immer zehn Jahre alt sein und alle möglichen dämlichen Fragen stellen und keine einzige Falte haben.

«Woran denkst du?», fragt Camille und streckt sich mit allen vieren wie die Katze.

«An nichts», lüge ich.

«Du siehst aber nicht aus, als würdest du an nichts denken.»

«Und wie sehe ich aus?»

«Wie jemand, der an etwas Ernstes denkt. Deine Nase ist ganz kraus, und dein Mund ist verzogen wie ein Froschmaul.»

«Das siehst du bei mir?»

«Ja, nicht zum ersten Mal. Pass auf, eines Tages bleibt dein Gesicht so, und dann siehst du immer so aus.»

Sie schaut mich von unten an und macht die Grimasse nach, und es sieht nicht sehr hübsch aus.

«So sehe ich aus?»

«Ja.»

Und sie lacht.

Und ich sehe in der Ferne das Meer und bin völlig aus dem Häuschen.

Ich habe es schon so oft im Film gesehen, aber das ist etwas ganz anderes.

Mama wollte nie mit mir ans Meer fahren. Sie hat immer gesagt, es wäre zu teuer und zu gefährlich wegen dem Sohn von der Dame aus der Fabrik, der in eine Welle geraten ist, wo es so ähnlich war wie in der Waschmaschine.

Das Meer ist riesengroß.

Es ist nicht meine Schuld, wenn es im Fernsehen so klein aussieht.

Ich bin sicher der einzige kleine Junge, der noch nie am Meer war.

Und deshalb gebe ich mich ganz cool. Ich gehe am Strand entlang und bleibe stecken und habe die Schuhe voller Sand.

«Warum behältst du die Schuhe an?», fragt Camille, die barfuß ist und ihre Sandalen in der Hand hält.

Ich sehe mich um.

Ich bin der Einzige, der Schuhe an den Füßen hat, bis auf Antoinette, die von Raymond getragen wird und in deren Stiefeln sich die Sonne spiegelt.

Am Wasser gehen Leute im Badeanzug (wohin, weiß ich nicht) mit nackten Füßen, die im Wasser ertrinken.

Und außerdem liegen lauter Tote reglos auf ihren Handtüchern.

Ich ziehe alles aus bis auf die Unterhose.

Raymond setzt Antoinette im Schatten des großen gelben Sonnenschirms in ihren Liegestuhl. Wir Kinder legen ein weißes Badetuch auf den Sand. Alle unsere Kleider bis auf die von Antoinette hängen unter dem Sonnenschirm.

Sie sagt: «Badeanzüge sind nichts mehr für mich.»

«Geh doch einfach ohne», sage ich.

«Pflaume! Willst du, dass die Sonne sich vor Schrecken versteckt?»

Und sie lacht, und man sieht, dass in ihrem Mund nicht mehr viele Zähne sind.

Ich schaue den weichen Bauch von Raymond an. Wie ein schlaffer Ballon. Auf seiner Brust und seinen Schultern hat er eine Haarmatte, und das sieht komisch aus auf der Haut, die so weiß ist wie die Zähne von Béatrice.

Camille nimmt mich an der Hand, und wir laufen bis zum Meer.

Mit dem Schwimmbad hat das nichts zu tun: Das Wasser ist superkalt und supergrau.

Die Sonne könnte sich ruhig ein bisschen ins Wasser hängen, statt da oben am Himmel anzugeben.

«Du Feigling», ruft Camille, die sich ins Wasser stürzt.

«Du wirst schon sehen, ob ich ein Feigling bin», sage ich und laufe ins Wasser, und eine Welle stellt mir ein Bein und wirft mich um.

«Das ist supergroß», sage ich.

«Was?»

«Das Meer. Im Schwimmbad sieht man den Beckenrand.»

«Ja, aber hier haben wir mehr Platz, um Purzelbäume zu machen.» Und Camille verschwindet im Wasser.

«Es ist megakalt», sagt Victor zähneklappernd.

«Spinnst du», sage ich, «du hast mich erschreckt.»

«He, hallo, Papa! Wir sind hier!»

Ich kann nur sehen, denn bei Victors Geschrei kann ich nichs mehr hören.

Oder es liegt am Meer, das mir in die Ohren gelaufen ist, als ich Camilles Purzelbaum nachmachen wollte.

Ich sehe, wie mein pitschnasser Engel einen Purzelbaum rückwärts macht.

Und ich sehe Raymond wie eine Tänzerin auf uns zukommen.

Es sieht aus, als wollte er dem Wasser nicht wehtun oder als wüsste er nicht, wo er hintreten soll. Er macht die komischsten Grimassen und spritzt sich dabei Wasser auf die Arme und in den Nacken, bevor er das Gleichgewicht verliert und wie ein Walfisch im Film ins Wasser fällt.

Camille, Victor und ich waten im Wasser zu ihm und springen auf seinen dicken Bauch, der wie ein Pudding samt Karamellhaube aus dem Wasser ragt.

Raymond packt Victor an einem Fuß und einer Hand und lässt ihn «fliegen»: Er wirbelt ihn durch die Luft und lässt ihn im Wasser landen.

«Ich will auch fliegen!», sage ich.

«Ich auch!», sagt Camille.

«Noch mal!», ruft Victor.

Und Raymond lässt uns alle drei immer wieder fliegen, und wir wollen gar nicht aufhören, und Raymond ist ein bisschen erschöpft und lässt mich versehentlich los, und ich trinke einen

Schluck Salzwasser, und hinterher klopft Camille mir auf den Rücken, und ich spucke das Meer wieder aus.

«Alles in Ordnung, mein Kleiner?», fragt Raymond.

«Ja, noch einmal bitte», antworte ich.

Und Raymond nimmt mich um die Taille und wirft mich hoch wie einen Ball, und bevor ich schreien kann, bin ich tief im Wasser.

«Jetzt mich!», sagt Victor.

«Nein, mich», bettelt Camille.

Nach diesem Spiel steigen wir Raymond auf die Schultern und halten uns die Nase zu und lassen uns nach hinten fallen, und danach spielen wir «Wasserski», die Füße auf seinen Knien, die Hände in seinen Händen, Beine und Arme angespannt, und Raymond paddelt rückwärts und macht ein Motorboot nach, und dann gehen wir aus dem Wasser, weil wir irre Hunger haben.

Antoinette schnarcht mit zurückgelegtem Kopf, und Victor lässt ihr ein Brotstückchen in den offenen Mund fallen, und sie wacht auf, weil sie sich verschluckt, und wir müssen lachen.

Wir ziehen unsere Unterhosen aus und lassen sie unter dem großen gelben Sonnenschirm trocknen, und ich nutze die Gelegenheit, um den Schniepel von Victor zu begutachten, der genauso klein ist wie meiner, was mich ein bisschen beruhigt. Raymond gibt uns Handtücher, damit wir nicht ganz nackt bei Tisch sitzen. Aus dem Korb holen wir Kartoffelchips, Teller, Gläser, Messer und Gabeln. Es ist alles zum Wegwerfen, nur die Chips natürlich nicht. Das ist praktisch, weil man hinterher nichts abspülen muss.

Dann macht Raymond die Kühlbox auf und reicht uns Plastikdosen mit lauter guten Sachen drin, mit harten Eiern, Radieschen, Hühnchen und Äpfeln. Ich streue ein bisschen Salz auf das harte Ei, so wie Raymond, und beiße rein und habe Sand im Mund. Niemand benutzt die Plastikteller für das Hühnchen;

sogar Antoinette isst mit den Fingern, und es ist super, auch wenn die Finger hinterher klebrig sind. Ich reibe meinen Apfel an der Serviette, damit er schön glänzt, und als ich reinbeiße, habe ich wieder Sand im Mund.

Dann springen wir in unsere fast trockenen Unterhosen, Raymond bringt den Sonnenschirm ans Wasser und holt Antoinette; sie hat sich einen Hut aus Zeitungspapier aufgesetzt, der wie ein Schiff aussieht.

Und wir schieben Antoinettes Rollstuhl in den Schatten des Sonnenschirms, und die Räder knirschen im Sand.

Dann nehmen wir Eimer, Schaufeln und Rechen, weil wir ein Schloss bauen wollen, das wie Fontaines aussieht.

Raymond legt sein Badetuch neben den Rollstuhl und streckt sich auf dem Bauch darauf aus und schläft sofort ein. Auf den Schultern hat er auch die Haarmatte.

Victor leert den Eimer mit dem Sand aus, ich grabe mit der Schaufel um die Burg herum, damit sie vor den Wellen geschützt ist, und Camille sammelt am Strand Muschelschalen. Antoinette reicht mir eine Fahne, die sie mit den Fingern aus einem Zahnstocher und einem Stück Zeitung gebastelt hat. Camille kommt zurück, die Hände voller Schätze, und wir schmücken unsere Burg.

Sie sieht nicht genau wie Fontaines aus, aber hübsch ist sie trotzdem.

Wir gehen zu Raymond und wecken ihn, indem wir an den Haaren auf seinen Schultern ziehen, obwohl Antoinette sagt: «Lasst ihn schlafen.» Raymond macht ein Auge auf und beäugt damit die Burg. Er sagt: «Großartig», macht das Auge wieder zu und rollt sich auf seinem Badetuch zusammen.

«Oma, dürfen wir ins Wasser gehen?», fragt Victor ein bisschen enttäuscht.

«Ja, aber geht nicht zu weit weg. In meinem Alter sieht man nicht mehr sehr gut.»

Da soll sich einer auskennen! Manchmal sagt Antoinette, dass sie viel weiter sieht, als man denkt, und andere Male sagt sie das Gegenteil.

Wir versuchen uns gegenseitig ins Wasser zu werfen, aber ohne Raymond ist es nicht so lustig. Wir versuchen Flugzeug zu spielen, aber unsere Arme haben keine Kraft und können nichts stemmen. Aus dem Flugzeug wird ein U-Boot.

Wir setzen uns auf den Strand, die Ellbogen im Sand und die Beine im Wasser, und schauen einem großen Schiff in der Ferne zu, das langsam vorbeifährt.

«In den Sommerferien nimmt Papa mich an das warme Meer mit.»

«Du hast es gut», sage ich und streue mir Sand über die Beine.

«Ja, und Antoinette kommt auch mit. Wir wohnen in einem kleinen Haus, und das warme Meer ist nicht ganz nah, aber man kann es vom Fenster aus sehen.»

«Wie ist das warme Meer?», frage ich dummerweise.

«Na, warm eben. Du stellst manchmal vielleicht Fragen. Warst du etwa noch nie dort?»

«O doch, schon oft», lüge ich.

«Das stimmt nicht, Pflaume», sagt Camille. «Du bist rot geworden wie beim Lügen.»

«Das kommt von der Sonne.»

«Du hast dich nicht gesehen, als wir angekommen sind, aber ich habe dich gesehen. Du hast die Augen ganz weit aufgerissen. Ich wette, dass du noch nie am Meer warst.»

«Das stimmt nicht», sage ich ganz leise.

«Du warst noch nie am Meer?», fragt Victor, als hätte ich noch nie ein Ei oder noch nie Gras gesehen.

«Das macht doch nichts», flüstert Camille. «Wir machen uns nicht über dich lustig.»

«Ich sage dir doch, dass ich schon total oft am Meer war.»

«Und wo?»

«Weiß ich nicht mehr.»

«Papa!», ruft Victor, «Pflaume war noch nie am Meer!»

«Halt den Mund», sage ich.

«Victor!», ruft Antoinette. «Dein Papa schläft wie ein Säugling. Lass ihn in Ruhe.»

«Wer soll bei diesem Radau wie ein Säugling schlafen?», brummt der Gendarm, der sich aufsetzt.

«Papa, Pflaume hat noch nie das Meer gesehen.»

«Ist das wahr, mein Junge?», fragt Raymond.

Und er setzt sich neben mir ins Wasser, mit hängenden Schultern und schlaftrunkenem Blick.

«Ja», sage ich leise und vergrabe meine Zehen im Sand. Am liebsten würde ich ganz im Sand verschwinden.

«Deine Mama ist nie mit dir ans Meer gefahren?», sagt Raymond ganz erstaunt. «Nicht mal für einen Tagesausflug?»

«Nein, sie hat immer gesagt, das wäre zu teuer und Ferien wären nur was für die Reichen, und wegen ihrem kaputten Bein konnte sie nicht fahren, und sie hat sich gefürchtet wegen dem kleinen Jungen, der in eine Welle geraten ist, in der es so ähnlich wie in der Waschmaschine war.»

«Welcher Junge war das, mein Junge?»

«Weiß ich nicht.»

«Weißt du, Pflaume, ich bin nicht reich, aber ich kann euch alle drei in den Sommerferien ans Meer mitnehmen, wenn ihr wollt.»

Ich sage nichts.

Ich schaue das dicke Schiff an, das am anderen Ende vom Meer verschwindet.

«Im Ernst?», fragt mein Engel.

«Im Ernst.»

«Meine Tante erlaubt das sicher nicht», sagt Camille trotzig.

«Ich werde es mit dem Richter besprechen. Mach dir keine Sorgen. Pflaume, du hast noch gar nichts gesagt.»

«Ich schäme mich», sage ich.

«Warum?», fragt Raymond.

«Was sagt er?», ruft Antoinette.

«Er schämt sich!», brüllt Victor.

«Warum?»

«Antoinette!», ruft Raymond. «Lass den Jungen antworten.»

«Bitte sehr, wenn ich störe, muss man mir das nur sagen.» Und sie stülpt sich ihr Papierschiffchen über die Augen.

«Komm, mein Kleiner, sag mir, warum du dich schämst.»

«Weil ich es euch vorher nicht sagen wollte. Ich hatte Angst, dass ihr euch über mich lustig macht.»

«So etwas würde ich nie zulassen, mein Junge.»

«Ich auch nicht», sagt Camille.

«Für mich bist du wie ein Bruder, Pflaume», sagt Victor. «Und wenn sich jemand über dich lustig machen wollte, würde ich ihm die Fresse polieren.» Und mit seinen kleinen Fäusten poliert er der guten Meeresluft die Fresse.

«Gut, dann fahre ich gerne mit an das warme Meer», sage ich.

«Hurra!», ruft Victor.

Und da kann ich die Tränen nicht mehr zurückhalten.

Es ist Pause. Camille und ich, wir sitzen im Gras und sind ganz aus dem Häuschen.

Die Katze ist weg. Wir haben überall nach ihr gesucht und sie nicht gefunden.

Camille sagt: «Wir haben sie allein gelassen, und sie hat sich neue Spielkameraden gesucht.»

Und vor allem müssen wir die ganze Zeit an den Gendarmen denken und an das, was er uns am Meer gesagt hat.

Was das Wort Adoption bedeutet, das musste ich die Brüder Chafouin gar nicht fragen. So ein Wort ist zu einfach für das Wörterbuchspiel. Sogar ich weiß, was es bedeutet.

«Die Hexe wird es nicht erlauben», sagt Camille, die eine Hand voll Gras ausreißt.

«Mach dir keine Sorgen, Raymond spricht mit dem Richter, und alles wird gut.»

«Du kennst sie nicht, sie wird Monsieur Clerget um den Bart gehen und ihm Schauermärchen auftischen, und ich bleibe in Fontaines.»

«Ohne dich gehe ich nicht weg.»

Und wir sehen uns mit weit aufgerissenen Augen an.

Die Hexe macht mir keine Sorgen. Sie wird ganz sicher weggepustet wie ein Blatt im Sturm, und keiner wird sich die Mühe machen, sie aufzuheben. Sie kann dem Richter ruhig um den Bart gehen, den er gar nicht hat, denn Monsieur Clerget hat sie auf dem Kieker, seit er die Kassette gehört hat, und er weiß, dass sie lügt, sobald sie den Mund aufmacht.

Aber mir fällt es entsetzlich schwer, so ein großes Geheimnis für mich zu behalten, und jedesmal wenn ich mit Simon oder mit Ahmed spreche, komme ich mir vor wie ein Verräter.

Und Camille geht es genauso.

Es ist schlimmer, als wenn man sich wie eine Petze vorkommen müsste.

Simon ist nicht doof, und er sieht mir an, dass ich mich verändert habe, seit ich von dem Ausflug ans Meer zurückgekommen bin.

Ich sage zu ihm: «Du hast zu viel Phantasie, Simon», aber Simon schaut mich nur an, als wäre ich nicht mehr sein Freund, und das tut weh.

Ich habe Raymond mit dem Telefon angerufen, und er hat zu mir gesagt: «Nur Mut, mein Pfläumchen, du musst nur noch ein paar Tage durchhalten.»

«Wie viele Tage?», habe ich gefragt und meine Finger zum Zählen gespreizt.

«Höchstens zwanzig. Nach der Kirmes von Fontaines.»

Ich habe die Hand wieder zugemacht. Für zwanzig Tage habe ich nicht genug Finger.

Béatrice hat Camille sogar gefragt, warum sie mir dauernd ins Ohr flüstert. «Habt ihr was gegen mich?»

«Nein.»

«Und warum darf ich dann nicht mehr mit dir spazieren gehen?»

«Darum.»

«Gehst du weg?»

Da wäre Camille fast die Luft weggeblieben.

«Wohin denn?»

«Ans Meer. Seit du am Meer warst, bist du so komisch. Du isst fast nichts mehr, du tuschelst die ganz Zeit mit Pflaume, und in der Schule schaust du immer aus dem Fenster, als wolltest du am liebsten wegfliegen. Alice hat mich schon gefragt, und sogar die Jungen wollten wissen, ob ich irgendwas wüsste. Ich habe gesagt: ‹Ja, aber das geht euch nichts an, es ist eine Sache unter Mädchen.›»

«Das hast du gesagt?»

«Na ja, ich wollte nicht als dumme Kuh dastehen.»

Und Camille hat sie ganz fest gedrückt. «Du bist keine dumme Kuh, Béatrice. Und ich verspreche dir hoch und heilig, dass ich dir als Erster alles sagen werde.»

«Und wann?»

«Bald.»

«Bist du mir auch nicht böse, wenn ich vor den anderen so tue, als wäre ich schon eingeweiht?»

«Nein.»

«Und warum weinst du dann?»

«Ich weine doch nicht.»

«Und was hast du dann im Auge?»

«Ach, das ist nur ein bisschen Staub.»

«In Fontaines gibt es keinen Staub. Hast du etwa nicht gesehen, wie die Damen überall mit dem Staubsauger hinfahren? Sogar unter die Betten.»

«Aber diesen Staub haben sie eben nicht gefunden.»

Jujube stellt als Einziger keine Fragen. Seine Eltern besuchen ihn oft in Fontaines, wenn sie ihn nicht nach Paris mitnehmen.

Er hat nie mehr Bauchweh und nie mehr ein Pflaster am Finger und gibt mächtig an. «Bald ziehe ich mit meinen Eltern in ihr riesengroßes Haus, wo ich ein riesengroßes Zimmer für mich ganz allein habe. Und jede Menge Spielsachen und einen Garten für mich ganz allein. Und später heirate ich und habe Kinder und kann euch dann nicht mehr besuchen …»

Simon ist der Kragen geplatzt. «Du nervst total, Jujube. Kein Schwein interessiert sich für dein riesengroßes Haus und deinen Garten für dich ganz allein. Du hast noch nie einem anderen was abgegeben, und keine Frau ist so dumm, einen wie dich zu nehmen mit deinem Holzkopf, der wie ein vertrockneter Keks aussieht, und mit deinem Wanst wie von einem Mastschwein, und Kinder wirst du keine haben, und das ist ihr Glück, und hier wirst du niemandem fehlen.»

Manchmal ist Simon richtig hart. Man sollte meinen, er hätte eine Haut aus Leder.

Und seit er mich anschaut, als wären wir keine Freunde mehr, ist er zu allen gemein. Jujube hat nicht mal versucht, ihm eine zu scheuern, sondern ist mit offenem Mund dagestanden und hat geweint wegen dem Holzkopf, der wie ein vertrockneter Keks aussieht, und dem Wanst wie von einem Mastschwein. Richtig Mitleid erregend.

Ich habe ihm die Hand auf die Schulter gelegt, und Simon hat auf den Boden gespuckt und uns den Rücken zugekehrt.

Ahmed macht sich ganz klein und sagt kein Wort mehr, seit Simon ihm damit gedroht hat, ihn lebenslänglich in den Schrank zu sperren, und dabei hat Ahmed nur seine Hausaufgaben gemacht und niemandem was zuleide getan.

Ich weiß nicht, was ich tun soll. Ich habe versucht, Simon zu beruhigen, aber er hat gesagt, mit Verrätern würde er sich nicht abgeben.

«Was ist mit Simon los?», fragen mich Rosy und Charlotte immer wieder.

«Ich weiß nicht», sage ich und mache mich aus dem Staub, damit ich nichts ausplaudere.

Diese Woche hatte Simon schon zweimal «Treppendienst», weil ihm die Kraftausdrücke wie von allein aus dem Mund purzeln. Camille und ich, wir wollten ihm helfen, aber er hat gesagt: «Euch brauche ich nicht! Haut bloß ab!», und wir sind erstarrt wie die Statuen.

«Es ist schwer, ein Geheimnis für sich zu behalten», sagt Camille. Sie hat so viel Gras ausgerissen, dass man die Erde sehen kann.

«Ja, und ich glaube, ich sage es Simon, bevor es zu spät ist.»

«Wir haben Raymond versprochen, es für uns zu behalten.»

«Ich weiß, Camille. Aber ich kann den Blick von Simon, mit dem er mich anschaut, nicht mehr aushalten. Der ist noch geladener als ein Revolver.»

In Fontaines frage ich Ahmed, ob er mit seinen Hausaufgaben zu Rosy gehen kann, und setze mich auf das Pult von Simon.

Zuerst tut er so, als wäre ich Luft, obwohl er zweimal den gleichen Satz abschreibt.

«Simon, ich muss mit dir sprechen.»

«Keine Lust.»

«Ich will dir mein Geheimnis anvertrauen.»

«Ist mir piepegal.»

Da nehme ich sein Buch und werfe es weg. «Ich weiß, dass es dir nicht piepegal ist, denn sonst wärst du nicht so giftig.»

«Ich kann dir nur raten, sofort mein Buch aufzuheben und deinen Arsch aus dem Zimmer zu bewegen.»

«Nein.»

«Okay. Ich habe dich gewarnt.»

Und er verpasst mir einen Faustschlag in den Bauch. Vor Schmerz kommen mir die Tränen. Ich kann nichts mehr sehen. Ich nehme mir vor, nicht mit Wut zu antworten, obwohl ich spüre, wie sie in mir wächst.

«Simon, ich brauche dich.»

Ich warte darauf, dass er mich beschimpft oder wieder zuschlägt, aber nichts geschieht. Keine Beschimpfungen, keine Schläge, und meine Wut ist auch weg. Und ich wische mir die Augen und schaue Simon an.

Er steht vor mir und zittert und hat die Hand geöffnet, als wäre die Wut aus ihr weggeflogen, und er hat keine Kugeln mehr in den Augen.

«Es tut mir Leid, Pflaume. Ich wollte dir nicht wehtun.»

Er setzt sich auf das Bett von Ahmed, und ich setze mich neben ihn.

«Du schlägst zu wie ein Boxer», sage ich und betaste meinen Bauch, der noch wehtut.

«Findest du?»

«Ja.»

Und wir sitzen beide auf dem Bett und starren vor uns hin.

«Raymond will uns adoptieren, Camille und mich», sage ich ganz leise, als wollte ich nicht, dass Simon es hört.

«Ihr geht also weg?»

«Ja.»

«Und wann?»

«Weiß ich nicht. Vielleicht nach der Kirmes von Madame Papineau. Es hängt vom Richter ab.»

«Und seit wann weißt du es?»

«Seit wir mit Raymond am Meer waren.»

«Ehrenwort?»

«Ehrenwort.»

«Hattest du vorher keine Ahnung?»

«Manchmal habe ich gesehen, dass Raymond mich so komisch angeschaut hat. Ein bisschen so, wie er Victor anschaut. Aber ich wäre nie auf die Idee gekommen, dass er uns fragen könnte, ob wir alle zusammenwohnen wollen …»

«Dann lässt du uns also auch im Stich?»

«Nein, Simon. Wir sehen uns ganz oft. Raymond hat es mir versprochen.»

«Es wird aber nicht dasselbe sein.»

«Doch, wir haben uns gleich lieb, daran ändert sich nichts.»

«Nein, Pflaume. Du wirst hier nicht mehr wohnen und sicher in eine andere Schule gehen, und wir sehen uns nicht mehr jeden Tag, und du wirst uns irgendwann vergessen, so wie dieser Trottel Jujube. Der kann von mir aus zum Teufel gehen mit seinen Eltern und ihrem ganzen Zaster. Aber dir wünsche ich das Paradies, auch wenn ich total neidisch bin. Du bekommst ein normales Leben weit weg von diesem Knast. Und wenn du erst bei Raymond wohnst, wirst du uns mit anderen Augen sehen. Wir sind wie Wiesenblumen, die niemand pflücken mag. Die Leute wollen Babys adoptieren, aber keine Blagen wie uns. Dafür sind wir ihnen zu alt.»

«So was darfst du nicht sagen. Ich bin kein Wetterfähnchen, das sich nach dem Wind richtet. Ich bin schon fast ein Jahr lang in Fontaines, und als ich herkam, wusste ich gar nichts. Ich hatte Schulkameraden wie Grégory oder Marcel, aber das waren keine Freunde. Und das Leben habe ich mir wie das Fernsehen vorgestellt, ich vor dem Bildschirm und das Leben in dem Kasten. Ich hatte noch nie irgendwas erlebt. Und wenn ich als Zehnjähriger adoptiert werde, kannst du nicht behaupten, dass die Leute sich für Blagen wie uns nicht interessieren würden. Das kann auch mit dir passieren.»

«Nein, das kann es nicht. Der große Unterschied zwischen dir und mir ist nämlich, dass du Glück hast, weil du das Leben in Farbe sehen kannst. Bei mir gibt es nur Schwarzweiß, und Glück habe ich nie gehabt. Meine Eltern waren drogensüchtig, und ich war ihnen scheißegal. Sie haben sich beide den goldenen Schuss gesetzt. Ich war zu Hause, und das war kein schöner Anblick.»

«Was ist der goldene Schuss?»

«Da spritzt man sich so viel Drogen, dass man daran stirbt.»

«Oh, Scheiße. Weißt du, Simon, ich habe dich sehr gern und bin sehr froh, dass ich dich habe.»

«Ich dich auch, und deshalb will ich nicht, dass du weggehst. Aber weggehen wirst du.»

«Ich weiß nicht, was ich sagen soll. Jetzt würde ich fast am liebsten hierbleiben.»

«Du hast sie ja wohl nicht alle! Spinnst du jetzt? Du wirst doch nicht in diesem Knast bleiben, wenn draußen die Sonne auf dich wartet! Du darfst nicht auf die anderen hören, Pflaume. Weder auf mich noch auf sonst jemanden. Nur auf dein Herz. Und dein Herz sagt dir ganz sicher, dass du weggehen sollst.»

«Ja, das stimmt.»

Und ich nehme seine Hand und halte sie an mein Gesicht, wie ich es mit der des Gendarmen getan habe, als ich zum ersten Mal nach Fontaines gekommen bin.

Camille ist mit Madame Papineau zum Gericht gefahren. Es ist ein Tag ohne Sonne und mit dicken Wolken am Himmel.

Ich denke mir, dass der liebe Gott genauso traurig ist wie ich, und das beruhigt mich ein bisschen.

Ich habe heute die Schule geschwänzt, und niemand hat mich ausgeschimpft.

Nicht an diesem Tag.

Rosy hat Tee gemacht und Gebäck gekauft, an dem die Sahne runterläuft, und ich schaue das Gebäck an und habe keine Lust darauf. Ich wünsche mir, dass die Zeiger an der Uhr von Charlotte schneller laufen und mir Camille zurückbringen.

Ich hoffe, dass der Richter sein Versprechen hält und meinen Engel vor der garstigen Hexe beschützt.

Rosy nennt sie nur noch «das Weibsstück», seit sie ihren Brief gelesen hat, einen Brief an den Richter und an Madame Papineau, in dem die Tante von Camille zu der Adoption nein sagt.

Sie sagt, es sei gefährlich für Kinder, im Haus eines Gendarmen zu wohnen, und die Richter wären nicht gut beraten, Kinder zu einem Witwer ziehen zu lassen, der eine Waffe trägt. Außerdem wäre ich auch schon mit Waffen erwischt worden, und solchen Gefahren wolle sie ihre Nichte nicht aussetzen.

«Die ist nicht nur ein Weibsstück, sondern noch schlimmer, aber dafür fehlen mir die Worte.»

Monsieur Clerget hat gesagt, dass er sich von der Hexe nicht einschüchtern lässt und dass er die Kassette den anderen Richtern vorspielen will.

«Welche anderen Richter?», habe ich gefragt.

«Die vom Gericht, mein Junge.»

«Was für ein Gericht?»

«Das Gericht, das über euren Fall befinden wird.»

«Was heißt befinden?»

«Entscheiden.»

«Kann die Hexe gewinnen?», hat Camille gefragt.

«Nein. Aber solche Adoptionen mögen die Richter nicht besonders. Raymond ist Gendarm. Das ist in eurem Fall eine Erschwernis. Raymond wird vor Gericht erscheinen müssen, und du auch, Camille.»

«Camille auch?», habe ich gefragt und hatte dabei einen Kloß im Hals.

«Ja, mein Junge. Aber ich werde dabei sein und sie beschützen, sei unbesorgt. Camille, du musst wissen, dass es im Gericht sehr feierlich zugeht. Du wirst in den Zeugenstand gerufen und von den Richtern befragt, und deine Tante wird auch anwesend sein. Ich bin überzeugt, dass du deine Sache gut machen wirst, genau wie Raymond, und dass die Richter sich von der Hexe, wie ihr sie nennt, nicht einwickeln lassen werden. Jedenfalls kommt es nicht in Frage, sie vor Gericht so zu bezeichnen.»

Charlotte kaut an ihren Nägeln.

Rosy hat das ganze Gebäck, an dem die Sahne runterläuft, aufgegessen und ist gerade in dem Sessel von Madame Papineau eingeschlafen.

«Rosy hat es gut», sage ich, «dass sie schlafen kann.»

«Ja … Scheiße, jetzt habe ich mir einen Nagel abgebrochen.»

«Du hast einen Kraftausdruck gesagt.»

«Tut mir Leid. Manchmal verschafft einem das Erleichterung.»

«Bist du sicher, dass deine Uhr nicht stehen geblieben ist?»

Charlotte hält das Ohr an die Uhr. «Ja, sie tickt.»

«Warst du schon einmal vor Gericht?»

«O ja, schon oft, Pflaume, das ist nicht weiter aufregend.»

«Aber der Richter hat gesagt …»

«Richter, Richter, die sind auch nicht die ganze Welt. Die können sich genauso irren wie jeder andere.»

«Ich hoffe nur, dass sie sich heute nicht irren.»

«Aber nein, mit dem, was der Richter über die Hexe rausgekriegt hat, kann überhaupt nichts schief gehen.»

«Was denn?»

«Ich sollte langsam lernen, nachzudenken, bevor ich den Mund aufmache.»

«Bitte, bitte, sag es mir.»

«Na gut, aber versprich mir, dass du es für dich behältst!»

«Versprochen.»

«Offenbar hat sie die Messieurs für die Mama von Camille aufgerissen und dabei abkassiert.»

«Aufgerissen?»

«Sie hat sie hingeschickt.»

«Die Messieurs, denen das Herz geflickt werden musste?»

«Oh ... Ja, Pflaume, ganz genau. Aha! Da kommen sie ja!»

Ich renne aus dem Büro von Madame Papineau, flitze durch die Flure und über die Treppen, bin ganz außer Atem auf dem Weg zu Camille, die aus dem Auto steigt.

Sie sucht mit den Augen nach mir, und als sie mich findet, sehe ich an der Farbe, dass die Hexe verloren hat.

Ich laufe zu ihr, packe sie an der Hand und reiße sie wie in einem wahnwitzigen Wirbel mit.

Madame Papineau höre ich fast nicht, die uns hinterherruft: «Kinder! Kommt zurück! Auf der Stelle!»

Wir haben gewonnen, alles andere ist unwichtig. Wir laufen in den Wald, wo der nasse Boden unter unseren Schritten klebt, und gehen zu unserem Lieblingsbaum, dem Baum, unter dem ich Camille zum ersten Mal geküsst habe, und wir legen uns in das Moos, und es ist uns egal, ob wir unsere Kleidung schmutzig machen, sogar die schönen Kleider von Camille.

Heute ist ein Festtag, an dem man sich alles erlauben darf.

«Erzähle», sage ich.

Und Camille knöpft ihren Blusenkragen auf.

«Raymond hat als Erster ausgesagt. Er war aufgeregt, das hat man an seiner Stimme gehört. Er hat den Richtern gesagt, dass er dich ins Herz geschlossen hat, weil er weiß, wie schwer es für ein Kind ist, seine Mutter zu verlieren, vor allem unter solchen Umständen. Und dann hat er gesagt: ‹Ich weiß, dass ich als Witwer leider keine Frau vorweisen kann, die sich um diese Kinder kümmern würde, wenn ich sie adoptieren dürfte. Aber ich weiß auch, dass ich ihnen viel Liebe geben kann und dass mein eigener Sohn sie so lieb gewonnen hat, als wären sie seine Geschwister, und dass wir als Familie ein engeres Verhältnis haben würden als viele andere, die alles haben und nichts geben.›»

«Was für ein Glück, dass ich nicht dabei war, sonst hätte ich sofort zu heulen angefangen und kein einziges Wort herausbekommen. Und was hast du gesagt?»

«Die Richter waren sehr nett zu mir. Und deshalb habe ich mich vor ihren schwarzen Roben und dem kleinen Käfig, den sie Zeugenstand nennen, kein bisschen gefürchtet. Die Hexe wollte meinen Blick auffangen, aber ich habe sie nicht angeschaut. Ich habe die Richter ganz brav angelächelt, und dann habe ich losgelegt wie ein Wasserfall. Ich habe gesagt, dass Raymond sich noch besser um uns kümmert als ein Vater, vor allem meiner, und dass wir noch nie eine Waffe bei ihm zu Hause gesehen haben und dass ich sehr stolz wäre, wenn ich seine Tochter sein dürfte, und dass wir uns supergut verstehen, Victor, du und ich, und dass Victor für mich wie ein Bruder wäre, auch wenn ich noch nie einen gehabt habe. Und dabei habe ich Raymond angeschaut, und das hat mir geholfen, weil ich ihm seine Liebe zu uns ansehen konnte. Das konnte jeder sehen, vor allem im Gegensatz zu der Hexe, die nach mir dran war und honigsüß geredet hat, aber niemanden damit täuschen konnte. Und geklungen hat es wie die Pfeife von einem Wasserkessel, so schrill. ‹Dieses Kind hat eine blühende Phantasie, aber bei den Familienverhältnissen ist das ja kein Wunder. Immer wieder hat die Kleine mir gesagt, dass sie sich vor dem Gendarmen und den Waffen in seiner Wohnung fürchtet.› Ich habe dabei Monsieur Clerget angeschaut, der den Kopf geschüttelt hat, und deshalb habe ich nicht losgeschrien, was für eine gemeine Lügnerin sie ist, und der Vorsitzende Richter ist ihr ins Wort gefallen. ‹Die Phantasie scheint mir eher bei Ihnen zu liegen, Madame. Zum einen bin ich dank Monsieur Clerget in den Genuss einer überaus erbaulichen Aufnahme gekommen, in der die Beziehung zwischen Ihnen und Ihrer Nichte beleuchtet wird. Zum anderen darf ich Sie darüber aufklären, dass der Mann, den Sie in Ihrem Brief verleumden, nur eine Waffe hat, nämlich seine Freundlichkeit. Seine Dienstwaffe hat er nach dem Tod seiner Frau einem Mitarbeiter ausgehändigt und nie zurückverlangt. Selbstverständlich will ich auch nicht näher auf das Gewerbe eingehen, dem Sie den Monsieur Clerget gegenüber gemachten Zeugenaussagen zufolge in Zusammenhang mit Camilles Mutter nachgegangen sind.›»

«Und was hat die Hexe dann getan?»

«Sie hat sich aufgeführt, als hätten sie tausend Wespen gestochen. Sie hat geschrien, das wäre alles eine Verschwörung, und ist über die Absperrung geklettert und hat Monsieur Clerget geohrfeigt, und zwei Gendarmen mussten sie rausführen. Sie hat schlimmer als Simon geflucht, aber ‹da, wo sie hinkommt›, wie Monsieur Clerget später gesagt hat, ‹kann sie so laut schreien, wie sie will, da wird sie niemand hören›. Und ein anderer Richter hat gesagt: ‹Unerhört!›, und noch ein anderer: ‹Eine geistesgestörte Kupplerin, was es nicht alles gibt!›, und der Vorsitzende Richter: ‹Die Sitzung ist hiermit aufgehoben›, und er hat mit seinem Hämmerchen auf den Tisch geklopft, und alle sind aufgestanden. Ich habe mich in Raymonds Arme geflüchtet, und Madame Papineau hat gesagt: ‹Ich wusste doch, dass wir es mit einer Verrückten zu tun hatten›, und Monsieur Clerget: ‹Das haben Sie sich nicht anmerken lassen, bis wir die Aufnahme gehört haben. Letztlich haben uns die Kinder die Augen geöffnet›, und er hat mir zugezwinkert. Ich glaube, die Heimleiterin war ein bisschen enttäuscht, dass sie nicht im Zeugenstand war. Sie hatte sich sonntäglicher angezogen als an jedem Sonntag. Hast du ihr Kleid gesehen?»

«Nein, ich habe nichts außer dir gesehen. Jetzt kann niemand mehr verhindern, dass wir von Raymond adoptiert werden.»

«Wir werden so heißen wie er. Ein komisches Gefühl. Wie heißt er eigentlich mit Nachnamen?»

«Weiß ich nicht, ich habe ihn nie gefragt. Ich habe immer nur Raymond oder der Gendarm gesagt, wenn ich an ihn gedacht habe.»

Und ich robbe nah an Camille heran, um sie noch gründlicher als beim ersten Mal zu küssen.

Ferdinand, der Koch, wendet die Würstchen auf dem Grill. Es gibt schöne weiße Tischtücher mit lauter guten Sachen zum Essen darauf. Die Rohkost ist mit Mayonnaise in allen möglichen Farben in großen Schüsseln angemacht. Der grüne Salat sieht im Sonnenschein gelb aus, Erdkrumen und kleine Würmer sind in Ferdinands Spülbecken verschwunden. Der Reis ist mit Tomaten und Mais angerichtet, grüne Äpfel hat Ferdinand mit Avocado, Käse und Nüssen gemischt. Die Krabben sind ausgezogen, die Pastete ist nicht mehr in dem Papier vom Metzger, das kalte Fleisch häuft sich auf den Tellern, und die Kartoffelchips werden in Rekordgeschwindigkeit vertilgt. Es gibt Berge von Papptellern und warmen Plastikbechern. Die Papierservietten wollen wegfliegen, und Rosy hat die Senftöpfe draufstellen müssen. Und es gibt jede Menge Weinflaschen, die wir nicht anrühren und aus denen wir erst recht nicht trinken dürfen, und für uns Wasser und Limonade. Die Kinder von Fontaines und die aus der Schule sind in kurzen Hosen und Turnschuhen gekommen, und die meisten Jungen haben ihr T-Shirt schon ausgezogen. Und Raymond ist nicht der einzige Erwachsene, der schwitzt.

Und überall treibt sich jede Menge Schuhe ohne Füße darin herum.

Es ist der erste Sommertag. Der Tag der Kirmes von Madame Papineau. Und es ist unser letzter Tag in Fontaines.

Camille und ich, wir sind immer zusammen, als hätten wir Angst, einander zu verlieren.

Simon hat Recht. Seit alle wissen, dass wir zu Raymond kommen, ist es nicht mehr wie vorher.

Natürlich haben die Erwachsenen uns jede Menge Ratschläge gegeben, was man tun oder lassen soll, eine lange Liste:

- Die Finger nicht in die Nase stecken.
- Und vor allem keine Nasenpopel rausholen und in den Mund stecken.
- Vor dem Essen nie die Hände zu waschen vergessen.
- Die Ellbogen nicht auf den Tisch stützen.
- Nicht grunzen, sondern nein, danke sagen.
- Guten Tag, gute Nacht, danke und bitte sagen.
- Keine Kraftausdrücke benutzen.
- Sich mindestens zweimal täglich die Zähne putzen.
- Sich am ganzen Körper waschen und die Seife nicht vergessen.

- Jeden Tag Zimmer und Spielsachen aufräumen.
- Jeden Morgen das eigene Bett machen.
- Vor dem Einschlafen zum lieben Gott beten.
- Sich nicht mit Süßigkeiten und Schokolade voll stopfen.
- Nicht aus Raymonds Brieftasche Geld stehlen.
- Nicht lügen.
- Sachen, die man zerbrochen hat, nicht unten im Mülleimer verstecken.
- Nicht tagelang dieselbe Unterhose anziehen.
- Die Hausaufgaben ordentlich machen (Rosy kann es nicht mehr kontrollieren).
- Sich nicht über die Erwachsenen lustig machen.
- Sich in der Pause und auch sonst nicht prügeln.
- Nicht unter Leitern vorbeigehen.
- Nicht mit Messern und Scheren spielen.
- Sich nicht im Weihwasserbecken die Hände waschen.
- Sich nicht von Fremden ansprechen lassen.
- Und vor allem nicht zu ihnen ins Auto steigen.
- Nicht den Rest aus dem Glas der Erwachsenen trinken.
- Nicht mit Feuerzeug und Streichhölzern spielen.
- Keine Zigaretten rauchen.
- Im Auto den Sicherheitsgurt anlegen.
- Nicht dem Fahrer im Auto von hinten die Augen zuhalten.
- Nicht aufsässig werden, wenn man etwas nicht bekommt.
- Keine streunenden Katzen und Hunde nach Hause mitbringen.
- Keine Tauben anfassen.
- Lächeln, wenn man fotografiert wird.

Als wüssten wir Kinder das nicht alles. Rosy hat es sogar aufgeschrieben, und wir sollen den Zettel immer dabeihaben und oft lesen. Ich habe den Zettel Simon gezeigt, und er hat «Schwachsinn» gesagt.

Simon und die anderen Kinder schauen Camille und mich ein bisschen komisch an, ganz anders als Raymond.

Rosy sagt, ich hätte zu viel Phantasie, aber ich habe Augen und Ohren, nicht zu viel Phantasie.

Sobald Camille und ich auftauchen, unterbrechen die anderen ihr Gespräch. Als würden wir stören oder wollten spionieren.

«Da kann man nichts machen, Pflaume», hat Simon mir heute Morgen erklärt. «Wir freuen uns für euch, aber gleichzeitig ist es für unsere Gefühle ein bisschen wie in der Achterbahn, weil uns etwas gezeigt wird, was wir nicht haben können. Da sind wir mit unseren armseligen Träumen, die in jeder Streichholzschachtel Platz hätten, und müssen die Zähne zusammenbeißen und Lippen lesen, um eine Sprache für uns zu erfinden, und wir kleben zusammen wie Pech und Schwefel, und wenn ihr jetzt geht, ist das wie mit der Kugel beim Kegeln: Alles fällt um. Und im Augenblick ist es, als wären wir gerade umgefallen und würden versuchen, uns aufzurichten. Ahmed macht wieder ins Bett. Alice lässt sich wieder die Haare ins Gesicht hängen. Béatrice isst nichts außer ihrem Daumen und ihren Nasenpopeln. Die Brüder Chafouin werfen sich bei ihrem bescheuerten Spiel Wörter an den Kopf wie ‹Hospitalismus› oder ‹Deprivation›. Und Boris hat sich zum ersten Mal wehgetan, als er sich eine Nadel in den Finger gestochen hat, und er hat nicht mehr zu weinen aufgehört. Na ja, kein Wunder, zehn Jahre Kummer kann man nicht von einem Augenblick auf den nächsten abschalten.»

Und ich schaue die weißen Tischtücher an und das grüne Gras und den blauen Himmel, und es macht mich alles so traurig, als hätte ich nicht das Recht, diese schönen Dinge anzusehen.

Die Kinder von Fontaines und aus der Schule sind alle an den Kirmesständen. Sie fischen mit einem Besenstiel Plastikenten und werfen Bälle in kleine Körbe und Pfeile auf eine Zielscheibe und gewinnen riesengroße Stofftiere, auch wenn die Plastikente immer noch im trüben Wasser dümpelt, der Ball den Korb verfehlt oder der Pfeil überall landet, außer in der Zielscheibe.

Und mir ist zumute, als wäre ich gar nicht da.

Ich habe keine Lust zu lächeln, und ich empfinde keine Freude, die ich zeigen könnte.

Camilles Augen sehen aus wie an den Tagen, an denen es ihr schlecht geht. Keiner von uns beiden ist an einen der Kirmesstände gegangen.

Und niemand ist uns holen gekommen.

Raymond unterhält sich mit dem Richter. Victor spielt mit den anderen Kindern. Die Heimwehstreuer interessieren sich nur für das, was auf ihren Papptellern und in ihren Plastikbechern ist. Die Familien der Kinder aus der Schule lagern auf dem grünen Gras. Madame Colette lacht mit Monsieur Paul, und ihr Lachen tut mir richtig weh.

«Aber, Kinder, was ist denn das? Was macht ihr denn für sauertöpfische Mienen? Ausgerechnet heute!» Madame Papineau legt uns die Hände auf die Schultern.

Ich schaue sie mit traurigen Augen an. «Heute ist kein Tag für uns, Frau Direktorin.»

«Frau Direktorin?»

«Geneviève.»

«Das gefällt mir schon besser. Erzählt es mir.»

«Was sollen wir erzählen?»

«Spiel jetzt nicht die Pflaume. Ich sehe doch, dass ihr beide todunglücklich seid. Was ist los?»

«Nichts», sagt Camille.

«Das sollte man nicht meinen, wenn man euch wie die geprügelten Hunde herumschleichen sieht.»

«Es ist nichts weiter, Geneviève», sage ich.

«Warum geht ihr nicht mit euren Kameraden spielen?»

«Die wollen nichts von uns wissen», entfährt es Camille.

«Wieso wollen die nichts von euch wissen?»

«Nicht mal Béatrice spricht ein Wort mit mir», schnieft Camille.

«Nimm's dir nicht zu Herzen, meine Kleine.» Und Madame Papineau wischt ihr mit ihrem Taschentuch die Tränen weg.

«Tut mir einen Gefallen. Wartet in meinem Büro auf mich. Ich komme gleich nach.»

Im Büro von Madame Papineau ist es kühl.

Camille hält ihr Gesicht vor den Ventilator, und ihre langen braunen Haare wehen im Luftstrom.

Ich schaue die Wände voller Kinderzeichnungen an, als im Flur fröhliches Lärmen ertönt.

Die Direktorin führt das Grüppchen herein und macht die Tür hinter sich zu.

Ein bisschen verlegen schauen wir uns alle an.

Béatrice will den riesengroßen Stoffhasen nicht loslassen, hinter dem sie völlig verschwindet.

«Gut. Kinder, ich habe euch hier versammelt, weil Pflaume und Camille sich von euch ein bisschen vernachlässigt fühlen. Ich warte. Wer möchte etwas sagen?»

«Das liegt nicht an uns, Madame», sagt Boris. «Sie gehen weg.»

«Das bedeutet aber nicht, dass sie euch nicht mehr lieb haben», sagt die Heimleiterin. «Ich bin mir sicher, dass es ihnen genauso wehtut wie euch.»

«Ich will nicht lebenslänglich in einem Schrank eingesperrt sein», heult Ahmed.

Simon durchbohrt ihn mit dem Blick, und auf seinen Lippen lese ich: «Halt bloß die Klappe.»

«Können wir zur Kirmes zurückgehen?», fragt Antoine.

«Ja, wenn ihr Pflaume und Camille mitnehmt», antwortet die Heimleiterin.

«Zwingen Sie sie nicht, Madame», sagt Camille. «Ich wollte euch nur sagen, wie gern ich euch alle habe. Dich, Alice, und dich, Béatrice, werde ich nachts schrecklich vermissen. Und du, Simon, wirst mir fehlen, weil du mir so viele Sachen beigebracht hast, und dir, Ahmed, verspreche ich den schönsten Schlafhasen der Welt. Und euch, Brüder Chafouin, beneide ich um die Gelassenheit, mit der ihr Schmerzen ertragt. Für die Leute, die Augen haben und trotzdem nichts sehen, würde ich mir am liebsten das Wort ‹zerbrechlich› eintätowieren lassen. Und du, Jujube, kommst in eine echte Familie, deine eigene, und brauchst keine Pflaster und Wehwehchen mehr. Ja, ihr werdet mir alle fehlen. Und ich weiß, dass es für euch nicht mehr wie früher sein wird. Aber für Pflaume und mich auch nicht. Und nur weil wir uns seltener sehen werden, verliert ihr nicht euren Platz in meinem Herzen.»

«Du wirst mir auch fehlen», sagt Béatrice.

«Mir auch», schnieft Alice.

«Darf ich dir einen Kuss geben, Pflaume?», fragt Simon.

«Ööh, ja, wenn du willst.»

«Ich auch?», fragen die Brüder Chafouin wie aus einem Mund.

Und wir drücken einander und verzeihen einander alles Mögliche, und Simon sagt sogar zu Ahmed: «Das mit dem lebenslänglichen Schrank war nur ein Scherz», aber Ahmed gibt keine Antwort, weil er die Klappe halten muss, und auf einmal merken wir, dass die Direktorin nicht mehr da ist.

Jujube setzt sich an ihren Platz und probiert ihre Brille auf und dreht den Bleistift zwischen den Fingern.

Simon ruft: «Sag Geneviève zu mir!», und Boris: «Wenn ihr mit dem Blödsinn nicht sofort aufhört, wisst ihr, was euch erwartet!», und Antoine: «Treppendienst!», und alle drei tun so, als würden sie den Sessel putzen.

Béatrice und Alice gehen wie die Direktorin, mit erhobenem Kopf, und lassen ihre Arme so hängen, wie sie es tut.

Camille kommt zu mir und sagt: «Bitte lächeln, wenn Sie fotografiert werden», und sie tut so, als hätte sie einen Fotoapparat in der Hand.

Sofort hören die anderen auf, die Direktorin nachzuäffen, und stellen sich ganz dicht zu mir und machen die grauenhaftesten Grimassen.

«Fertig?», sagt Camille. «Achtung, gleich kommt das Vögelchen!»

Und sie drückt auf den eingebildeten Auslöser, und dieses Foto, so viel wissen wir, werden wir immer bei uns tragen.

Wir laufen alle zu den Kirmesständen.

Endlich spüre ich die heiße Sonne auf meiner Haut, und ich blicke zum Himmel hinauf: blau und beinahe wolkenlos.

Es macht mir nichts mehr aus.

Ich will den Himmel nicht mehr umbringen.

Auf der Erde habe ich Wichtigeres gefunden.

Danksagung

Mein Dank gilt Jacqueline Vialatte, Leiterin der Anstalt Pressoirs du Roy, sowie den Erziehern und der Psychologin dieses Kinder- und Jugendheims für die wertvollen Ratschläge, die mir beim Schreiben dieses Romans sehr geholfen haben.

Und ich danke Pascal Lagarde, Lehrer in Forges, und Marie-Anne Baulon, Jugendrichterin in Bobigny.

Porträtiert wurde niemand von ihnen in der *Autobiografie einer Pflaume*: Es handelt sich um reine Fiktion.

Zweifellos liegen das Institut Pressoirs du Roy und die Schule von Forges ebenso wie bestimmte sachliche und rechtliche Gegebenheiten meinem Buch zugrunde, doch das Wesentliche ist Produkt meiner Phantasie.

Man vergebe mir daher gewisse Freiheiten …